O ESCARAVELHO DOS DEUSES:
LUGARES MALDITOS

MOINHOS

MARIANNE SANTIAGO

O ESCARAVELHO DOS DEUSES:
LUGARES MALDITOS

MOINHOS

Edição:
Camila Araujo & Nathan Matos

Revisão:
LiteraturaBr Serviços Editoriais

Diagramação e Projeto Gráfico:
LiteraturaBr Serviços Editoriais

Ilustração da Capa & Capa:
Lily Oliveira

1ª edição, Belo Horizonte, 2016.

Nesta edição, respeitou-se o novo
Acordo Ortográfico da Língua Portuguesa.

S235o
Santiago, Marianne | O escaravelho dos deuses: lugares malditos
ISBN – 978-85-92579-00-5
CDD B869.3 | CDU 82-3
Índices para catálogo sistemático
1. Ficção 2. Literatura Brasileira
I. Título

Belo Horizonte: Editora Moinhos 2016.|312 p.; 21 cm.

Editora Moinhos
editoramoinhos.com.br
editoramoinhos@gmail.com

Impressão Bartira
Tiragem 500 exemplares

Para Helórya, minha l. i.,
e Millen, por me presentear com a ideia do escaravelho.

Prólogo

Abusir, Egito

O túmulo da rainha Khentakawess III, da V Dinastia de faraós do Egito, foi encontrado em uma antiga necrópole ao sudoeste de Cairo, região conhecida como "sítio dos reis esquecidos". Krystof Lorenz explorava túmulos há dezessete anos e aquela era a primeira vez que comandava uma expedição e se deparava com uma tumba intacta, onde os saqueadores não haviam cometido a atrocidade de penetrar antes e dilapidar tudo o que encontravam pela frente.

Ele estava exultante.

Além da descoberta por si só representar um marco da exploração arqueológica – que contava com tão poucos registros daquela dinastia – o local estava repleto de artefatos de valor histórico e financeiro inestimáveis. Krystof finalmente conseguiria ver seu nome figurar no *hall* dos mais célebres exploradores vivos, ele seria conhecido e admirado, citado na literatura, poderia viajar o mundo dando palestras sobre seu achado: uma rainha da V Dinastia, da qual se sabia tão pouco. Graças a ele um novo capítulo sobre a história dos reis egípcios seria escrito. Ele não cabia em si de tanto êxtase.

Na noite da descoberta, fez o máximo de anotações que conseguira em seu *laptop*, encolhido em um escritório improvisado dentro de uma das barracas precariamente iluminadas do acampamento. Não se importava com as condições, queria registrar tudo, cada detalhe, cada pormenor para a posteridade. Por fim, exausto, deitou-se com um sorriso bobo nos lábios e adormeceu como um bebê.

Acordou com uma movimentação atípica, mesmo para um acampamento de exploração arqueológica, ainda era noite. Deu um salto de seu leito, que fora montado da melhor maneira que se poderia com os recursos que possuíam para a pesquisa. Suas roupas de baixo lembravam ceroulas do século XIX, cobriu-se com um roupão e, completamente atordoado, partiu barraca a fora.

– Senhor Lorrenz, senhor Lorrenz! – uma jovem de sotaque carregado corria em sua direção.

– O que foi? O que está acontecendo, mulher? – ele perguntou, e ouviu sua voz sair desesperada ao encarar a moça ofegante em sua frente titubear.

– E-eles levaram, Senhor! E-eles o levaram!

– Levaram?! Levaram o quê? Quem? Para onde? – Krystof indagou arquejante.

– O baú! – respondeu a jovem erguendo o braço sobre o ombro dele, apontando para um veículo em movimento que se distanciava do acampamento na escuridão.

Krystof Lorenz prendeu a respiração, sua boca secou e, sem pensar com clareza, começou a se mover na direção do veículo, a princípio lentamente, e depois de forma cada vez mais acelerada. Quando deu por si, estava correndo de ceroulas pela trilha árida, gritando palavras ininteligíveis, o punho fechado erguido no ar. Foi amparado por dois ajudantes da equipe que o alcançaram alguns instantes depois, quando já aos prantos caía de joelhos no chão pedregoso, com os olhos esbugalhados, acometido pela dor mais excruciante que já sentira e que agora lhe cortava o peito. Ele tinha cinquenta e quatro anos.

Capítulo 1
O Escaravelho

Cairo, Egito

O Khan el Khalili é um centro comercial de mais de mil anos situado no coração de Cairo. Há uma imensidão de ruelas, tendas, pequenas lojas, bazares, oferecendo de calçados e roupas a joias e especiarias típicas da região. Foi o Khan que trouxe a tradição de grande centro comercial a Cairo, os antigos comerciantes passaram a ter, ali, um lugar fixo para vender as mais diversas bugigangas.

Pelas travessas estreitas, um jovem de pele alva, cabelos escuros e olhos acinzentados, caminhava, com vestimentas típicas de viajante, observando as mercadorias expostas. Parou em frente a uma tenda específica e observou um artesão nativo, que vestia túnica e turbante, enquanto fabricava, com tiras de couro, o que o rapaz acreditou ser um objeto para se utilizar na cozinha. Não poderia ter certeza, mas a habilidade com que manuseava os materiais o deixou hipnotizado. Distraiu-se do artesão por um instante e capturou a imagem de um outro homem de meia idade, com a pele bronzeada, recostado à parede ao lado de uma tenda acortinada e fechada, tinha uma expressão severa, de poucos amigos, e fumava um cigarro.

O rapaz aproximou-se com a intenção de entrar no local. Achou que o homem mal-encarado talvez o fosse impedir, mas se enganou e, ao invés de barrá-lo, o homem o acompanhou tenda adentro. Deparou-se com uma diversidade de objetos expostos em mesas, todos com aparência de verdadeiras velharias. O local era sujo e cheirava a madeira podre e molhada e se sentiu mal de imediato, se preparou para dar meia volta e sair quando um objeto em particular chamou sua atenção. Tratava-se de um medalhão em formato de escaravelho, aquele inseto que os egípcios tanto veneravam, aparentemente em cobre, com cerca de cinco centímetros de diâmetro, pendurado em uma fina corrente dourada. Ele tocou o pingente com a ponta dos dedos, contornando as pontas, e falou para o homem:

– Quanto?

– É tesouro. Da rainha. Muito raro – respondeu em inglês precário.

Não era a primeira vez que o jovem estava no Egito, já havia sido alertado sobre a quantidade imensa de falsificações e piratarias de artefatos antigos. Não iria cair, em sã consciência, nessa história de tesouro, mas havia realmente se agradado do pingente e dinheiro, bem, dinheiro não era problema para ele. Retirou a nota mais alta que tinha na carteira e mostrou para o homem. Sem titubear, o vendedor tomou o objeto em mãos e entregou para o rapaz, recebendo a nota em troca. Satisfeito, o jovem deixou a tenda, quando foi surpreendido por uma mão pesada em seu ombro e se virou subitamente.

– Nick, venha! O avião sai em duas horas, temos que ir!

Nick respirou fundo e aspirou o aroma das especiarias do Khan el Khalili por uma última vez e com um certo pesar. O ano letivo estava prestes a começar e ele não poderia voltar a viajar tão cedo. Ele assentiu e seguiu o homem de volta para casa, ou o que deveria ser sua casa de agora em diante: um internato, onde passaria todo o ensino médio isolado de tudo o que ele até então conhecia como família e amigos.

Pobre, Nick.

Logo descobriria que o que lhe esperava era muito pior do que poderia imaginar.

Capítulo 2
Saint Louis

Menos de uma hora após desembarcar da viagem de férias, já estava em um veículo deixando a capital com destino ao Instituto Saint Louis, o mais caro e exclusivo internato do país, quiçá do mundo. Passaria todo o ensino médio na nova escola, famosa por receber membros das famílias mais influentes e ricas, herdeiros de grandes corporações, filhos de celebridades, atletas, cientistas ou, no caso dele, políticos.

Mais especificamente políticos em crise, extrema crise. Na realidade, não se falava em outra coisa nos jornais, revistas, internet e redes sociais no país, nas últimas semanas, além do esquema de corrupção em que o Governador de Nova York, Anthony Hayes, supostamente estaria envolvido. Desde quando o escândalo explodira, cerca de três meses antes, a família Hayes não tinha uma noite de sono tranquilo. A cada dia, uma nova informação tornava a situação do Governador mais delicada, a opinião pública e a mídia o trucidavam sem piedade. Antes da viagem ao Egito, Nick vivia praticamente em cárcere privado. Não havia paz, onde quer que fosse estava a imprensa, os burburinhos e comentários maldosos. Era um pesadelo sem fim.

Não demorou para que os pais de Nick tivessem a ideia do "exílio", como ele gostava de chamar o fato de ser mandado para um internato nos confins do mundo. Tudo bem, ele estava exagerando. Saint Louis ficava há apenas algumas horas de distância da capital. A cidadezinha onde se situava a escola, Paul Smiths, sim, de fato, era diminuta, e acabava tendo a atmosfera de estar isolada do restante do universo, ou pelo menos daquele universo que o cercava. "Vai ser muito bom pra você" – Linda, a mãe de Nick, disse quando o comunicou das novidades – "Vai poder focar nos estudos, se preparar para a faculdade... e além do mais a cidade é um charme, faz parte de uma estância turística!" Estância turística... por favor. Se aquilo é uma estância turística, o inferno é só uma sauna. Está certo que Paul Smiths ficava bem próximo de um dos lugares mais exuberantes da América, As Montanhas Adirondack. Só que, se fosse considerar a infraestrutura, a cidadezinha estava há anos-luz de uma estância. Mas preferiu não discutir com a mãe sobre esse pormenor. Percebeu que ela estava arrasada com todos aqueles acontecimentos e que, no fim das contas, só queria poupá-lo do que poderia vir a acontecer. Além do mais, tudo que seus pais não precisavam em meio à tempestade que assolava a família era de um adolescente dando *piti* desnecessário por não querer ir para a escola "X" ou "Y".

Não que Nick fosse o mais agradável dos adolescentes, ou o queridinho da turma, na realidade, ele fazia o tipo de pouquíssimos amigos, nada sociável e, para alguns, até esnobe. Aqui é preciso abrir um parêntese. De quando em vez ele se pegava refletindo sobre isso. Como assim, esnobe? Imagina. Ele não se dava ao trabalho de ser esnobe. Parte de sua filosofia de vida era, inclusive, ter o mínimo de trabalho possível nas relações sociais. Por que complicar tudo criando uma imagem esnobe e cheia de empáfia de si mesmo? Isso sim parecia ser algo muito trabalhoso. Tinha coisa demais com que se preocupar para reunir esforços em torno de algo tão sem efetividade, afinal de contas, ele era filho do Governador, por que diabos iria querer ter uma imagem negativa com quem quer que fosse? O que teria a ganhar com isso? Ele era antipático, fato, mas isso nunca fora algo intencional.

Apesar da antipatia visível, Nick era, por assim dizer, muito compreensivo. Por mais que tivesse seus protestos quanto à ida ao "exílio", tinha plena consciência de que eles de nada adiantariam e de que só deixariam seus pais mais atormentados. Se eles queriam preservá-lo ou mesmo poupar a si próprios de terem que viver tudo aquilo na presença do único filho, Nick entenderia. Não havia nada que pudesse fazer para amenizar aquela situação além de tentar entender. Em nenhum momento questionou a integridade do pai, presenciara a tortura pela qual Anthony estava passando, tinha dentro de si o sentimento de que uma grande injustiça estava sendo cometida com ele. Deixara isso bem claro em todas as oportunidades que teve de prestar alguma solidariedade. No fundo, tinha a esperança de que tudo acabaria se resolvendo naturalmente. Era o que Nick escolhera acreditar.

Saint Louis era uma construção suntuosa e ocupava mais de 100 hectares de extensão, ao menos era o que constava na *Wikipedia*, que Nick lia em seu celular ao se aproximar da escola. O motorista o deixou no prédio principal, onde funcionava a administração do campus. Ele foi recebido por uma amável jovem senhora, que se identificou como Supervisora do primeiro ano, portanto, seria a quem Nick deveria se reportar em quaisquer questões que pudessem surgir em relação à convivência no instituto, os colegas, as aulas, as atividades curriculares e extracurriculares, etc.

– O ano letivo ainda não começou, mas você irá perceber que muitos dos nossos alunos permanecem no campus mesmo durante as férias. Promovemos atividades praticamente todas as semanas – ela explicou animadamente. – A propósito, o Senhor Willis, que vai acompanhá-lo em História neste semestre, fará uma excursão ao sítio arqueológico do Parque Estadual de Adirondack no fim de semana. Você deveria ir e fazer algumas amizades! – Judith, como se chamava a senhora, tocou de leve o ombro de Nick ao dizer isso. Ele sentiu como se tivesse seis anos de idade.

– Eu irei, obrigado – sorriu amarelo.

Despediu-se da Sra. Carter na entrada da ala de dormitórios masculinos. Saint Louis possuía dois conjuntos de construções, um para garotos e outro para garotas, todos com aposentos individuais que dispunham de um considerável conforto. Bem sabia que sua mãe não lhe deixaria faltar algumas "regalias", como internet e TV, mesmo em um colégio interno, ainda mais em um tão luxuoso quanto aquele. Por mais que a programação nos meios de comunicação ultimamente não fosse das mais atrativas, era impossível se desconectar por completo do mundo. Ele era um adolescente de dezesseis anos, ora bolas, até onde era possível, tentava levar uma vida normal e, como todos os demais, fazia uso constante das tecnologias ligadas à internet.

Passou as horas que se seguiram tentando fazer com que aquele dormitório ficasse o mais próximo possível do que ele costumava conhecer por quarto. Preencheu as prateleiras com todos os exemplares de livros que pretendia ler pelo próximo ano, era um lazer do qual Nick não abria mão. Acrescentou alguns porta-retratos, com boas lembranças que gostaria de ter por perto, e alguns objetos que havia trazido de suas andanças pelo mundo a fora. Escolhia os que deixaria expostos entre os que adquirira na última, ao Egito, quando se deparou novamente com o escaravelho de cobre. Procurou um local apropriado para expô-lo, refletiu por alguns segundos e acabou pendurando a fina corrente em volta do pescoço. Sim, aquele não ficaria em nenhuma estante, ficaria com ele. Finalizava a arrumação de sua prateleira de livros quando ouviu o som de notificação de seu celular:

Lillian: Você poderia ter se despedido :/

Ele leu e guardou o aparelho de volta no bolso, soltou um ar pesado de seus pulmões. Definitivamente não era do tipo sentimental, jamais perderia tempo nessa baboseira de despedida, não via ponto nisso. Não, ele não poderia ter se despedido, afinal, para todos os efeitos, não estava acontecendo nada de anormal. Todos deveriam pensar que as coisas estavam se equilibrando e não que os pais estavam mandando o filho para os confins do mundo. Perguntava-se como as garotas conseguiam ser tão dramáticas e sem praticidade! Não estava óbvia a situação da família dele? Todos viam e comentavam. O que Lillian esperava que acontecesse? Que ele fugisse com ela para as montanhas? Por favor. E ainda mandava uma mensagem dessas, visivelmente tentando, de alguma maneira, torná-lo o vilão da história, como se ele tivesse a abandonado de forma deliberada.

Tenha santa paciência, eles nem mesmo eram "oficiais" para se considerar que alguém estava deixando o outro. Ah não, não mesmo que ela o deixaria com algum remorso ou peso na consciência. Ao contrário, ficou aliviado por não ter havido oportunidade de encontrá-la para sequer dar um *tchauzinho*. Essa baboseira ia ser ainda mais inconveniente ao vivo, ao menos no celular ele podia solenemente ignorar. O que ela podia fazer a respeito, afinal? Deletá-lo do *Facebook*? Chorar no *Twitter*? Deixou escapar um risinho pelo canto dos lábios ao imaginar isso. Como amava a modernidade! Retirou o aparelho do bolso e retornou à mensagem de Lillian, tocou a tela e selecionou "deletar", em seguida confirmou. Chega, já tinha passado tempo demais pensando nessa besteira.

Continuou seu trabalho de arrumação do quarto, agora faltava pouco, bastava configurar o seu *notebook* e pronto. Para se distrair, ligou a TV, era um hábito que havia adquirido e que atribuía ao fato de ter estado grande parte da infância sozinho. Ligava a TV para lhe fazer companhia, não precisava estar interessado em algo de particular que estivesse sendo transmitido. Sentou-se à escrivaninha e iniciou a máquina, aguardava o carregamento quando uma voz feminina levou sua atenção à televisão.

Agora a repórter Anna Martinez, direto da capital, tem novas informações sobre o escândalo de evasão de divisas que supostamente envolve o governo do estado. Será que o governador tem mais motivos para se preocupar, Anna?

Boa tarde, Susan, sem sombra de dúvidas. Nossa reportagem teve acesso a documentos confidenciais em que investigados pelo Ministério Público afirmam que o alto escalão do governo de Anthony Hayes tinha total conhecimento das operações ilegais que...

Nick pressionou um botão aleatório no controle remoto e levou a TV a um outro canal. Um documentário qualquer estava no ar, ele não se interessou em verificar do que se tratava, qualquer coisa estava melhor do que assistir seu pai ser linchado pela imprensa. Voltou a tentar configurar a rede de seu *notebook*, enquanto a voz na TV falava.

Há evidências pictóricas, artefatos arqueológicos e todo tipo de literatura antiga. Centenas de evidências que não podem mais ser negadas! Olhando para Nazca, por exemplo, do ar parece um aeroporto, porque há todas essas linhas brancas que parecem pistas de aterrisagem se cruzando... sem contar nas gigantescas linhas retas que seguem por quilômetros sobre vales e montanhas. Se o homem criou essas coisas, por que razão? Para mostrar para os "deuses", em veículos espaciais, o local de pouso? Porque é exatamente isso que parece! Que estavam tentando sinalizar algo para alguém no céu, voando pelo planeta, ou mesmo no espaço. Vamos supor, hipoteticamente, que uma nave chegue à Terra e que seus ocupantes queiram dar uma rápida examinada a respeito do que consiste este planeta. Nazca seria o local ideal para se visitar em busca de amostras e experiências, pois, ainda hoje, Nazca é um dos lugares mais abundantes em matérias primas. Lá se encontra de tudo! Ouro, urânio, praticamente uma impressão digital do planeta Terra. Você vai até Nazca e descobre, de imediato, do que se trata o planeta Terra. Mas não é só isso... por todos os lados, ao redor do mundo, temos estátuas, esculturas, desenhos e pinturas destes seres extraterrestres, eles não chegaram apenas em Nazca. Mesmo nos Estados Unidos, em Saber Canyon, Utah, temos desenhos rupestres de criaturas muito estranhas, com antenas na cabeça e capacetes... e do outro lado do mundo em Kimberly, Australia, por exemplo, nós tempos os mesmos desenhos daqueles seres com capacete com o halo em volta da cabeça. E o que eu pergunto é: O que nossos ancestrais viram que os levou a fazer esses desenhos nas cavernas?!

E na Colômbia há inúmeros artefatos fúnebres que se parecem com aeronaves modernas, com asas fixas e fuselagem. Será que nossos antepassados viram algo semelhante pelos ares? Com certeza! Estou convencido de que não só esses extraterrestres nos visitaram como também que sua alta tecnologia foi utilizada em construções incríveis da antiguidade, como as pirâmides do Egito. A grande pirâmide não foi construída em vinte e dois anos, como dizem os historiadores, porque, do ponto de vista logístico, teria que se cortar, transportar e colocar no lugar uma pedra a cada nove segundos. E há engenheiros modernos que defendem que não há como se fazer em vinte e dois anos nem mesmo com a tecnologia que temos hoje! Você quer dizer para mim que os antigos egípcios construíram essas pirâmides à mão? Isso é impossível. Antigos textos egípcios dizem que as pirâmides foram construídas por seres humanos com a ajuda dos guardiões do céu, ou seja, os "deuses". Então, minha conclusão é que as pirâmides foram construídas por mãos humanas sim, mas com o auxílio de tecnologia alienígena.

Sem perceber, passara todos aqueles minutos que a máquina levara para finalizar o carregamento das configurações de rede olhando a figura pitoresca falando no documentário. O homem deveria ter em torno de 40 anos, tinha a face coberta por um cavanhaque, pele bronzeada e brilhante, como se tivesse acabado de subir uma montanha ou atravessado o deserto, o cabelo escuro, com alguns grisalhos, se delineava em um penteado ridículo, cômico, com todo o volume espetado para cima, parecia ter levado uma forte descarga elétrica que o deixara com a cabeleira "acesa", usava um tipo de amuleto em volta do pescoço, com uma pedra grande azulada, nas mãos tinha vários anéis e vestia uma camiseta com estampas estilo caribenhas, que só deixavam sua aparência ainda mais excêntrica.

"Que cara bizarro falando coisas igualmente bizarras", ele pensou. Apesar dessa opinião, continuou assistindo e, aproveitando que o computador notificou ter concluído a instalação da rede, Nick sucumbiu ao que já podia admitir ser um vício: "googleou" o nome do pesquisador excêntrico da TV. Sim ele fazia aquilo, o tempo todo, sobre quaisquer coisas que despertassem o mínimo de sua atenção. Se algo lhe prendia mesmo que por um instante ele *tinha* que pesquisar, era uma necessidade, era quase patológico. Pesquisava seus próprios pensamentos às vezes, para ter certeza de que não estava pensando algo irreal, para se aprofundar ou só para passar o tempo.

Pesquisava sobre algo que estava conversando com alguém, até escorregava o celular por baixo da mesa e fazia aquela pesquisa rápida para se certificar de que estava realmente falando o que achava que estava falando, mesmo que tivesse quase cem por cento de certeza, tinha que consultar a web para "bater o martelo".

De vez em quando pesquisava o próprio nome, com aspas para especificar bem os resultados, para conferir o que a internet entendia por ser a vida dele. Obviamente, fazia isso também com os nomes das pessoas que cruzavam seu caminho, professores, colegas, amigos, namoradas, ex-namoradas, todos. Bastava ficar à toa com um celular ou *tablet* na mão para ter aquele *insight* e dar uma "googleada" naquela pessoa que ele não pesquisava desde, sei lá, mês passado. A ideia de não dispor desse tipo de comodidade o deixava muitíssimo angustiado, não gostava de pensar nisso nem de brincadeira, credo.

Digitou praticamente no automático: *Jonathan Petropoulos*.

O primeiro resultado era uma página da Wikipédia. "Maravilha", pensou já clicando sobre o *link*. Ele adorava a Wikipédia, achava genial demais a disponibilidade de uma enciclopédia na *web*, tanto que ele mesmo fazia questão de contribuir para a integridade do site, sempre que tinha uma informação nova que pudesse ser reveladora corria e atualizava o artigo correspondente da *Wiki*, Nick se sentia realmente útil fazendo isso. Correu a tela com os olhos (ele tinha sua própria técnica de leitura dinâmica, adquirida em grande parte pelas situações quando tinha que ler e analisar suas pesquisas em situações inusitadas, em que era preciso esconder o que fazia de seus interlocutores, uma arte) e abstraiu:

Jonathan Petropoulos... Pesquisador, Físico Teórico, Ufólogo, Autor de "Eles estão entre nós", origem grega, principal idealizador da série de documentários sobre o tema, grande admirador e seguidor de Erich Von Daniken, etc., etc., etc. Havia uma lista considerável de referências para artigos publicados, entrevistas, vídeos e tudo mais. O cara parecia ser uma autoridade no assunto que Nick classificaria como "coisas bizarras". Em casos como aquele, em que havia bastante informação, ele tinha a necessidade de retornar ao início e reler todo o texto, só que desta vez com total atenção, sem truques. E foi o que fez.

Na metade do artigo sentiu suas têmporas latejarem com a luminosidade da tela do computador, foi aí que se deu conta de que não comia desde a pausa que fizeram durante a viagem de Nova York para Paul Smiths. Precisava fazer algo a respeito disso, afinal. Vestiu um casaco, pois o fim da tarde já se aproximava, colocou os fones de ouvido e deixou o dormitório.

A Sra. Carter havia falado que o acesso à vila nas férias era livre durante o dia, bastava respeitar o toque de recolher as 23 horas e utilizar sempre a saída da escola que levava à uma das ruas principais da cidade e, portanto, mais segura. Foi o que ele fez. De fato, a tal saída era de uma facilidade tremenda, não levou mais que dez minutos do prédio dos dormitórios até a rua, numa caminhada que ele considerou agradabilíssima: a escola era rodeada de jardins, no entorno dos blocos havia pequenas praças com bancos e mesas para convivência.

Quando passou, até pôde ver alguns daqueles que seriam seus colegas, alguns conversavam, outros liam ou jogavam. Todos pareciam satisfeitos e à vontade naquele ambiente, como se estivessem em estado de hipnose de paz. Nick achava aquilo fascinante e ao mesmo tempo sinistro. Como adolescentes, em pleno período de férias, poderiam estar assim, tão serenos? Não parecia natural, de jeito nenhum.

Enquanto deixava o campus lhe ocorreu a ideia de fazer mais uma pesquisa muitíssimo oportuna, digitou no GPS do celular: *livraria.* O resultado mais próximo ficava há cinco minutos de caminhada: *Prometheus* – Livraria e Cafeteria. "Perfeito", pensou Nick, livros e comida, o que mais poderia querer em um mesmo lugar? A resposta viria de imediato em sua cabeça: "*Wifi* seria uma boa". Sorriu para si mesmo e caminhou na direção indicada pelo GPS.

Enquanto caminhava, por aquela que deveria ser a rua principal, reparou que a vila até que era bem movimentada, havia uma diversidade de viajantes – especialmente jovens – com mochilões nas costas, grupos acompanhados por guias, veículos de passeio e uma considerável demanda pelo comércio e serviços locais. Nick não estava tão surpreso, afinal, já havia fuçado na internet sobre a cidadezinha e lido que se tratava de um ponto de turismo ecológico, ou algo assim. Mas tinha que admitir que esperava um pouco menos.

Não foi difícil encontrar a *Prometheus*, era um dos locais mais visados da rua. Ao entrar, constatou que a livraria tinha uma dimensão respeitável, sorriu para si mesmo ao ver as inúmeras mesas e poltronas entre cada corredor de estantes de livros. O ambiente lembrava o de uma biblioteca *vintage* e, para o gosto dele, não poderia ser mais aconchegante. Dirigiu-se ao fundo e pegou uma mesa no café, tomou um lanche rápido e apressou-se para explorar as seções da livraria. Essa era outra coisa na qual Nick já se considerava um viciado.

Poderia passar, sem dificuldade, horas em uma livraria ou biblioteca examinando os exemplares dos mais diversos temas e assuntos. Passou quase meia hora nas estantes de grandes clássicos, até selecionou dois que faltavam em sua coleção, quando teve um estalo e lembrou-se do pesquisador que vira mais cedo no programa de televisão.

Coçou a cabeça perguntando-se onde estaria a seção de livros *non sense.* Andou de um lado para outro procurando temas que poderiam se relacionar com os assuntos do documentário, mas não obteve êxito, não tinha a mínima ideia de onde poderiam estar essas obras, não era um assunto que ele já havia desbravado antes, para ser honesto. Desanimou-se, afinal, por que encontraria a obra de um autor meio maluco do qual nunca ouvira falar na livraria de uma cidade diminuta quanto aquela?

– Ei, você precisa de ajuda?

Nick ouviu uma voz feminina sob seu ombro e de imediato voltou-se. A jovem e ele deveriam ter a mesma idade, não saberia precisar com certeza, mas era o que parecia. Ela estava parada diante de uma tela de computador na ponta da fileira de estantes, tinha cabelos castanhos curtos, ligeiramente cacheados. Com a luz que vinha da rua pelo vidro da vitrine, os cabelos tinham tons acobreados, os olhos, também castanhos, pareciam mais escuros pela grande quantidade de lápis preto ao seu redor. A garota tinha um fone de ouvido em torno do pescoço, um dos bons, dos grandes, a música estava tão alta que mesmo a certa distância ele conseguiu ouvir o que tocava. *The Doors*. Bom, muito bom. Excelente, para ser honesto. Ela usava uma camiseta escrita *Prometheus* e com o desenho do logo da loja.

– O quê? – Nick falou, no automático, fingindo não a ter ouvido.

– Está perambulando feito barata tonta para lá e para cá, está precisando de ajuda para achar alguma coisa? – ela respondeu erguendo a sobrancelha grossa de forma impaciente.

– Ah, sim, eu... – Começou, mas antes de continuar se aproximou dela e prosseguiu quase em um sussurro: – Não que seja da minha conta, mas, tem certeza que não é ilegal estar trabalhando aqui na sua idade? Há situações bem específicas para o trabalho de menores de idade e eu não estou muito convencido de que essa seja uma delas. Longe de mim querer condenar... eu digo isso porque é muito comum que as pessoas não tenham conhecimento de algumas leis nas cidades do interior, então acabam fazendo sem saber, sem intenção...

A garota virou de leve os olhos e deu um risinho sarcástico. Respondeu também sussurrando:

– Nós temos a constituição na seção jurídica, corredor da direita, e sabemos ler, moço da cidade grande. – Nick sentiu as maças do rosto corarem. Ela prosseguiu em tom divertido: – Relaxa, eu já tenho dezessete e meu pai é o dono, então, estamos em casa. Literalmente.

– Eu deveria ter imaginado. Desculpe.

– Você não teria como. E então? Do que está precisando?

– Ah, é um livro meio, eu não sei como classificar... místico, talvez? Não deve ser muito conhecido e nem deve ter aqui, é só um negócio que eu vi na TV e queria dar uma olhada. – Pegou o celular e mostrou à moça o nome do autor e do livro. Ela expirou pesadamente.

– Petropoulos? Você está brincando, né?

– Por quê? – ergueu os ombros.

– "Nem deve ter aqui"? – ela o imitou. Nick permaneceu impassível. A garota então franziu o olhou com estranheza: – Oh, Deus, você não está brincando!

– Não, não estou.

– Inacreditável – disse ela com a mão na cintura e um sorriso bobo nos lábios. – A seção de UFO fica lá em cima – e apontou para as costas e Nick. – Por aquelas escadas, ao lado da sala de jogos. Vai encontrar isso aí e o que puder imaginar lá. Boa sorte.

– Vocês têm um *andar* sobre isso? – ela assentiu. – Por quê?

– Vá lá e veja você mesmo – respondeu com voz entediada. Nick deu de ombro.

– OK, obrigado pela ajuda... – apontou o indicador para ela de forma interrogativa.

– Alexsandra. Alex. E não tem de quê. Chame se precisar de algo – falou Alex antes de recolher uma pilha de livros ao lado do computador, recolocar os fones de ouvido e sair.

Nick a observou sair com o cenho levemente franzido. Estava confuso, tinha a impressão de ter perdido algo, definitivamente suas últimas pesquisas não haviam sido muito eficazes, do contrário, não teria ficado boiando na conversa com a garota. Não gostava dessa sensação, de ter deixado passar alguma coisa relevante, era frustrante. Para não perder mais tempo, seguiu as instruções de Alex e tomou as escadas que levavam ao andar superior.

Surpreendeu-se ao notar que era a seção mais movimentada da *Prometheus*. O local era de certa forma até carnavalesco. Possuía uma decoração característica para o tema de UFO's, Aliens e toda a *Scifi* relacionada a isso. Nick não era nenhum entusiasta do assunto, estava ali por mera curiosidade. Por isso deu uma volta despretensiosa entre as estantes, não se prendendo a nada em particular. Na realidade, estava mais absorto em observar os "tipos" que estavam por ali. Eram jovens em sua maioria, bem jovens, do tipo mais jovens do que ele. "Crianças", pensou. As turmas se distraiam principalmente com as obras de ficção e quadrinhos, embora Nick tenha reparado que as obras científicas, entre aspas, estavam em volume maior.

Havia ainda o grupo de jovens adultos e adultos propriamente ditos, quase todos com a aparência dos turistas que ele tinha visto quando passara na vila. Havia um stand dedicado apenas à própria vila e região, Nick examinou rapidamente a seção e constatou que aquele era um suposto local de avistamentos de OVNi's e que atraia entusiastas o ano inteiro com o intuito de explorar essa característica local.

Finalmente compreendeu porque Alex ficara tão surpresa com a sua ignorância momentos antes. Ele realmente estava por fora dessa tão relevante informação sobre a cidade, precisava rever seus critérios de leitura dinâmica, fato. Caminhou por mais alguns minutos, mais uma vez absorto nas pessoas em volta, quando se deparou com um ambiente específico do andar, nele estava um banner de cerca de um metro e meio com a imagem pitoresca de Jonathan

Petropoulos sob as palavras: *VOCÊ SABIA? ELES ESTÃO ENTRE NÓS*. No entorno, pilhas do livro de Petropoulos estavam expostos.

Nick recolheu, com discrição, um exemplar, que colocou entre os dois livros clássicos que escolhera ao chegar na livraria. Antes de partir lembrou-se da pesquisa que fizera mais cedo sobre o assunto e aproveitou para levar também um exemplar de Erich Von Daniken. Dele já ouvira falar, era um escritor mundialmente conhecido e, ao que tudo indicava, era também o mentor dessa nova leva de ufólogos. "Nova leva". Pelo menos era o que Nick achava, a verdade é que não sabia lhufas de a quantas andavam as pesquisas nesse ramo. Bem, na pior das hipóteses, teria bastante com o que se distrair até o início das aulas. Estava pronto para se retirar quando foi interrompido:

– Hey! Hey, garoto de Saint Louis! – Nick voltou-se, achou que só poderia ser com ele. Um rapaz alto, muito magro, com cabelos ruivos volumosos e barba espessa já estava ao seu lado. – Não quer marcar um tour a todos os pontos sinistros da vila? Uma parada em cada ponto sinistro do Parque Estadual, é imperdível, mas cem por cento seguro! Dá uma olhada no itinerário – entregou um folder a Nick que aceitou com relutância.

– Obrigado, mas, hoje não! – recusou.

– Se mudar de ideia, meus telefones estão no informativo. É só ligar e falar com George. Ou me procura aqui mesmo, estamos sempre por aqui. *Namastê*! – e fez um gesto juntando as duas palmas das mãos. Nick acenou com a cabeça e dirigiu-se ao caixa no andar de baixo.

Já era noite quando ele deixou a *Prometheus* e retornou ao campus de Saint Louis. Passou em uma loja de conveniência onde comprou alguns *snacks*, salgadinhos e refrigerantes, coisas que fariam sua mãe ter um AVC só de imaginar que pudesse ter em seu quarto. Seu frigobar na escola havia sido preenchido seguindo as estritas instruções de Linda Hayes, havia frutas, sucos, água, mas convenhamos, embora sua mãe tivesse mil argumentos contrários (pertinentes até), não só disso vive o homem.

Havia ao menos uma vantagem em se estar isolado do restante da família, ali dentro do seu dormitório, ele ditaria as regras. "Demais!", refletiu com um sorrisinho ao entrar no quarto e acomodar suas compras em seus devidos lugares.

Após se instalar em sua cama dedicou-se à leitura de suas novas aquisições. Para sua surpresa, achou a leitura de Petropoulos bem leve e interessante, por mais inverossímeis que parecessem suas teorias de visitas alienígenas à terra ocorrendo há milhares de anos, inclusive nos dias atuais, Nick considerou um ótimo passatempo.

O passeio de mais cedo e agora a leitura o haviam distraído por completo do turbilhão de aborrecimentos passado pela família. Por um instante, pareceu estar tudo bem, ele se sentiu tranquilo, despreocupado, como se nada tivesse acontecendo. Leu alguns capítulos até ouvir o toque de recolher e acabou adormecendo sem dificuldade. Mal sabia que essa sensação de paz estava com os dias contados.

Capítulo 3

Cavalo na "E6"

Mesmo em férias Saint Louis tinha um irritante sistema de despertador: a gigantesca agenda de atividades desenvolvidas no campus para os que permaneciam lá antes do início das aulas. Torneios de tênis, xadrez, natação, workshops, grupos de leitura, grupos de estudo, grupos de desenho, até oficinas de gastronomia estavam no programa que ele recebeu naquela manhã por um simpaticíssimo representante dos alunos, que bateu em sua porta por cerca de sete minutos, ao menos foi o que ele calculou terem sido.

– E se eu não quiser participar de nenhuma dessas coisas? – perguntou Nick, a voz grossa, sonolenta, após a animada explicação do garoto que lhe batia à porta.

– A biblioteca está aberta o dia inteiro! E você pode ir à vila, a saída está liberada! – respondeu o outro, com uma animação deveras irritante.

– E se eu quiser ficar bem aqui? – apontou para baixo. – Aqui dentro? Teria algum problema?

O rapaz pareceu desconcertado. Balbuciante, respondeu: – *Problema* propriamente dito, bem, não, mas... será mais difícil para você fazer amigos se não sair do quarto, não é mesmo?

"Não me diga!" Nick pensou tomado por um tédio absurdo. Só o fato de olhar para aquela criatura parada em sua porta já era cansativo. Fazer amigos, ok, essa é boa! Foi exatamente com esse propósito que ele veio para Saint Louis, para se divertir de montão com os "trocentos" amiguinhos e amiguinhas que faria enquanto aprendiam juntinhos a fazer um suculento *Crème Brulée*. Quê que é isso... haviam o mandado para algum grupo de ajuda e não o avisaram. Sinceramente, não tinha a menor paciência para aspirantes a coroinha tentando convertê-lo à liga da fraternidade universal, ou qualquer besteira do tipo.

– Acho que posso superar isso – e fechou a porta, sufocando o emissário da amizade que ainda chegou a falar:

– ... o almoço será servido a partir das onze no refeitório e vai até as...

Nick não ouviu o final da frase. Por que sempre escolhiam algum pateta para fazer esse tipo de "trabalho" nas escolas? Nada contra os patetas, que é isso, só era inegável o fato de sempre haver algo de ridículo na aparência desses caras, sem exceção. Essa constatação o intrigava, porém ao mesmo tempo lhe ocorria a máxima óbvia de que só alguém bem tosco toparia sair enchendo o saco dos outros assim, gratuitamente. Que saco.

Voltou a dormir, ainda estava exausto do dia anterior e, além disso, nem passava das nove. Onde já se viu acordar antes das nove em dias de folga? Ficaria pelo menos mais uma hora na cama. Por sinal, seu despertador só tocava as dez e ele insistia em ter suas diretrizes de sono respeitadas.

Acabou tendo um sonho curioso. Nele, estava de volta ao Egito, só que dessa vez acompanhava Jonathan Petropoulos e, numa característica típica dos sonhos, embora *soubesse* que estava no Egito, o local tinha a aparência distinta da realidade: era alguma floresta, talvez da região equatorial, mata densa, ar úmido. Ele se movia lentamente, os coturnos afundavam em uma espécie de barro úmido, até que alcançavam, após o que pareceu ser uma eternidade, um clarão no meio da mata, o destino que buscavam na caminhada.

Parecia ser uma aldeia, mas a tribo que lá habitava não era indígena, tinha características dos homens cinzentos sobre os quais Nick havia lido na noite anterior. O sonho continuava com a dupla, Nick e Petropoulos, tentando contato com os habitantes da tribo remota, porém, não era possível estabelecer comunicação e os homens cinzentos os aprisionavam, ao mesmo tempo em que o barro se tornava cada vez mais profundo e os sugava terra adentro. Acordou de um salto, quando no sono já estava quase encoberto por inteiro pela terra molhada. Um pesadelo emocionante e inusitado, tinha que admitir.

Acordou faminto, checou o relógio e viu que já estava quase na hora do almoço, pelo que se lembrava do que o emissário da liga da amizade o tinha falado mais cedo. Onze, ele havia dito? Onze e meia? Algo do tipo, havia tempo suficiente para Nick tomar um banho, vestir-se e procurar o refeitório. O garoto mencionara também algo sobre a biblioteca. Pensando nisso, levou seu livro recém adquirido embaixo do braço para aproveitar o período após o almoço e finalizar aquela leitura.

Naquele fim de manhã, o campus estava bem mais movimentado, pôde perceber que os residentes de Saint Louis de fato se animavam com as atividades promovidas pela escola. As mesas de estudo ao ar livre estavam todas ocupadas, até nos largos corredores por onde passou no caminho vários grupos se reuniam.

Impressionante.

Saint Louis fazia jus à fama que tinha de receber os jovens com os mais promissores futuros da América, e os de fora dela também. Não vira estudantes tão engajados em nenhuma das escolas que frequentara em Nova York, e elas não eram nem um pouco fracas. Todo aquele alvoroço o fez até se sentir um pouco deslocado, quiçá ingrato, por estar ali alheio ao que se passava enquanto aqueles que seriam seus futuros colegas em Harvard ou Yale não desperdiçavam um minuto sequer e mantinham-se ocupados.

Tudo bem, ele podia se considerar em período de adaptação, vai. Dali em diante, se esforçaria um pouquinho para se entrosar, palavra. Até porque, também não era *o* esquisitão, só estava atravessando uma fase difícil, considerava seu isolamento temporário algo naturalíssimo, sem drama.

Não teve dificuldades para encontrar o refeitório, muitos se dirigiam para lá naquele horário, bastou seguir o fluxo. O *buffet* era bastante respeitável, tinha uma boa variedade de saladas, pratos quentes no geral interessantes e algumas sobremesas, nada espetacular, porém, para ele, estava de bom tamanho. Nick serviu-se e tomou um lugar ao fundo do refeitório, que comportava ao menos uns cem lugares e ainda não estava lotado, almoçou enquanto olhava as atualizações das redes sociais no celular.

Evitou os sites de notícias, embora algumas teimassem em aparecer nas publicações sugeridas de sua página no *Facebook*. Essa inteligência artificial mega avançada do *Facebook*, *Google* e afins às vezes conseguia ser muito irritante. Ocultou tudo que conseguiu a respeito de política e seguiu em frente. Quando finalizou sua refeição, havia poucas mesas totalmente vazias no refeitório, ficou aliviado por ter permanecido sem companhia durante o almoço. Está certo que resolvera se tornar um pouco mais sociável minutos atrás, mas se tinha uma coisa que não gostava era de ser incomodado enquanto comia, a hora da refeição para ele era sagrada.

Tratou de sair antes que alguém sentasse a seu lado e resolvesse emplacar uma conversa, "Deus me livre de uma coisa dessas", pensou. A verdade é que também se sentiria muito desconfortável se tivesse que assistir um desconhecido mastigar, engolir e falar e ainda manter uma conversa amigável enquanto isso. Não, não seria legal. Precisava já ter alguma *intimidade* com outros seres humanos para compartilhar esse momento. Ali não era o caso, com certeza não.

Dirigiu-se aos jardins para passar o tempo enquanto digeria a comida, procurava um dos bancos de praça para sentar quando uma aglomeração em particular em uma das mesas de estudos chamou sua atenção. Por alto, calculou cerca de vinte pessoas formando um círculo. Ele não aguentou. Se tinha algo que superava sua inaptidão social era a curiosidade. De jeito nenhum que deixaria de verificar direitinho o que estava acontecendo.

Aproximou-se do grupo fingindo despretensão, apenas passando, até que se juntou aos demais e pôde ver que eles acompanhavam uma partida de xadrez rápido. A grande maioria parecia empolgar-se em torcer pela jogadora na ponta direita da mesa. A garota tinha os cabelos pouco abaixo dos ombros, castanhos, seguros por uma tiara, vestia um pulôver azul escuro que, para Nick, já parecia ser o uniforme de alguma escola, senão aquela, qualquer escola, só tinha cara de uniforme, era preciso ser bem *nerd* para estar "uniformizada" até nas férias. Ela mutilava o adversário, o garoto tosco que o acordara mais cedo no dormitório, com um olhar gélido, quase sem piscar, enquanto batucava devagar os dedos na mesa diante do tabuleiro, as mãos lado a lado. O outro oscilava entre o tabuleiro, o relógio do xadrez e os olhos glaciais da menina.

Pressionado pelo tempo que passava e pelos comentários ferinos dos espectadores movimentou uma peça e bateu o relógio. De imediato a garota moveu uma de suas peças pretas e também bateu o relógio. Um quase sorriso surgiu nos lábios dela. Havia poucas peças brancas no tabuleiro e, com uma análise rápida, Nick concluiu que aquela fora a jogada fatal da partida. Pela segunda vez naquele dia sentiu piedade do pobre garoto tosco.

– É isso, ela acabou com ele! – comentou um rapaz ao lado dele. Nick ergueu a sobrancelha e assentiu.

– Essa é a final do torneio? – perguntou de volta.

– Torneio? Não é um torneio! É um desafio. E *ela*... ela derrotou todos os desafiantes desde as nove da manhã.

– Uau. Quantos?

– É só olhar em volta.

Isso era impossível. Mesmo para xadrez rápido era impossível. Ok, poderia não ser impossível, mas era muito, muito improvável. Ninguém ganha assim tão rápido de tantas pessoas. Os dois jogadores se cumprimentaram e o "garoto despertador" deixou a mesa arrasado. Do lado vencedor, um outro jovem estava extasiado na torcida, ao contrário da garota que permanecia impassível.

– Quem é o próximo? – Nick quis saber.

– Acho que esse pobre coitado foi o último ingênuo – respondeu o rapaz com uma risadinha. – A não ser que apareça algum louco!

Uma centelha tentadora se acendeu diante dos olhos de Nick. Não era nenhum exímio enxadrista, já tinha participado de algumas jornadas no ginásio, nada de mais, mas... por que não? Seria divertido. Além do mais, se tinha que se entrosar, era preciso começar de alguma maneira. Ele pôs seu exemplar de "Eles estão entre nós" na mesinha ao lado, onde também estavam os pertences da garota e se esgueirou no aglomerado até chegar ao assento do jogador, onde, sem mais pensar, sentou-se.

Ouviu alguns burburinhos aos quais não deu atenção e se ocupou em arrumar as peças brancas no tabuleiro. A garota fez o mesmo com as pretas, em seguida, recostou-se na cadeira e, assim como antes, posicionou as mãos lado a lado, movendo os dedos de forma lenta. Deu um sorrisinho de cumprimento ao qual Nick retribuiu.

– Brancas primeiro – foi o que ela disse no instante que ele finalizou a colocação das peças.

Obediente, ele iniciou a partida, moveu um dos peões, ela o seguiu de imediato. Cinco jogadas se seguiram praticamente sem pausa quando Nick perdeu a primeira peça para ela. Fechou os olhos contrariado quando duas rodadas depois perdeu a segunda, logo depois a terceira e para piorar de vez, a quarta.

Inspirou e o ar parecia pesado, sua adversária permanecia inabalável. Tinha tempo para pensar, mas deixou que a garota impusesse seu ritmo de jogo e acabou fazendo movimentos sem refletir.

Precisava de uma estratégia. Focalizou o tabuleiro e apenas ele, desligou-se da torcida – visivelmente contrária, diga-se de passagem – e simulou o deslocamento das pedras do jogo.

Escolheu o cenário que acreditou ser o mais provável para atrair a adversária e diminuir sua desvantagem. Jogou e bateu o relógio. Como nas outras vezes a jogada dela foi instantânea, mas foi a que Nick esperava e também a seguinte. Sua armadilha funcionou e conseguiu tirar um dos cavalos pretos do jogo. A perda não pareceu afetá-la e a partida seguiu, porém, ele agora aproveitava o tempo que podia para avaliar suas opções.

Três rodadas depois, uma torre e dois peões pretos estavam fora. Pela primeira vez a garota se moveu na cadeira, apoiou os cotovelos na mesa e o queixo nas costas das mãos. Desta vez sua jogada não foi imediata, aquele foi o primeiro momento desde o início da partida em que ela, de fato, parou para pensar, sem a menor pressa. O torcedor animado passou a falar frases de incentivo. Nick não se prendia ao que os de fora bradavam. Naquele momento buscava os olhos dela, estava também muito sério.

A partida permaneceu mais lenta e tensa pelas rodadas seguintes. Nick perdeu algumas peças, mas também conseguiu roubar outras. O jogo dele consistia em evitar as ameaças dela ao rei. Não tinha oportunidade de traçar seu próprio ataque. Isso não era bom. A cada peça branca perdida o torcedor do lado oposto vibrava. Entre suas tentativas de criar estratégias, Nick conseguiu pensar em um "Que mala" em resposta aos comentários. Não entendia direito porquê sua adversária era tão querida, afinal de contas. Não importava, tinha que se concentrar no jogo.

Logo na sequência escapou de dois xeques. Precisava pensar em algo ou logo estaria acabado. Foi na sua tentativa mais ousada de ameaçar o rei da garota que perdeu sua rainha.

– É isso aí, garota!!!

Nick digeria a perda irreparável quando sua adversária teve um sobressalto com mais esse comentário do torcedor animado, virou-se de súbito e o encarou:

– Pelo amor de Deus, será que dá pra você calar a boca, Eddie? – repreendeu, a voz saindo entre os dentes. Eddie, como se chamava o torcedor mais inconveniente de todos os tempos, fechou o sorriso. Parecendo satisfeita, ela se voltou para Nick: – Desculpe por isso.

Nick deu de ombros, já conformado com a perda prosseguiu em suas investidas. Para a surpresa de todos, a rainha preta caiu numa jogada inesperada até mesmo para ele. A garota suspirou, na opinião dele ela parecia cansada. O tabuleiro estava intrincado, ambos haviam perdido suas peças mais poderosas, ela não mais jogava sem pensar durante todo o tempo disponível no relógio. Ele fazia o mesmo. Não saberia precisar por quanto tempo ainda jogaram. Quando restavam no tabuleiro bem menos peças, bastantes, porém, para dar nó na cabeça de qualquer um, a garota, depois de refletir por quase todo o tempo que dispunha, estendeu a mão direita na direção dele.

Ela estava oferecendo um empate.

Nick ergueu a sobrancelha, meio incrédulo, examinou o tabuleiro e em seguida mirou o rosto dela. A expressão não era mais gélida, mas sim, serena. Ele meneou a cabeça, num gesto positivo, e aceitou o cumprimento. Ouviu os espectadores aplaudirem, menos um, que estava contrariado. Eddie, é claro.

Sentiu vários tapinhas no ombro e congratulações quando levantou da mesa. Até parecia que tinha ganhado a partida. Compreendeu, no entanto, que os parabéns eram pelo fato de não ter sido derrotado. Ao que tudo indicava, isso por si só já era uma proeza. Aos poucos o grupo se dissipava, Nick foi até a mesa ao lado pegar seu livro, a garota vinha na mesma direção. Os dois pegaram seus livros ao mesmo tempo.

– Grande jogo – disse a garota.

– Obrigado.

Ela se virou para ir embora, mas voltou atrás e disse a ele em tom mais baixo:

– Cavalo na 'E6'.

– O quê?

– Com o cavalo na 'E6' você ganharia – apontou para o tabuleiro. – Está vendo?

Nick observou o local indicado. Ela tinha razão.

– Por *isso* você ofereceu o empate...

– Pelo que mais seria? – ergueu os ombros e abriu um sorriso.

Como havia sido tão ingênuo de não desconfiar?

– Nesse caso, acho que mereço uma revanche – desafiou.

– Quando quiser!

– Eu sou Nick...

– Hayes – a garota completou. – Todos aqui já sabem quem você é.

Ele soltou o ar dos pulmões, não pôde conter a decepção, era óbvio que se seus colegas estavam cientes dessa informação não seriam capazes de apoiá-lo em nada, nem mesmo em uma reles partida de xadrez. Nick estava mesmo desapontado, havia alimentado a doce ilusão de que teria a chance de se misturar à multidão em Saint Louis, como apenas mais um adolescente cujo maior desejo era superar o ensino médio e entrar para a faculdade. Só que não.

– Eu deveria ter imaginado – lamentou.

– Não é o fim do mundo. Logo você vai perceber que todas as pessoas aqui são alguma peça rara. Estamos todos no mesmo barco.

– Você vem ou não? – Eddie gritou a alguns metros à frente.

Pela segunda vez estendeu a mão para Nick, que retribuiu. – Eu sou Blair. Aquele é Eddie.

Eddie deu apenas um aceno de cabeça. Não aparentava estar muito satisfeito pelo desfecho da partida de xadrez. Ainda. Nick nem conseguia expressar o quanto achava aquilo bobo. Acenou de volta. Blair despediu-se, "Tenho que ir, nos vemos por aí", e acompanhou Eddie até o refeitório, achou tê-los ouvido discutir enquanto caminhavam, mas não permaneceu lá tempo suficiente para ter certeza.

O jogo o deixara cansado, abortou os planos de ir à biblioteca e acabou retornando ao dormitório. Jogou-se na cama e resolveu continuar a leitura ali mesmo. Seu marcador de página havia sumido, folheou até encontrar o local onde havia parado, mas as folhas estavam cheias de rabiscos que ele não se lembrava de ter feito, ao menos não conscientemente. Havia círculos, trechos sublinhados, anotações inteiras, questionamentos.

– Que diabos é isso... – falou para si mesmo.

Aquele não era seu livro, seu livro estava novinho, e jamais, jamais, nem com uma arma apontada contra a própria cabeça, ele sairia rabiscando livros daquele jeito. Considerava isso um crime, seus livros eram todos impecáveis, sem anotações, marcas, amassados, nada. Conferiu a capa, sim era um "Eles estão entre nós", na contracapa, escrito a lápis encontrou a explicação para suas dúvidas nas duas iniciais: *"B.R."*

De fato, aquele livro não era seu. Mas a coincidência era, no mínimo, intrigante. Ele disse, em voz alta ao observar as iniciais:

– Blair.

Capítulo 4
Anotações pessoais

Naquela noite haveria um Sarau de poesia em Saint Louis e frise-se: se tinha uma coisa que Nick não suportava era poesia. Como achava aquilo enfadonho! Sem contar que, mesmo que fizesse um esforço de concentração extremo, na maioria das vezes não conseguia entender lhufas do que o "eu-lírico" estava dizendo, ou sentindo, ou *pensando*! Adorava literatura, mais especificamente de ficção, mais especificamente ainda em prosa. Qualquer coisa em verso estava fora de cogitação.

Ficava irado quando nas aulas de literatura era obrigado a interpretar aqueles textos sem pé nem cabeça de séculos atrás e a ter que encontrar o exato sentido que algum professor *entendeu* como sendo o real significado daquilo. Como esses professores poderiam ter certeza, para começo de conversa, que o que eles entenderam era o que o autor de fato queria dizer? Só o autor sabe o que queria dizer, ora bolas! Isso por si só tornava qualquer questão de interpretação inócua, na opinião dele.

Em hipótese alguma participaria de um Sarau desses, sem exagero, não havia hipótese imaginável, mesmo. Além do mais, por que desperdiçaria seu tempo lendo poesia obtusa quando descobrira uma diversidade de anotações curiosíssimas no exemplar de "Eles estão entre nós" de Blair, que tinha vindo parar em suas mãos por acidente?

Está certo que as garotas que conhecia, no geral, eram bem prolixas, só que naquele caso as observações eram tantas que, se duvidar, aquilo poderia originar uma edição comentada do livro, sem brincadeira. Tinha que admitir que ela era boa e que havia certa pertinência em quase todos os rabiscos. Já outros eram para lá de sem noção, mas isso até o próprio livro era em alguns trechos.

A teoria de que estávamos sendo visitados por Alienígenas há milhares de anos, e que algumas obras e acontecimentos inexplicáveis eram a prova disso, não deixava de ser fascinante. Mas daí ser verdade eram outros quinhentos. Não é porque não entendemos como e por quê as linhas de Nazca foram feitas que devemos dar o crédito para seres de outros planetas. Ele achava essa hipótese legal pra caramba, falando sério. Petropoulos e Von Daniken quase o conseguiam fazer crer nisso.

Mas o livro em questão ia além. Ele defendia que esses seres estariam entre nós hoje, camuflados, tendo participação decisiva nos fatos importantes da história. Eles estariam em corporações, no governo, nas organizações sociais, em todo lugar, moldando a sociedade. Fala sério. Nick duvidava, mas fazer o quê? O pensamento é livre.

A ambição não parava por aí, havia um capítulo dedicado a lugares misteriosos, como o Triângulo das Bermudas, que dispensa apresentações, a Floresta Aokigahara no Japão, vulga Floresta do Suicídio, a Montanha da Morte na Rússia, entre outros. Até aí tudo bem, sempre era interessante ler algo sobre esses locais sinistros.

A teoria de Petropoulos sobre eles, porém, é de que seriam mais que lugares onde coisas esquisitas aconteciam em série. Para ele, os fatos estavam de alguma maneira relacionados e aquelas zonas, que ele chamava de "Zonas Híbridas", guardavam verdadeiros portais capazes de nos transportar para outros planetas, quiçá para outros universos. Está certo que Nick não rotulava nenhuma teoria de impossível, por mais estapafúrdia que lhe soasse, só que aquilo estava para lá de forçado.

O intrigante é que foram logo naqueles trechos, sem noção ao máximo, que se concentraram a maior parte das anotações de Blair. Havia inclusive rabiscos com fórmulas matemáticas e uma lista de uma dúzia de coordenadas geográficas. Onde será que ela queria chegar com aquilo? Talvez ela quisesse, *literalmente*, chegar a algum lugar. Para isso serviam coordenadas, certo? E para descobrir aonde essas coordenadas levavam existia a internet. Ele, *stalker* que era, nem hesitou antes de pular da cama e digitar em seu computador os primeiros dados de latitude e longitude da lista de Blair. O mapa retornou um ponto que parecia estar no meio do nada, a cidade mais próxima era a que estavam.

Tentou a coordenada seguinte e o resultado também estava muito próximo do anterior. Analisou os números, todos eram próximos, os lugares eram, portanto, todos próximos. Constatou que as setas apontavam para pontos espalhados pelo Parque Estadual que se situava no entorno de Saint Louis, por toda a Montanha Adirondack.

Não era necessário ser nenhum gênio para entender, ou ter uma noção, do que aquelas coordenadas de imediações da cidade estavam fazendo ali, nas anotações de Blair. É claro que ela estava associando as teorias esdruxulas de Petropoulos com a fama que o local tinha de ser foco de avistamentos de OVNi's. Agora, de que jeito ela chegou àqueles valores específicos de latitudes e longitudes e porquê... eis a questão. Não conseguir descobrir isso sozinho com uma pesquisinha na *internet* o deixava bem incomodado.

Tinha a leve impressão que, por mais que tentasse destrinchar os cálculos que Blair fizera, não chegaria a lugar algum. Nick até que dominava bem a matemática, mas não estava conseguindo fazer as conexões de uma coisa com a outra nos cálculos dela. Aqueles eram mesmo os pensamentos dela registrados, e ele não possuía habilidade o suficiente para desvendar o pensamento de garota nenhuma, mesmo os matemáticos.

Por mais que considerasse uma desgraça, teve que sair do dormitório enquanto o Sarau de poesia acontecia, com alguma sorte encontraria Blair por lá e devolveria seu "livro-diário". Quem sabe até tiraria uma dúvida ou outra, não querendo ser intrometido, sabe como é, acabou lendo sem perceber tudo que ela escrevera no livro. Nada de mais. Rodou pela parte dos jardins que ficava entre os dois conjuntos de prédios de dormitórios, onde acontecia o sarau, procurando-a por todos os cantos. Nada. Pensou em procurar uma mesa e esperar mais um pouco para ver se ela aparecia, mas aí já era demais, por mais curioso que pudesse estar não iria aturar poesia, ele ainda não era adepto de prática de automutilação. Preferiu ir até à *Prometheus* e comer um sanduíche, estava faminto. Faltava meio quarteirão para chegar lá quando viu Blair diante da vitrine da livraria, apressou o passo.

– Blair! – chamou antes que ela saísse de lá, o que parecia estar prestes a fazer. Ela o observou com uma das mãos na cintura.

– Por onde você esteve? – Nick não teve tempo de responder, além disso não gostou nada do tom autoritário dela, não saberia o que mais poderia dizer além de "não é da sua conta", então preferiu nem falar. – Eu procurei você a tarde *inteira.* Acho que trocamos os livros na hora do xadrez e você deve ter ficado com o meu por acidente...

– Sim, está aqui, eu estava indo devolver a você... – ele retirou o exemplar do bolso do casaco, mas antes que pudesse concluir a fala Blair o arrancou de sua mão.

– Graças a Deus, não sei o que faria se tivesse perdido!

– Compraria outro? – sugeriu em tom sarcástico. Blair não pareceu satisfeita. – Só daria um pouco de trabalho para refazer toda essa pichação nas páginas, mas...

– Não acredito que leu minhas anotações – apertou o livro contra o próprio peito, como um abraço. – São coisas pessoais!

Garotas, por que tão dramáticas?

– O que você esperava? Achei que fosse o *meu* livro, só descobri que não era pelos seus rabiscos criminosos. Se tivesse aproveitado para escrever seu nome inteiro e não só as iniciais talvez eu tivesse percebido antes – ela ainda tinha o nariz levemente erguido. – Falando nisso, não vai devolver o meu?

Ela retirou o exemplar da mochila e o entregou. Nick o examinou, nenhuma dobra, nenhum amassado, tirando o fato que cheirava menos a livro novinho e mais a perfume de garota, estava são e salvo.

– Relaxa, não tem nenhum risco não – disse Blair.

– Eu agradeço, de coração. Imagino o quanto deve ter sido difícil pra você se controlar durante as últimas horas.

– Ah sim, foi um esforço sobrenatural, você não tem ideia! – ela sorriu. – Escuta, eu estava indo comer alguma coisa na *Prometheus* com o Eddie, ele está vindo daqui a pouco, está afim? Ou você acha que comer na companhia de estantes cheias de livros também representa uma situação potencialmente criminosa?

Comer com livros? Não. Comer com pessoas que acabou de conhecer? Poderia não ser potencialmente criminoso, mas desconfortável, sem dúvida. Explicar essa sua idiossincrasia a Blair sem prejudicar o objetivo de fuçar mais sobre as anotações no livro? Não parecia uma boa opção.

– Claro! – concordou por fim, mesmo com aquela sensação de contrariedade pulsando em seu peito.

Acompanhou-a até a lanchonete da *Prometheus*. Dirigiam-se para uma das mesas, que Nick achou por bem ser uma mais reservada, quando ele foi surpreendido:

– Aí está você, garoto da cidade! Achei que tinha sido abduzido na nossa seção de Ufologia – era Alex, que conhecera no dia anterior. Desta vez, porém, ela tinha um sorriso aberto ao cumprimentá-lo, que foi se desfazendo aos poucos quando ela reparou Blair ao lado dele. – Ah, e você trouxe sua namorada de Saint Louis – examinou-a de cima a baixo com os olhos.

– Quem? *Ela*? – Nick apontou o indicador para Blair, com um sorriso perplexo no rosto. – Não me subestime.

Blair virou os olhos, entediada.

– O que ele está querendo dizer, de maneira totalmente inarticulada, é que nós somos apenas amigos – explicou com aparente paciência a Alex, que passava os olhos de um para o outro, repetidas vezes.

– Acho que entendi – fez-se um momento constrangedor de silêncio. Ela colocou uma mecha de cabelo atrás da orelha, parecia pensar em algo para falar. A verdade é que ele mesmo pensava em algo, de preferência algo que o fizesse soar menos boçal do que em todas as vezes que se dirigira a ela.

– Desculpem, eu devo deixar vocês dois a sós? – Blair perguntou, com um proposital tom doce na voz. Alex soltou um risinho de embaraço.

– Eu já estava indo. Bom apetite para os amigos! – e se retirou. Nick a acompanhou com os olhos até perder de vista.

Os dois tomaram um lugar na lanchonete, Blair pediu um *cheeseburguer* com fritas, ele achou por bem pedir o mesmo. Não sabia por qual razão, porém acreditava que se pedisse o mesmo que sua companhia talvez pudesse se sentir menos incomodado. Tinha consciência do quanto sua mania era incomum, e de que as soluções que surgiam em sua mente para o problema soavam ridículas, mas não podia ignorá-las. Se alguma voz doentia clamava e lhe dava uma solução iria ouvi-la, ora bolas! O pedido chegou rápido e Blair não perdeu tempo.

– Você não vai esperar o Eddie? – o olhar que ela deu foi tomado por tédio.

– Me poupe.

Nick ainda aprenderia muito sobre Blair, e uma das coisas peculiares nela era sua completa falta de paciência. Concentrou-se em mordiscar algumas de suas fritas, parte para se distrair e não prestar atenção em Blair comendo, parte para matar a própria fome e parte para tentar introduzir o assunto do livro antes que Eddie chegasse. O cara era um *mala*. Com ele por perto seria tudo mais esquisito.

– Levando em conta que eu já cometi a *grosseria* de ler as suas anotações pessoais – ele começou, Blair o ouviu com atenção. – Seria demais pedir pra você me explicar o que estava tentando dizer com aquelas fórmulas e coordenadas de GPS? Você está planejando alguma caçada aos *Aliens*, ou algo do tipo?

Tirando a brincadeira besta que ele acrescentara para tentar tornar a abordagem mais leve (sem sucesso, só foi mais patético), percebeu os olhos de Blair se aguçarem positivamente com o questionamento.

– Ah, *isso* – o tom casual que ela usou contrastava com a expressão anterior, que denotara fascínio. – Não é nada demais. Eu só, sei lá, pensei em algumas coisas sem importância, tentei fazer uns cálculos para tentar fundamentar, mas no fim não fez muito sentido, assim como boa parte desse livro.

Garotas, por que enrolavam tanto para falar uma coisa quando todos sabiam que era isso o que mais queriam fazer de verdade?

– Como assim? O que você pensou, pra começo de conversa?

– Bem, é o seguinte. Petropoulos tem duas teorias principais, uma é a de que há ET's infiltrados entre nós e não percebemos, e a outra é que as zonas híbridas são portais para outros mundos. Nenhuma dessas teorias se fundamenta de verdade, são suposições, porque não há provas. Quer dizer, existem bilhões de estrelas na nossa galáxia e bilhões de galáxias no nosso universo, uma pessoa achar que não estamos sozinhos no universo é uma crença até bastante plausível, pensar o contrário disso é, a meu ver, o cúmulo da prepotência. Mas, voltando, o que ele diz pode até fazer sentido para os entusiastas do assunto, só que na prática não vemos esses serezinhos cinzentos na casa branca e muito menos algum trem expresso do Triângulo das Bermudas pra Nárnia.

– De fato.

– Eu tentei achar algo sobre esses seres que ele diz estarem entre nós há milênios e não encontrei respostas, só mais perguntas

– fez uma pausa e tomou um gole de refrigerante. – Mas em relação aos lugares... existe algo em comum em todos eles. Primeiro, coisas estranhas acontecem lá. Segundo, todos eles, sem exceção, são locais repletos de avistamentos de OVNi's. Então eu comecei a pensar, e se houver um padrão?

– De que tipo? – Nick apoiou os antebraços na mesa e se inclinou para ouvi-la melhor.

– Se Petropoulos, mesmo que *remotamente*, estiver certo, tem que haver um padrão. Com isso em mente, eu fiz uma busca sobre os relatos de OVNi's nessas regiões, acontece que a maioria delas são muito isoladas, e, convenhamos, não sai muita gente viva de lá pra contar a história, então eu não consegui uma amostra representativa – ecuperou o fôlego. – Mas se, vamos supor, os avistamentos *fossem* um padrão em comum a todos esses locais que ele considera como híbridos, existem muitos outros lugares, mais acessíveis e menos letais, em que eles ocorrem aos montes.

– Como aqui?

– Como aqui.

– Acho que estou começando a entender seu ponto.

– E se... – Blair continuou –, essa concentração de "visitas" indicar que existe algo aqui, assim como, de acordo com o livro, existiria nesses outros locais?

– Seu raciocínio tem uma certa lógica só que...

– Não há provas – ela mesma complementou. Nick concordou com a cabeça. – Aí entra a matemática. Eu procurei na internet e achei um mapa de avistamentos, eles têm um banco de dados de um bocado de anos. Fiz um mapa consolidado e descobri uma coisa.

Ela afastou a bandeja com a comida para o lado, abriu o livro, pegou um lápis na bolsa e se preparou para escrever algo na contracapa.

– Não. – Nick, interrompeu. – Por favor, aí não. Não na minha frente.

– Isso é TOC, sabia?

Ele já havia suspeitado disso. Mas aquela não era a hora nem o lugar para começar a se tratar. Pegou um dos guardanapos e entregou para Blair.

– Inacreditável – ela resmungou e começou a rabiscar. – Aqui está a cidade. Quando fiz o mapa, a princípio, usei um período de um ano, marquei os supostos locais onde ocorreram os avistamentos. O que encontrei foi algo mais ou menos assim, eles se alinhavam, formando quase que um círculo.

Nick observou o desenho dela com o cenho franzido de leve.

– Como achei esquisito, peguei registros mais antigos, e mais antigos, até cinco anos atrás. O círculo ficou bem mais definido. Por alguma razão os lugares em que esses OVNi's são vistos estão circulando alguma coisa. Usando o mapa eu calculei o que seria o centro dessa circunferência, apliquei uma margem de erro, já que não sabemos com exatidão onde eles foram vistos, e *voilà*. Cheguei às coordenadas que você viu.

– Então o que quer que sejam essas coisas que as pessoas veem, poderiam estar indo ou vindo de algum lugar dentro deste raio que você encontrou?

– Supostamente, é sim.

– Uau – ele estava pensativo.

– É, eu sei. Um monte de baboseira, não é mesmo?

Garotas, por que sempre se diminuir para receber uma fagulha de reconhecimento de volta?

– Olha, a sua baboseira é tão boa que poderia estar no livro, se quer mesmo saber. Você deveria escrever para o Petropoulos e mostrar o que descobriu, sabia?

– Ah, por favor. Com certeza ele e os outros seguidores da causa já devem ter visto isso. Além do mais, a minha tese tem um furo.

– Qual?

– Lembra que falei que os lugares têm coisas em comum? – Nick assentiu. – Pois bem, além dos avistamentos, coisas muito bizarras e inexplicáveis acontecem lá. Equipamentos eletrônicos entram em parafuso, pessoas desaparecem ou morrem misteriosamente. Nada disso acontece por aqui, o sinal de internet pega perfeitamente bem e, até onde eu sei, ninguém está atravessando portais para outras dimensões, então...

– É uma pena, não consigo pensar em nada mais legal do que isso para fazer no intervalo das aulas – disse ele voltando a comer suas fritas. Blair sorriu.

– Nem eu!

– Caramba, você poderia ter me esperado pra comer, né? – Eddie acabara de se juntar a eles na mesa.

– E você poderia ter chegado na hora, para variar, *né*? – retrucou Blair. – A minha fome não é regulada pela sua presença.

– E ai, Hayes! – falou ignorando-a. Nick respondeu com um cumprimento discreto, resolveu começar a comer seu sanduíche. Eddie fez um pedido à garçonete e voltou-se para ele. – Quais as suas impressões sobre Saint Louis? Bem diferente de *New York City*, não é mesmo?

– O que eu posso dizer? A internet pega bem, só isso já torna qualquer lugar encantador – voltou a comer seu sanduíche. De repente, não parecia tão terrível estar comendo na companhia de seres humanos que conhecera há algumas horas apenas, afinal.

– Encantador? – Eddie parecia incrédulo. – Você sabe que o lugar é *assombrado*, não sabe?

– Eddie! – Blair o censurou.

– Como assim, assombrado? Você diz pelos ET's?

– Não, cara! Eu digo assombrado de assombrações, *mesmo*. Você olha, está lá, então *bang*, não está mais!

– Será que existe algo de normal nessa cidade?

– Nick, ele está só brincando! Não está, Eddie?

– Só estou falando o que eu ouvi, cara... – Eddie ergueu os ombros –, logo você poderá concluir por si mesmo, porque pelo que eu ouvi, aquele prédio velho de Saint Louis é um dos que recebe visitinhas de seres desencarnados.

– Confesso que não ficaria surpreso!

– Não sejam bobos. Além do mais, com ou sem fantasmas, essa é uma das melhores escolas da América. Quando saírem daqui estarão aceitos por qualquer faculdade que seus pais queiram que sejam aceitos.

– Você... deixe eu adivinhar para onde seus pais esperam que você vá... – Nick ergueu o indicador e fechou os olhos por dois segundos. – Harvard?

– Meus *pais mortos* provavelmente desejariam isso, já meu avô gagá, digamos que o que eu vou fazer dos próximos anos da minha vida não está no TOP 10 da lista de interesses dele no momento.

– Oh, desculpe – disse Nick. – Eu não sabia que...

– Acidente de avião. Ano passado – Blair interrompeu, com o mesmo tom casual que usara mais cedo na conversa. – Voo 606, você deve ter ouvido falar.

A pergunta que paira é, quem não ouviu falar no Voo 606? Só para resumir, no ano anterior, um jato lotado, em plena temporada de férias, saiu de Nova York com destino às Ilhas Maldivas e desapareceu da face da terra, assim, sem deixar vestígios. Não houve pedido de socorro pela tripulação, não houve mensagem de erro dos equipamentos do avião para a companhia aérea e, o mais intrigante, os destroços da aeronave nunca foram encontrados. Por bastante tempo Nick permaneceu absorto, acompanhando as notícias sobre o desastre, porém, até aquele momento, nada havia sido descoberto sobre que fim o avião tomara.

– Sim, é claro que ouvi. Sinto muito, Blair. Não foi minha intenção brincar a respeito...

– Não se preocupe, você não tinha como saber. Além do mais, já faz oito meses, eu estou conformada. Meu avô por outro lado... – ela virou os olhos. – Ele largou a presidência da empresa e está até hoje acompanhando as buscas, dia após dia, e não vai parar de gastar o nosso dinheiro enquanto não achar algo. Foi por isso que eu vim parar aqui. Ele não tem o menor preparo psicológico para lidar com a educação da neta adolescente órfã no momento. E para ser honesta, eu meio que entendo. Vir para cá foi minha melhor opção.

Nick compreendia muitíssimo bem como ela se sentia conformada em estar sozinha em um internato. "Força maior", era o que ele vinha dizendo para si mesmo desde que toda a confusão em sua família começara.

– Eu sei bem disso – falou Nick, quase para si mesmo.

– Ei, o seu colar é bem legal. Onde conseguiu? – Eddie, que até então estava de boca cheia, se manifestou.

– Ah, comprei dois dias atrás num mercado em Cairo. É uma quinquilharia qualquer.

– Cairo? – retrucou Eddie, meio incrédulo. – É um excelente lugar para se gastar o dinheiro roubado dos outros.

A visão de Nick foi, por um momento, tomada por uma mancha turva o bastante para o fazer esquecer que Eddie deveria ter ao menos uns doze centímetros a mais que ele e músculos que lhe custariam anos de treino para adquirir. Ele levantou-se com o peito erguido, Eddie o imitou.

– O que você disse?!

– O que você acha que foi?

Os dois já tinham os rostos muito próximos.

– Acho que foi um pedido para que eu arrebente a sua cara – falou entre os dentes.

– É mesmo, por que você não tenta?

Nick sentiu uma mão, e em seguida um braço inteiro pressionar seu peitoral. Era Blair que já se punha entre os dois.

– OK, já chega, parem vocês dois. Nick! – chamou sua atenção, ele deixou de resistir, aceitou que ela o afastasse um passo para trás. Ouviu-a ainda com os olhos fixos em Eddie. – Ele não falou sério!

– Ah eu falei sim! Qual o problema?

– Eddie, cala a boca!

– Todo mundo já sabe que esse aí é mesmo o filho de um ladrãozinho de merd...

Antes que Eddie terminasse Nick avançou em sua direção, o punho direito cerrado, acertou-o em cheio no olho esquerdo. O segundo e terceiro socos não foram em cheio, mas foram suficientes para que Eddie caísse de joelhos. Blair jogou-se sobre ele:

– Nick, pare! O que você está fazendo?! – ela o olhava aterrorizada enquanto detinha Eddie, que se punha de pé sedento para atacá-lo de volta.

Naquele momento, uma mão o segurou pelo ombro e braço, o mesmo foi feito com Eddie pelo funcionário ruivo da *Prometheus*.

– Tá legal, eu quero os três fora daqui agora mesmo ou eu chamo a polícia! – reconheceu a voz de Alex ao seu lado, nem havia se dado conta que era ela que o segurava e o impedia de terminar quebrar cada osso daquela face impecável e lisinha de Eddie.

Nick ainda tinha a respiração ofegante. Retirou uma nota do bolso, nem saberia dizer de quanto, e jogou sobre a mesa. Puxou o braço com força e livrou-se de Alex.

– Não precisa se incomodar, eu já estava de saída mesmo.

Virou-se e atravessou a livraria em passos pesados, só aí reparou que uma considerável quantidade de pessoas já se amontoava para acompanhar o que acontecia. Muitos cochichavam e apontavam para ele, um ou outro empunhava o celular e pareciam fazer vídeos. "Merda", pensou ao atravessar a porta e chegar à rua. Detestava o que acontecia quando perdia o controle. Caminhou desembestado de volta à Saint Louis, quase correndo, sua vontade era de desaparecer e o mais próximo que conseguiria disso seria se trancando em seu quarto. Sentia uma ardência nos olhos, que estavam cheios de água, de raiva, e o corpo inteiro tremulava. Quando entrou no campus ouviu alguém se aproximar, a frequência dos passos mostrava que a pessoa corria.

– Nick! – era Blair. Ele continuou andando. – Nick, espera!

– O que você quer? – foi o que ele conseguiu dizer. Ela já estava ao seu lado.

– Eu quero saber como você está! – disse ofegante.

– Eu? Eu estou fantástico! Você não soube? Sou o espertalhão que está nesse exato momento passando o rodo no dinheiro de todas as pessoas do estado e gastando em bugigangas na África. Eu não sou demais? Não poderia estar melhor! – finalizou com um riso quase doentio.

– Nick... – segurou-o pelo braço e fê-lo parar de andar – o Eddie é sem noção.

– Não-brinca.

– É sério. Ele é sem noção ao extremo. Os pais são dois ricaços que nunca quiseram cuidar de nenhum dos filhos, ele e o irmão vêm passando de internato em internato desde que se entendem por gente. Não são que nem eu ou você que viemos para cá por situações extremas. Ele veio porque nem os pais e nem ninguém dá a mínima para ele.

– Eu não consigo acreditar que você ainda se dá ao trabalho de defender esse cara!

– Eu não estou defendendo ele, estou defendendo *você*.

– De que jeito?!

– Tentando mostrar que você não pode levar em consideração o que uma pessoa nessas condições fala. Reagir como você reagiu só alimenta o comportamento ridículo dele, entendeu?

Nick titubeou – ele merecia.

– Merecia. Mas você não merecia gastar nem um minuto sequer do seu tempo com esse tipo de estupidez. Você já pensou se tivéssemos uma atitude horrível em troca de toda atitude horrível que encontrássemos por aí?

É. Ela tinha um ponto.

– Você faz parte de uma família pública – prosseguiu Blair. – Precisa se acalmar.

Nem por um decreto marcial Nick admitiria que ela estava certa. Mas, que droga, estava.

– Eu *estou* calmo. E quer saber? Não preciso que me diga o que devo ou não fazer. Você nem me conhece! Por que não se preocupa em consertar a própria vida? Poderia começar deixando de namorar o maior idiota de todos os tempos, por exemplo. Acho que até mesmo uma *nerd* intrometida que nem você conseguiria algo melhor. Sabe o que dizem, não é? Nada é impossível!

Aguardou por alguns segundos a reação de Blair. Lágrimas ou olhos marejados, talvez? Um xingamento? Um tapa na cara? Não, nada disso.

– Claramente, você está nervoso e falando bobagens da boca para fora. Quando voltar a si e se sentir arrependido saiba que estarei aceitando suas desculpas – foi o que ela falou. Nick estava meio boquiaberto. – Boa noite, Nicolas.

Só seus pais e professores lhe chamavam assim. Que garota irritante. E petulante! Quando ele se sentir arrependido? Até parece!

– Eu *não estou* nervoso! – ela já havia dado as costas na direção oposta, indo para o dormitório feminino.

– Está sim! – cantarolou.

Nick fechou de leve os olhos e sacudiu a cabeça, contrariado.

– Não estou, não! – gritou, ela já estava longe e apenas acenou com uma das mãos enquanto andava.

"Mas que coisa!", pensou tomado por um aborrecimento incontrolável. Detestava ficar falando sozinho. Já não bastava todo o estresse que tinha passado naquele primeiro dia inteiro no internato? Ainda tinha que aturar essa empáfia de Blair. Era demais! Suspirou cansado. Há muito tempo não tinha um dia tão longo quanto aquele, nem se recordava quando, para ser sincero.

Quando, por fim, chegou em seus aposentos, encontrou um bilhete da Sra. Carter, a supervisora, o lembrando que no dia seguinte, as sete, sairia a excursão ao sítio arqueológico do Parque Estadual, e que Nick procurasse não se atrasar, pois o Senhor Willis, que os levaria, costumava ser bastante cuidadoso com horários. "Não esqueça de sua barraca e do equipamento de segurança para a selva. Todos os inscritos receberão seus kits antes de embarcar amanhã cedo. A senhora Hayes enviou um e-mail nesta tarde autorizando a sua ida, ela disse estar muito contente por você estar se entrosando.", ela completava. Ah, é verdade, a Sra. Carter havia falado algo sobre alguma coisa que seria no fim de semana, ele nem se lembrava direito do que era e muito menos de ter se comprometido a ir, mas era muito provável sim que tenha dito que iria. Para fazer aquela média. Agora arrependia-se até o osso: Sete da manhã? Isso não poderia ser bom.

Não mesmo.

Capítulo 5
Adirondack

Se existia uma coisa que Nick defendia como sendo um dos pilares necessários para a qualidade de vida de um ser humano, essa coisa se chamava dormir bem. E, para ele, o "bem" qualificando o "dormir" estava diretamente relacionado com a quantidade de horas destinadas a este fim. A probabilidade de se ter um dia seguinte de péssima qualidade é inversamente proporcional ao número de horas dormidas. Sendo que, para ele, oito horas eram o divisor de águas, qualquer número inferior a esse fazia sua qualidade de vida tender a zero. Simples.

O fato de estar acordado as 06:45 de uma manhã fria, no estacionamento principal de Saint Louis, com um mochilão de *camping* de lado, rodeado por desconhecidos que pareciam sempre estar olhando para ele e disfarçando algum cochicho ou risinho, era um forte indicativo de que aquele, em particular, não seria, nem de longe, um dia respeitável.

Aqui cabia uma correção, por mais que desejasse, nem todos eram desconhecidos. Ele esfregou os olhos por debaixo das lentes de seus óculos *Justin*, um movimento involuntário de arrependimento por estar ali, quando avistou Blair e Eddie, ou *Bladdie* como sua mente teimava em lhe soprar ao ouvido desde que ouvira o nome dos dois, talvez uma tentativa do inconsciente de se referir a eles de algum modo ridículo e real ao mesmo tempo. Enfim, *Bladdie* estava lá e isso o fazia se sentir ainda mais contrariado de não ter desistido desse passeio bobo.

Se ao menos tivesse chegado mais cedo no dormitório na noite anterior, poderia, sei lá, ter dito para a Sra. Carter que estava indisposto e que não poderia ir. Torturava-se com recriminações e, quando achava que as coisas não podiam piorar, reparou o casal se aproximando dele. Ah não. Fingiu não perceber e mirou a direção oposta, mas eles já estavam ao seu lado.

– Oi – foi Blair que falou, com uma voz angelical, em outras palavras, irritante.

– Oi, *Bladdie* – ele não se conteve, pronunciou a última palavra de modo jocoso, quase com nojo. Arrumou os óculos. Reparou que Eddie abriu a boca, mas antes que retrucasse algo Blair apertou o seu braço.

– O Eddie aqui tem algo para falar a você – silêncio. – *Não é*, Eddie?

O grandão pigarreou. Nick gargalhou por dentro ao notar o curativo no olho esquerdo dele.

– Eu... – engoliu seco. Blair cresceu os olhos na direção de Eddie. – Eu sinto, eu sinto muito por ontem, cara. Não deveria ter dito aquelas coisas, foi mal.

Nick permaneceu alguns segundos em silêncio – ela ameaçou terminar tudo para você fazer isso?

– Não, disse que deletaria minha conta do *League of Legends* – Eddie admitiu. Blair lhe deu um soco no braço. Nick não conseguiu conter o riso. – Ow! Mas, eu estou arrependido de verdade cara, eu juro. Eu aprendi a lição, só precisava de um fator motivador, sabe como é?

– Tenho que admitir que você foi *bem* motivadora – falou para Blair.

– Então, estamos bem? – Eddie quis saber.

Nick por um momento sentiu dó dele. O cara só tinha tamanho, mas no fundo não passava de um bebê chorão manipulado pela namorada. Que triste. Ele passou os olhos do grandão que esperava, apreensivo, a resposta, para Blair, que tinha os braços cruzados, e batia o pé direito no chão numa visível demonstração de impaciência.

– Por mim são águas passadas – ergueu os ombros. Apenas lhe parecia muito mais trabalhoso prorrogar aquela birra. Era cedo demais para arrumar inimigos que durariam pelo menos pelos próximos três anos.

Pela primeira vez viu Blair abrir um sorriso completo, e com completo ele queria dizer que era um daqueles sorrisos de lábios, olhos, bochechas, de rosto inteiro. Não tinha se dado conta do quanto aquilo era importante para ela. Sabe-se lá por quê. Garotas!

O grupo embarcou pouco depois das sete, os minutos de atraso ocorreram devido à necessidade de todos os jovens terem que guardar suas mochilas no bagageiro do ônibus, e do motorista, que parecia ter saído de algum preto e branco do Hitchcock, ter se confundido com os botões que abriam e fechavam o compartimento. Mesmo sendo uma demora mínima, o Sr. Willis ficou tão contrariado quanto estaria se seu avião atrasasse por uma nevasca e o fizesse perder a noite de natal.

Nick procurou o fundo do ônibus, pôs os fones de ouvido e preparou-se para tirar um cochilo durante a viagem.

– Eu não faria isso se fosse você – ouviu uma voz feminina. Abriu os olhos contra a própria vontade. *Bladdie* estava justo na poltrona diante da sua. Mas que coisa! – Ouvi dizer que a vista é de perder o fôlego!

– Acredite, eu não poderia me importar menos – reclinou a poltrona no máximo e voltou a fechar os olhos, não sem antes aumentar bem o volume da música, é claro. Seu sonho naquele momento era não ouvir a voz estridente de Blair. Queria dormir, dormir e acordar, de preferência quando o ensino médio tivesse acabado. Santos fones de ouvido!

Quando despertou, passava das nove, alguém o tocara no ombro, percebeu que todos estavam de pé e se retiravam do ônibus.

Haviam chegado à primeira parada do passeio, onde ficava um sítio arqueológico. Nick não fez corpo mole, aquele era um assunto que o fascinava. Para falar a verdade, sua real vontade era estudar arqueologia. Sabia que os pais torceriam o nariz, eles sempre o imaginavam seguindo os passos de Anthony e entrando para a carreira política.

Os últimos acontecimentos, apesar de traumáticos, talvez dessem a Nick alguma liberdade para não seguir este caminho. Sabia que esse era um pensamento temeroso, pois para a sua carreira política hipotética ir para o saco era necessário que a carreira política real de seu pai também fosse. Então, para todos os efeitos, ele nem pensava em ir para o ramo da história, pronto, todos felizes.

Ele desceu do ônibus equipado com sua câmera fotográfica, se esgueirou por entre os colegas e ficou o mais próximo que pôde do Sr. Willis. Conhecia pouco, quase nada, na realidade, sobre a história antiga daquela região. Sabia que a América tinha até uma vasta história de ocupação de tribos antigas, mas por alguma razão, a qual desconhecia, isso nunca fora abordado com profundidade nas escolas que estudara. O grupo seguiu por uma trilha de cerca de oitocentos metros pela mata, onde ficava o primeiro ponto a ser visitado. Era um clarão na selva, cercado por um paredão de rochas de cerca de vinte metros de altura. O Senhor Willis explicou:

– Aqui vocês poderão observar uma variedade impressionante de inscrições nesse petróglifo que se estende mata adentro, com algumas falhas, por mais de uma milha. As Montanhas Adirondack estão entre os picos mais antigos da Terra, diz a lenda que os Mohawk, em uma atitude de desdém, apelidaram a tribo dos Montagnais que vivia nas montanhas de Adirondack, ou "comedores de casca de árvore", e daí veio o nome dessa vasta região. Não se sabe muito sobre os povos que a ocupavam. Os resquícios dessa ocupação é o que vocês poderão ver ao longo do nosso passeio.

Nick se aproximou e fez diversas fotografias, estava encantado com a diversidade de desenhos, talvez milenares, que tinha diante de si. Percorreu a enorme pedra o quanto pôde, antes que o professor chamasse sua atenção de volta.

A fotografia era uma de suas paixões. Registrou o local com minúcia, não apenas o petróglifo, mas também a vegetação no entorno, o solo, e até mesmo as aglomerações de seus colegas enquanto observavam detalhes da paisagem. Fez incontáveis cliques, distraiu-se tanto que acabou ficando para trás quando o grupo, guiado pelo Sr. Willis, se deslocou para o próximo ponto de parada.

Seguiu a trilha sozinho, com o passo apressado para alcançá-los, aquele era um trecho estreito em subida e a mata era bem mais densa. Ouvia as vozes distantes dos colegas, deveria estar uns trinta metros atrás. Foi surpreendido por meia dúzia de pássaros que sobrevoaram pouco acima de sua cabeça, pegou a câmera rapidamente para registrá-los quando ouviu o som de gravetos estalando e folhas se movendo na mata. Voltou-se, de súbito, procurando o que ou quem poderia ter andado pela mata, viu apenas mais um grupo de pássaros que levantava voo por entre as árvores. Nick examinou com atenção o local que acreditava ser a fonte do barulho, não havia nada lá. A voz dos colegas estava ainda mais distante, ele voltou a andar meio relutante.

Teve que correr para encontrá-los, apesar da incômoda sensação de ter uma outra pessoa em seu encalço, manteve-se em frente até o local onde a turma se concentrava. Ele ficou maravilhado, haviam chegado onde jaziam as ruínas da tribo que habitara a região. Esqueceu por completo a impressão que tivera sozinho na trilha e voltou a empunhar sua máquina fotográfica fazendo o máximo de cliques que era capaz.

Era sensacional estar diante daquela quantidade de relíquias em plena América! Havia considerável quantidade de blocos de pedra, milimetricamente moldados e encaixados uns nos outros, formando desde paredões e círculos até mesmo a uma construção suntuosa principal que Nick acreditou ser um templo ou santuário onde seus antigos habitantes realizavam rituais.

A explicação do Sr. Willis confirmou suas suspeitas, ele descreveu os Montagnais como uma tribo de tecnologia avançada para a época, que praticava rituais de adoração a seus deuses. As construções, segundo Willis, datavam de milhares de anos, mas a técnica utilizada permanecia uma incógnita, assim como várias outras construções espalhadas pelo mundo, que se utilizavam de blocos gigantescos de rochas lapidadas com esmero e precisão, difíceis de serem concebidos até com equipamentos da nossa geração.

Willis concluía ressaltando que o paradeiro final dos Montagnais era, até hoje, um grande mistério. Não foram encontrados resquícios daquele povo antigo, era como se estivessem tomando chá em um minuto e no outro levantassem e partissem, era o que ele dizia.

– É provável que tenha ocorrido uma migração e as pessoas que aqui viviam se dissiparam pelo que deveria ser o nosso país naquela época, talvez além. O fato é que eles sumiram daqui.

– O senhor está falando da história da caverna, não é? – Um dos alunos, o qual Nick não conhecia, indagou. Conseguiu enxergar um brilho tenebroso nos olhos do Sr. Willis.

– A história da caverna, como o mocinho mesmo acabou de observar, não passa de uma *história* contada pelos nativos da região e não possui embasamento científico algum, portanto nem cabe ser mencionada aqui.

– Mas o senhor já não ensina história, não é mesmo? – um outro garoto questionou, fazendo a turma rir baixinho. Willis o fuzilou com o olhar.

– Mas o que dizem sobre a caverna, afinal? – uma aluna indagou, no que foi apoiada por vários burburinhos. O olhar do professor voltou a cintilar. Nick percebeu que, apesar dos protestos, o homem queria muito falar sobre o assunto. Ouviu-o com atenção.

– Reza a lenda – começou Willis –, que a antiga cidade na qual estamos nesse exato momento possuía um acesso a uma caverna que os antigos habitantes consideravam ser sagrada. Nessa caverna, eles se encontravam pessoalmente com seus deuses, que desciam dos céus. Conta-se que, num certo dia, a tribo foi surpreendida por uma descida não programada dos "deuses". Eles teriam ido até a caverna, onde teriam permanecido por tempo desconhecido, sendo preparados para um grande acontecimento, e ali teriam sido levados para o paraíso. Desaparecendo por completo da face da terra.

– Como uma abdução? – o primeiro garoto que mencionou a lenda sugeriu.

– É, como uma abdução, um arrebatamento – respondeu Willis meio entediado. – Obviamente a tal caverna, ou mesmo qualquer evidência dessa história, nunca foram encontradas. Porque, como eu disse, é apenas uma *lenda*!

Nick procurou o olhar de Blair entre os colegas da turma, lembrou-se da conversa que tiveram na noite anterior, na *Prometheus*, e das teorias malucas que discutiram. A uma certa altura, ela mencionara que o que diferenciava a região que estavam das demais descritas por Petropoulos em sua obra era justamente o fato de não ter acontecido nada de esquisito lá. Pois bem, se essa história da caverna não entrava no rol de coisas esquisitas ele precisaria rever todos os seus conceitos de esquisitices. Blair estava entretida em um outro grupo de garotos, e Nick, então, acabou desistindo de comentar este assunto com ela. Como o próprio Professor Willis falara, não passava de uma lenda.

Depois da explicação do professor, todos tiveram um tempo para explorar o sítio. Nick tirou mais fotos, as construções em blocos de pedra eram imponentes, fantásticas. Após uma hora, o Sr. Willis os levou de volta pela trilha ao local onde acampariam. Havia uma estrutura própria do parque com espaço para refeições e banheiros, havia inclusive alojamentos, mas a ideia do professor era que, de fato, passassem a noite acampados, em contato com a natureza.

Em circunstâncias normais ficaria desesperado de ficar tanto tempo longe de seu computador, mas diante dos acontecimentos recentes estava até aliviado de ter que passar um dia "desconectado". Além do mais, o local lhe transmitia uma tranquilidade descomunal, se parasse para pensar, chegava a ser incomum de tão calmo.

À tarde, visitaram um pequeno museu do parque, onde estavam expostas inúmeras relíquias arqueológicas que foram retiradas do sítio. Ao cair da noite, retornaram ao acampamento, Nick tomou banho, fez uma refeição que era oferecida para jantar e depois juntou-se aos demais em torno da fogueira, em um dos grupos de barracas. Tinha uma lanterna e um livro na mão e acomodou-se recostado à uma árvore, sobre um saco de dormir.

Estava prestes a começar a leitura quando resolveu dar uma olhada nas fotos que tirara naquele dia. Sempre fazia isso quando estava em uma viagem, pois conseguia, ao rever as fotos, observar aspectos que no momento em que as tirara não fora capaz de captar. Sem contar que à noite as imagens ficavam bem mais nítidas. Começava a olhar as imagens quando foi interrompido:

– Aí está você! – Blair já se sentava ao seu lado. – Eu vi que você tirou milhares de fotos, posso ver?

– Claro – Nick concordou, antes que fizesse algo ela já arrancava a câmera de suas mãos. – Pode pegar, fica à vontade.

Ela passou as imagens no visor do aparelho.

– Uau, estão muito boas. Você tem talento para isso. Olhe só essa, a luz do sol passando pelas árvores – ela passava as fotos rápido demais. Isso dava um nervoso em Nick fora do comum, se vai olhar, olha direito, pelo menos, ele pensou.

Continuou passando os arquivos em ritmo frenético até que um prendeu a sua atenção. Nick identificou como sendo a foto que havia tirado do grupo de alunos observando o petróglifo principal. Ele entendia que havia muitos detalhes interessantes naquela foto. Um deles era ela mesma, Blair, de braços cruzados e com uma expressão de desdém enquanto ouvia Eddie falar algo. Por alguma razão, Nick achava aquela cena engraçadíssima. Era, de longe, uma de suas fotos favoritas, ele fora capaz de registrar um momento tão cheio de significado. Blair tinha razão quanto ao talento dele.

– Eu sei, digna do livro de formatura, não é mesmo? – ele comentou. – Consigo pensar em um milhão de legendas geniais para essa foto.

– Quem é este? – Blair não pareceu tê-lo ouvido.

– Quem?

– *Este* – ela entregou a câmera a ele e apontou para um ponto específico na tela. – Não lembro de estar no nosso grupo e nem de ser do parque. *Quem* é ele?

Bastaram alguns segundos para Nick compreender a pergunta de Blair. Ele encolheu os olhos para tentar ver melhor, aplicou o *zoom* máximo na imagem e seu coração deu um salto. Havia ali, registrada atrás do grupo de alunos, entre o tronco das árvores, uma figura, ao que tudo indicava um homem, ou um garoto, o mais provável é que se tratasse de um garoto, e, como ela dissera, era um garoto muito diferente de todos os demais do grupo.

Os únicos detalhes que se conseguia enxergar, e que por sinal saltavam aos olhos de tão exóticos, eram os cabelos loiros, claríssimos, quase brancos, a pele muito alva, e a roupa, um sobretudo escuro que se confundia com o caule das árvores. Nick não conseguia acreditar que não vira isto antes, o indivíduo deve ter estado há metros do grupo durante todo o tempo. Teve certeza de que ele mesmo, Nick, ouvira seus passos muito próximos dele quando tentou alcançar o grupo sozinho na trilha.

– Puta merda – foi o que ele conseguiu falar. Ainda estava boquiaberto. Blair arrancou-lhe a câmera das mãos mais uma vez. Isso já o estava enervando. Começou a repassar as fotos do grupo seguidamente, os olhos se moviam tão depressa quanto as imagens na câmera.

– Aqui, de novo, veja! – empurrou para ele. De fato, em outra foto do grupo o indivíduo aparecia, desta vez em movimento, no meio da mata.

– Inacreditável – tentou analisar as demais fotos, mas a câmera começou a falhar. – Que merda, não entendo! Acabei de colocar pilhas novas.

– Nick? Quem você acha que é? – indagou Blair.

– Eu não tenho ideia. Alguém que estava nos seguindo, vigiando..., mas por quê? – os dois permaneceram em silêncio por alguns instantes.

– Talvez... – ela começou. – Talvez porque nós não devêssemos estar aqui – Blair falou com voz baixa, quase em um sussurro. Era esquisito não a ouvir falando naquele tom estridente de sempre.

– O que você quer dizer?

– Você se lembra das coordenadas?

– Sim, claro – respondeu e teve um leve um sobressalto. – Espere um pouco, você não quer dizer que... é *aqui*?

– Não exatamente aqui, mas... nós estamos muito próximos – ela continuava falando muito baixo. – Você ouviu o professor, e a tal história da caverna, esse lugar é muito estranho! Talvez, só talvez, tenha mesmo algo aqui, Nick.

– Você sabia disso?!

– É claro, foi por isso que eu vim! – falou com naturalidade. – Eu só não imaginava que outras pessoas, como o cara da foto, pudessem saber que tem algo nesse lugar.

– O quê?! Você é maluca *mesmo*, sabia? – sacudiu a cabeça. – E fica tranquila, deve ser só um guarda do parque, um caçador, sei lá. Não há *nada* de mais aqui!

Para Nick, sua explicação fora bem razoável, embora Blair tenha levantado e saído de lá bem descontente. Ele nem se deu ao trabalho de fazer algo a respeito, se tinha uma coisa que abominava era ficar bajulando garotas. Ficou pelas horas seguintes dentro de sua barraca, com sua lanterna de leitura e um livro nas mãos. Finalizou o de Petropoulos e agora lia Von Daniken. Estava exausto e, sem dificuldade, adormeceu com a leitura. Não saberia dizer quanto tempo se passara desde que adormecera, a única coisa que sabia é que todo o acampamento estava às escuras quando foi acordado, alguém havia entrado em sua barraca e agora lhe sacudia pelos ombros. Ele acordou atordoado e no automático saltou sobre a pessoa que o atacava. Acendeu a lanterna.

– Calma, calma! – Eddie lhe falou num sussurro.

– O que você está fazendo aqui?! – "Exato, o que esse idiota estava fazendo ali?", Nick pensou.

– E-eu, eu não sabia a quem recorrer, eu preciso da sua ajuda! – Nick lhe desferiu um olhar de "O quê?!", Eddie prosseguiu cochichando: – É a Blair. Ela não está na barraca dela. Eu não sei o que fazer, você tem que me ajudar a encontrá-la, cara!

Nick suspirou, ainda estava meio dormindo, mas desperto o bastante para saber que só havia um lugar onde Blair poderia ter ido. Era insano, e ao mesmo tempo a cara dela sumir sem avisar a ninguém. "Que garota doida", refletiu.

– Você fez bem em me chamar. Eu acho que sei onde ela pode estar.

Os dois saíram da barraca fazendo o mínimo de barulho possível. Nick retirou o celular do bolso, por sorte as coordenadas que havia pesquisado ainda estavam salvas e ele conseguiu, pelo mapa, localizar o primeiro ponto que Blair havia registrado. Ficava há uma milha de lá, distância considerável dentro de uma floresta, ela já poderia estar longe.

– Você tem ideia de há quanto tempo ela saiu?

– Ela fechou a barraca depois que todos dormiram, eu saí, fui dar uma mijada, mas daí pensei, "Todos dormindo, quem sabe ela não me deixa ficar na barraca junto e me dou bem?" – ouviu ele dar um risinho abafado. Nick virou os olhos, tudo que saía da boca de Eddie soava nojento. – Enfim, quando voltei à barraca estava vazia!

Bem, isso era bom, se tinha acontecido do modo como Eddie descrevera, bastava apressar o passo que conseguiriam alcançá-la. Nick seguiu pela trilha principal, que levava às ruínas, até onde pôde, mas pressentiu, ao perceber que não havia sinal de Blair, que seria preciso se desviar dela. Ao chegarem ao sítio, voltou a consultar o mapa no celular, que já funcionava de modo precário, a tela apagava sem explicação embora tivesse bateria o suficiente. Eddie, por sua vez, consultava o mapa do parque, constataram que, de onde estavam, havia apenas uma trilha oficial que seguia morro acima, a segunda tinha uma observação de que era utilizada por população nativa para caça.

– Não chegaremos nesse lugar por trilhas oficiais – analisou Nick. – Vamos pelo outro lado.

Eddie nem pensava em questioná-lo, apenas o seguiu mata adentro, à medida que o ponto no mapa se aproximava sentia seu coração apertar. Faltava menos de cem metros quando enxergou luzes à frente, correu.

– Blair?

Com Eddie no seu encalço perseguiu a luz que distinguiu estar na mata mais à frente, por mais que corresse não parecia estar se aproximando, mas se distanciando em velocidade cada vez mais rápida. Ainda corria com alguma esperança em alcançar aquela luz quando, em uma bifurcação, quase esbarrou em alguém que vinha ao seu encontro, ofegante.

– Blair, graças a Deus! O que você está fazendo aqui no meio da floresta? Enlouqueceu de vez? – foi Eddie quem brigou.

– Eu achei! – Blair respirava rápida e profundamente. Nick estava desorientado, a garota tinha uma lanterna em mãos, mas a luz que ele perseguia estava muito distante, agora não a via mais, mas sem sombra de dúvidas não era a luz que ela trazia consigo. Como era possível? Estava vendo coisas? – Nick, eu achei, eu achei!

Antes que ambos retrucassem ela os puxou. – Venham! Está logo aqui!

Nick e Eddie correram para acompanhá-la, em poucos minutos alcançaram um clarão na selva. O celular de Nick os mostrava em cima do ponto vermelho.

Pelo resto dos seus dias ele se lembraria do que tinha agora diante de seus olhos.

Capítulo 6
Camthalion

Nick estava estupefato, permaneceu em silêncio, boquiaberto por alguns instantes. Ele e Blair tinham suas lanternas apontadas para a monstruosa construção que tinham acabado de encontrar. Tratava-se de um petróglifo maior que o que visitaram mais cedo, com a diferença que estava coberto por relva e que possuía um detalhe em particular que o diferenciava por completo do anterior.

Havia uma imensa porta, de cerca de quatro metros de altura e a largura equivalente à de uma garagem com entrada para um carro. O que mais impressionava era o fato de a porta não levar a lugar algum, estava selada, lacrada, uma pedra gigante a preenchia sem deixar um centímetro sequer de espaço.

Após o primeiro momento de choque, Nick se aproximou da grande parede, havia uma quantidade incontável de inscrições e figuras em símbolos que lembravam os hieróglifos egípcios. Ele a percorreu de ponta a ponta, examinando com atenção e tocando-a com a ponta dos dedos, como se procurasse algum sentido nos sinais que, para ele, eram ininteligíveis.

Quando, pela segunda vez, tateava o centro da parede, sentiu uma pequena depressão na rocha. De imediato apontou a luz para o local. Prendeu a respiração, agora seus olhos estavam há dez centímetros do muro de pedra e tinha diante deles o exato formato de um escaravelho lapidado. No centro do escaravelho havia uma cavidade mais profunda em formato de um círculo. Ele conhecia aquele formato. Tinha um medalhão com o mesmo molde pendurado em seu peito naquele instante.

– Não pode ser – falou baixinho para si mesmo, mas foi o suficiente para que Blair, que estava ao seu lado ouvisse.

– O quê? O que foi?

– O que vocês estão fazendo? Nós não deveríamos estar aqui, temos que voltar para o acampamento, agora!

– Cala a boca, Eddie! – Blair voltou-se para Nick. – O que você viu?

Ele hesitou por um momento, em parte, queria ouvir Eddie, sabia que não deveriam estar ali e que o mais prudente seria voltar para o acampamento. Por outro lado, sentia-se aguçado pela curiosidade, que o instigava a explorar aquilo, fosse o que fosse. Ele respirou fundo e puxou o medalhão de dentro do suéter. Posicionou-o ao lado do molde na rocha. Eles pareciam idênticos. Pareciam. Só havia um jeito de descobrir se, de fato, o eram.

Nick moveu o medalhão da forma mais lenta que conseguiu, como se quisesse dar uma chance a si mesmo para desistir, levou-o até a primeira ponta esquerda, sentiu o metal aderir à rocha com perfeição, sem mais refletir, tentou encaixar a peça por inteiro. Pensou sentir um clique quando o círculo no centro do escaravelho se prendeu ao da rocha. Não havia um centímetro de diferença entre ele e a pedra, eles eram um só.

– Nick... Porque seu medalhão do Egito está encaixando nessa parede? – foi Blair quem perguntou.

– Eu não faço ideia – respondeu perplexo.

A floresta ficou silenciosa ao extremo, não se ouvia um grilo, uma brisa, um chirriar, o silêncio era estarrecedor. Nicolas ainda tinha as mãos sobre a parede quando sentiu a pedra se desmaterializar e em sua mão repousou apenas o escaravelho. A pedra havia se tornado plena escuridão e a porta estava, por mais absurdo que pudesse parecer, aberta. Uma névoa gélida tocou seu rosto, estava imóvel diante do breu que parecia ser um buraco sem fundo.

– Blair, eu acho que encontramos a caverna do Sr. Willis – disse a ela, ainda perplexo.

– Pessoal, isso não parece bom... – a voz de Eddie estava trêmula.

– Meu Deus, isso é incrível! – foi o que Blair conseguiu falar.

Todo o espaço de quatro metros de altura agora estava vazio, não havia mais rocha. A única coisa que enxergava era seu escaravelho pendurado no vazio. Ele apresentava um brilho cintilante, a princípio discreto, que aos poucos foi se tornando mais forte até resplandecer com um clarão. Aquela visão e a brisa fria advinda da fenda o fizeram arrepiar. Ele estendeu a mão adiante, conseguia sentir o ar denso, quase fluido no interior da caverna, apontou a lanterna e reparou que os dedos não tinham contornos definidos, era como se estivessem se desintegrando, tornando-se translúcidos, ao redor via-se pequenos raios eletromagnéticos.

– Eu vou entrar – falou Blair dando um passo à frente.

– De jeito nenhum! – retrucou Nick, sendo seguido por Eddie.

– Está maluca? Você não sabe o que há aí dentro!

– Eu acho que sei, sim – começou Blair. Mesmo na escuridão, Nick conseguiu enxergar os olhos dela cintilarem. – É o mesmo que levou a tribo que vivia aqui para outro lugar. E talvez o mesmo que fez um avião com trezentas pessoas desaparecer no meio do oceano!

– O quê?! – Eddie e Nick falaram ao mesmo tempo.

De repente, muita coisa fez sentido para Nick, o livro, as anotações, as coordenadas, a fuga no meio da noite. Blair, que demonstrava estar conformada com a morte dos pais, na realidade, alimentava uma esperança de que assim como tribos e civilizações haviam desaparecido sem deixar rastros, o avião de seus pais também sofrera com o mesmo evento sobrenatural.

Ela *acreditava* nos portais descritos por Petropoulos, tanto que agora considerava estar frente a frente com um deles. Ela estava certa. Nick não saberia dizer se as zonas híbridas eram realmente portais, mas se aquilo que tinha diante dos seus olhos não fosse uma porta para algum lugar, ele não sabia mais o que poderia ser. Para onde a passagem levava, isso ele não fazia a mínima ideia e, diga-se de passagem, nem queria descobrir.

– Por que o espanto? Há algo aí dentro e eu vou descobrir o que é! – ela foi adiante, Nick a deteve, mas a força de Blair fez com que ele mesmo fosse um pouco tragado para dentro da porta. Estava com a metade do corpo envolto pela escuridão, mas ainda tinha as mãos do lado de fora segurando Blair. Teve a impressão de estar sendo sugado, seu ouvido esquerdo foi tomado por um zumbido. Utilizou toda a força que pôde reunir para empurrar Blair para longe e impedi-la de vez, porém seu pé esquerdo, o único que estava fora da porta, deslizou ao pisar em um pedaço de madeira e ele se viu despencar de costas.

– Nick, cuidado!

Ouviu a voz de Eddie e em seguida um braço firme o apoiar pelas costas e o jogar para fora da caverna. Nick se viu livre, no entanto, ao olhar para escuridão, viu Eddie, de pé, seu corpo inteiro transluzia envolto a pequenos raios. Ele estava dentro da caverna, por completo.

Eddie lutava para desferir dois passos que o levariam à saída, mas parecia ser em vão, uma força o sugava de volta para dentro sempre que tentava avançar. Num impulso, os dois, Blair e Nick, dispararam em sua direção, tinham os braços estendidos ao encontro de Eddie, estavam prestes a romper o limite e adentrar na caverna quando foram impedidos por uma barreira de força desmedida, que os jogou no chão. Nick encontrou-se zonzo com o impacto, Blair estava ao seu lado também atordoada. O brilho vindo do portal estava mais forte do que antes.

Ele encolheu os olhos e distinguiu uma figura masculina, de costas para eles, era alto, na verdade, na posição que Nick se encontrava, ele parecia um gigante. A figura se aproximou do portal, onde Eddie ainda tentava, sem sucesso, se livrar da força invisível que o puxava para longe, e, num gesto consciente, tomou o escaravelho de Nick em mãos, e arrancou-o de onde ainda estava flutuando.

De imediato a escuridão se dissipou e, como mágica, num piscar de olhos uma onda eletromagnética preencheu todo o espaço da porta gigante. Eddie havia sumido.

– Não! – Blair gritou. Ela estava ofegante, ficou de pé num salto, aproximou-se do estranho e começou a esmurrá-lo nas costas. – O que você fez? O que você fez com Eddie?!

Ele se virou devagar, Nick pôde ouvir o som dos pesados coturnos estilhaçarem os gravetos com o toque no chão, som similar ao que ouvira mais cedo na floresta. O estranho era mais alto que Eddie, porém com os ombros ainda mais largos, o corpo era esguio, mesmo na penumbra percebeu que sua pele era muito branca, o que lhe dava um ar fantasmagórico.

Tinha os cabelos pouco acima dos ombros, bagunçados, lisos e loiros. Sua expressão era impassível, fria e assustadora. Blair, ao que tudo indicava, estava alheia ao modo sinistro com que o estranho, que aparentava não ter muito mais idade que eles, os olhava. Ela voltou a esmurrá-lo, sem medir forças. Foi então que ele a interrompeu em uma das tentativas de agressão e segurou seus dois pulsos num movimento veloz e imprevisível.

Blair ficou paralisada por alguns instantes, só então observou o rapaz com mais cuidado e se deu conta da aparência sombria dele. Seus lábios tremiam. O estranho permanecia imobilizando-a. Nick avançou na direção dos dois.

– Ei, solte ela agora, seu psicopata maluco...

– Ou o quê? – o estranho falou pela primeira vez, num tom calmo ao extremo.

Nick engoliu seco. Não era nenhum frangote, é tanto que não hesitara em atacar Eddie quando foi tirado do sério, mas sabia que não tinha a menor chance contra aquele cara. Mesmo assim não podia ficar inerte assistindo ao desconhecido fazer seja lá o que fosse com Blair. Afinal, era uma garota. Que se dane, ele avançou para confrontar o sujeito.

– Pare.

O estranho soltou Blair, que amedrontada apoiou-se no braço de Nick.

– Quem é você e o que quer de nós? – Nick perguntou ao estranho.

– Eu sou Camthalion Ancalimë, defensor da quinta ordem dos canais Maldekianos milenares – respondeu em tom meticuloso. – Venho do planeta Metháría do sistema estelar Alfa-Centauro e minha missão é impedir que humanos tolos, que nem vocês, façam alguma coisa estúpida que resulte na completa destruição do planeta. Como a que acabou de acontecer aqui.

A última frase foi dirigida a Nick, em específico, que estava desorientado. Não havia entendido, ou não quis entender, quase nada do que acabara de ouvir. Defensor? Canais? Destruição do planeta? Apertou os olhos de forma deliberada, se aquilo era um pesadelo já havia passado da hora de acordar.

– O que quer dizer? O que Nick fez, exatamente? – Blair questionou.

– Em resumo? Ele provavelmente acabou de dar início ao apocalipse.

Capítulo 7
Os Sete Portais

– Quem diabos é você, afinal? – perguntou Nick, inconformado com as últimas palavras de Camthalion. Por mais que se considerasse inteligente, na maioria das vezes, mais do que as outras pessoas inclusive, seu cérebro não conseguia processar o que estava acontecendo.

– Eu sou Camthalion Ancalimë, defensor da quinta ordem dos canais Maldekianos milenares...

– O que é isso? – Nick interrompeu. Abriu os braços ao ouvir a resposta de Camthalion. – Seu disco está arranhado?

– Desculpe, não entendo o que quer dizer – respondeu confuso. – A que disco se refere?

Nick percebeu que aquele ser não estava muito familiarizado com a terminologia que utilizara. Só haveria um motivo para isso. Até aquele momento queria crer que se tratava de algum maluco ou psicopata, mas percebeu que ele poderia ser quem dizia ser. Era hora de tentar uma outra abordagem:

– Você disse que veio de outro planeta?

– Sim. Venho do planeta Methária do sistema estelar Alfa-centauro – repetiu com tranquilidade. – Vocês desejam que eu descreva novamente qual é a minha missão?

– Por favor, não nos machuque – Blair falou quase em um choro.

– Eu não estou aqui para machucá-los, estou aqui para protegê-los. Vocês estão em grande perigo, preciso levá-los daqui já – e se dirigiu para Nick e Blair com o intuito de conduzi-los.

– Nós não vamos a lugar algum sem antes saber o que você fez com nosso amigo. – Nick escutou a si mesmo chamando Eddie de amigo. O que um contato extraterrestre não era capaz de fazer com as pessoas.

– Se está se referindo ao jovem que os acompanhava quando chegaram aqui, não havia nada que eu pudesse fazer, já que ele atravessou o canal Maldekiano. Inclusive, a meu ver, foi para impedi-lo de cair que ele fez isso. Então, teoricamente, se há alguém aqui que fez algo a ele, este alguém é você, caro Nicolas. – Nick engoliu seco, mais uma vez.

– O que quer dizer? – questionou meio temeroso.

– Isto – Camthalion ergueu o medalhão diante dos dois – é uma chave designada em particular a um emissário da mais alta confiança do Comando Estelar. Este emissário é responsável por guardar durante toda a vida as entradas sagradas para os mundos perdidos.

Blair e Nicolas se entreolharam, desorientados.

– Há milhares de anos, Ashtar Sheran e sua armada derrotaram El e os Maldekianos, que pretendiam dizimar a raça humana e ocupar a Terra desde que seu planeta, Maldek, foi destruído em uma explosão cataclísmica. Os Maldekianos foram aprisionados por toda a eternidade no mundo perdido, e a chave dos canais que levam ao seu universo de cárcere foi confiada a um emissário aliado, que ficou responsável por regular qualquer fluxo de entrada e saída. Essa chave deveria passar de geração para geração, por toda a linhagem do emissário escolhido. Porém, há mais de dois mil anos ela desapareceu e, por algum motivo, agora, veio parar nas suas mãos.

– Espere um segundo, deixe-me ver se eu entendi – foi Blair quem falou. – Existe um alien bonzinho e um alien mau. O alien bonzinho mandou o do mal para outra dimensão, trancou e entregou a chave do calabouço para alguém na Terra guardar. A chave ficou perdida por, sei lá quanto tempo, o Nick a encontrou, colocou na fechadura e abriu a porta?

– Precisamente.

– Mas você disse que um emissário escolhido guardava a chave, isso não quer dizer que só esta pessoa poderia usá-la?

– Eu disse que o emissário guardaria a chave e seus acessos *por toda a vida*. Uma vez encerrada a vida terrena, desfaz-se o pacto de proteção – Camthalion fez uma pausa. – O vínculo somente é reestabelecido no momento da abertura do portal após a morte do emissário anterior.

Nick percebeu Blair se voltar, aturdida, para olhá-lo. Camthalion lhe estendeu o medalhão.

– Isto pertence a você agora – entregou a ele. Nick recebeu o escaravelho de metal, desta vez ele parecia pesar uma tonelada. – Agora você precisa vir comigo.

– Já disse que não posso ir a lugar algum e deixar o Eddie aqui – Nick retrucou com firmeza, ele recolocou o colar em volta do pescoço e sentiu-se tomado por uma bravura sem tamanho.

– Seu amigo, Eddie, não está mais *aqui*. Ele não está mais neste mundo – Explicou Camthalion.

– Você acabou de dizer que eu tenho a chave para esse negócio, eu vou buscá-lo, então!

– Não é assim tão simples – falou devagar. – Nada garante que ao atravessar este portal você seria levado ao mesmo lugar que o seu amigo foi. Não há modo de controlar o seu local de destino, apenas o mundo de destino que é imenso, bem maior que a Terra. Além do mais, mesmo que soubéssemos o paradeiro exato dele, não há tempo para isso agora.

– Por que não? – Blair e Nick falaram ao mesmo tempo.

– Existem sete canais Maldekianos espalhados por cada canto da terra, quando usou a chave você abriu todos eles, agora é preciso trancá-los. *Você* precisa trancá-los. Cada minuto que os canais ficam abertos representa um risco para a sobrevivência da humanidade. Se os seguidores de El fizerem a travessia tudo haverá sido em vão. Você deve começar agora mesmo, por este aqui – e apontou para a grande porta que levava ao vazio.

– E como é que eu vou fazer isso? – Nick quis saber.

Camthalion aproximou-se e ficou ao lado deles, de frente para o portal.

– Eu acho que sabe como – foi a resposta dele.

Num primeiro instante, Nick não compreendeu o que ouviu. Como poderia saber o que fazer? Não tinha a mínima ideia de como deixara tudo aquilo acontecer. Uma série de coincidências malucas o haviam levado até lá. O mercado em Cairo, o internato, o livro de Petropoulos, o jogo de xadrez, Blair, a excursão, Blair mais uma vez, a caverna. Para ele, todos esses fatos eram aleatórios. Por que Camthalion afirmava que Nick saberia como fechar o portal?

"Porque você abriu." Foi a única coisa que veio à sua cabeça. Ele tomou o medalhão em mãos e o analisou como se o estivesse vendo pela primeira vez. Na parede ainda pairava no ar o molde exato do escaravelho diante da onda eletromagnética. Fechou os olhos e recapitulou num flash todos os acontecimentos que vivera nos dois últimos dias, até parar no momento em que encaixou o escaravelho no portal. Relembrou cada detalhe em particular o clique que ouviu quando a esfera no meio do medalhão aderiu com exatidão à parede.

Então Nick soube o que tinha que fazer. Ele se aproximou do centro do portal levou o medalhão até o seu local de encaixe, mas dessa vez o círculo em alto relevo estava voltado para fora, para ele, com a parte oca para dentro. A reação foi imediata, como se um botão tivesse sido apertado, a esfera foi puxada para dentro, em um novo clique, e a parede de pedra se materializou diante de seus olhos. A porta estava fechada.

– Uau – Nick disse para si mesmo. Ele recuou, olhava o medalhão em sua mão, tomado por fascínio. Estava embasbacado com o que acabara de acontecer.

– Nick, como você sabia? Como você sabia o que fazer? – Blair perguntou.

– É uma porta, certo? Se você gira a chave para um lado ela abre, para o outro ela fecha – ergueu os ombros. – Então, eu pensei, "por que não"?

Ela sorria, maravilhada.

– Muito bem – elogiou Camthalion. – Agora faltam mais seis. Precisamos partir. A garota pode ficar, desde que não revele a ninguém o que se passou aqui e...

– Com licença! – Blair interrompeu. – "A garota" não vai ficar coisa nenhuma, eu vou com vocês!

– Blair – Nick voltou-se para ela –, você não precisa fazer isso, eu prometo que farei o possível para descobrir onde Eddie está e trazê-lo de volta. Você deve voltar para o acampamento e para a escola, é o mais seguro.

– Nick! Isso não se trata apenas de Eddie.... Você sabe *muito bem* – voltou-se para o outro garoto. – Além do mais, *loiro*, quem garante que assim que vocês saírem eu não vou publicar na internet tudo o que aconteceu aqui, anh? Eu tenho mais de setecentos amigos no *Facebook* e mil seguidores no *Twitter*, e tenho certeza que eles vão adorar saber sobre portais sugando pessoas e raças alienígenas do mal tentando destruir a terra – fez uma pausa até que acrescentou –, por mais ridículo e absurdo que isso possa parecer!

Camthalion refletiu por alguns segundos, até que perguntou:

– O que é *Twitter*?

– Pelo amor de Deus. Nick, diga a ele!

Nick não sabia bem o que ela queria que ele dissesse a Camthalion, só sabia que se normalmente Blair já não tinha muita paciência o que poderia dizer de uma situação como aquela? Ela tinha os braços cruzados e estava entre os dois, cobrando Nick com o olhar.

– Cara, talvez seja melhor levá-la conosco.

– Contanto que ela não atrapalhe.

– Acho que ela vai atrapalhar mais se a deixarmos.

Nick e Camthalion observaram Blair, ela transbordava ansiedade. Até que ela falou meio irônica:

– Então...? Você não estava com tanta pressa para salvar o mundo? Onde estacionou sua nave espacial?

Camthalion sorriu pela primeira vez desde que os três haviam se encontrado.

– Vocês vão querer olhar para cima.

CAPÍTULO 8
ELEANOR

Por mais irônica que Blair tivesse sido ela tinha acertado em cheio. Havia uma nave espacial e ela estava bem acima da cabeça deles, repousando sobre o topo da colina onde se formava o paredão do portal. Porém, aquela nave em nada lembrava os discos voadores de filmes de ficção científica, ela mais lembrava um robusto jato supersônico.

Suas asas tinham formato triangular, bem como a parte frontal, onde deveria ficar a cabine de controle, era feita de um material preto fosco, que em meio àquela escuridão quase a tornava invisível a olho nu. O porte da nave era admirável, não conseguia crer que aquele troço tinha chegado até ali sem que ela percebesse, naquele momento esse detalhe era o que mais lhe intrigava, pois não se tratava de nenhum jatinho. Aquilo deveria ter ao menos trinta metros de comprimento, além de uma altura grande o bastante para lhe dar a robustez de um avião cargueiro.

– Você só pode estar de brincadeira comigo – Blair estava incrédula.

– Eu nunca brinco – foi a resposta de Camthalion antes que pressionasse um botão em um aparelho similar a um controle remoto que fez com que uma escada de embarque descesse de uma abertura na nave sobre a colina e parasse ao lado deles. Ele estendeu a mão para auxiliar Blair – por favor, vocês primeiro.

Nick e Blair se entreolharam, entrar naquele "avião" parecia ser, para ele, uma daquelas decisões que não se pode voltar atrás, que muda tudo, um divisor de águas. Ainda que ciente disso, ele não via outra alternativa além de embarcar, porque a realidade é que a atitude decisiva, capaz de mudar tudo, ele já havia tomado: unir o escaravelho àquela parede rochosa. Após essa breve reflexão, Nick meneou a cabeça num sinal positivo para Blair. Ela aceitou o gesto de Cam e apoiou-se à mão dele, envolta a uma luva negra, e subiu as escadas até chegar ao interior da aeronave. Nick manteve-se em seu encalço.

Ao chegarem lá dentro, Nick deu uma volta de trezentos e sessenta graus em torno de si mesmo para melhor vislumbrar aquele lugar. A cabine principal, onde estavam, era inteira revestida em um material de cor acinzentada, também fosca. Possuía um painel principal diante do assento do piloto e vários assentos em seu entorno, eram poltronas em cinza claro, cada um com um computador privativo e uma mesa menor com inúmeros comandos.

Havia ainda painéis nas duas laterais da nave, com enormes telas que mostravam dados de navegação, de radar e até mesmo telas com apresentação de canais de notícias.

– Esta é a Eleanor. Um veículo híbrido capaz de viagens de curta e longa distância por ar e mar. Sua velocidade chega a atingir vinte vezes a velocidade que vocês conhecem como velocidade do som. Possui altíssima tecnologia de camuflagem visual, sonora e passa imune a radares e *transponders*. Possui sistema de mísseis, de campo magnético de defesa, de campo magnético de ataque e sua taxa de segurança é de cem por cento. É, oficialmente, o meio de segurança mais seguro deste mundo e talvez até de muitos outros – explicou Camthalion, sua voz entoava orgulho. Nick estava mais que impressionado. Ele estava dentro de uma nave espacial, ora bolas! Aquilo era fantástico! – Escolham um lugar e se acomodem.

Nick tomou um lugar à esquerda da poltrona do piloto, Blair estava a sua direita, no momento em que sentaram cintos de segurança automáticos os prenderam ao assento. Camthalion ativou vários botões e várias luzes de *led* se acenderam no painel principal. Ouviu um som discreto que acreditou ser dos motores se aquecendo.

– Estamos partindo. Vocês podem sentir um breve desconforto.

Nick não teve tempo sequer para questionar o que seria o tal desconforto e por qual motivo, em segundos ele descobriu por si próprio. A aeronave se ergueu de supetão o que fez com que seu estômago gelasse e seus ouvidos doessem. Ele olhou pelo vidro da janela e viu a montanha aos poucos se tornar uma miniatura, tamanha era a altitude em que estavam. Não bastando isso, um novo impulso o pressionou contra as costas de seu assento, agora estavam voando adiante, numa velocidade, para ele, até então inimaginável. A violência do voo era tamanha que ele sequer tinha forças para se mover ou mesmo falar. Permaneceu imóvel durante todo o percurso.

Voaram por cerca de quinze minutos, quando Camthalion aterrissou a nave em um clarão no meio da mata. Nick sentia-se tonto após a rápida subida e descida, procurou equilibrar-se ao lado de Blair e ambos seguiram Camthalion para fora. Ele caminhou dois metros adiante até que procurou algo no chão, quando encontrou o que parecia ser um botão e o acionou. O chão sob seus pés e sob a Eleanor se moveu para baixo, como um elevador, eles desceram por cerca de vinte metros. Quando a plataforma parou de se mover estavam diante de uma porta suntuosa de aço, lembrava a porta de um cofre. Camthalion caminhou até a porta, pressionou sua mão direita em um ponto específico no canto direito da estrutura, com esse gesto a porta se abriu.

O local lembrava um grande galpão industrial, a estrutura era, em sua maioria, de concreto e metal. Havia uma grande quantidade de equipamentos organizados em células de trabalho. Eles o acompanharam através do hangar e cruzaram mais dois corredores até chegar a uma segunda sala. Esta era repleta de monitores de TV, como uma sala de controle, havia diversas mesas com computadores, ou o que Nick achou serem computadores, cada uma delas com um indivíduo muito parecido com Camthalion trabalhando. Eles tinham todos as mesmas características físicas. Embora as fisionomias fossem distintas, as características gerais eram muito similares. Ao fundo da sala havia uma grande bancada, onde vários homens loiros se situavam, ao centro dela estava a mulher mais deslumbrante que Nick já vira em toda sua vida.

A mulher, assim como todos os demais no local, era muito alta, os cabelos eram louros platinados, lisos e longos, tinha os olhos num tom azul reluzente extraordinário e a pele alva, que lhe concedia uma expressão angelical. Nick não conseguia parar de olhar para ela, sua beleza chegava a ser chocante.

– Bem-vindos à base da quinta ordem do Comando Estelar – falou a mulher. – Eu sou Ireth Tinehtelë, primeira comandante deste posto e tenho o dever de me colocar à disposição do novo emissário guardião da entrada dos sete portais. Você.

A mulher ergueu de leve o queixo da direção de Nick.

– Obrigado – foi o que ele conseguiu falar, a mulher e os demais não demonstraram nenhuma reação –, eu acho.

– Não tem de quê, nós o estivemos esperando por séculos, Senhor Hayes.

– Estiveram?

– Na verdade, sim. Acredito que terei que fazer um breve resumo dos últimos milhares de anos para que o senhor entenda exatamente o que está acontecendo.

– Isso seria ótimo.

– Muito bem, podemos começar respondendo uma das maiores questões que passa pela cabeça da humanidade que vive no planeta Terra: "Estamos sozinhos no Universo?" A resposta, como vocês dois já devem ter percebido, é: Não, não estão. Há uma considerável quantidade de colônias nos mais diversos, remotos, ou nem tanto, pontos do Universo. E um desses pontos é o Sistema

Alfa-Centauro, onde fica o planeta Methária, de onde *nós* viemos. Deixe-me fazer uma breve apresentação.

A mulher levantou-se e pressionou um botão em sua mesa de controle. A parede de vidro que estava atrás dela passou a exibir imagens, primeiro de uma galáxia, algumas estrelas e, por fim, de um planeta que, visto por cima, lembrava bastante a própria Terra quando mostrada a partir de estações espaciais.

– Este é Methária, em uma visão ampla ele pode lhes parecer bastante familiar, e o motivo é porque, sim, ele é, de fato, muito parecido com o planeta Terra. Nós temos oxigênio, hidrogênio, gás carbônico, nós temos água, nós temos calor, em suma, temos todas as condições necessárias para o desenvolvimento de vida inteligente. Vida *humana* inteligente – Ireth fez uma breve pausa. – Vocês devem estar se perguntando porque vocês mesmos são tão parecidos conosco e a explicação é simples: nós descendemos de uma mesma linhagem humana. Tanto os Metharianos quanto os Terráqueos são humanos: somos espécies, com diferenças pontuais, do mesmo gênero. Essas diferenças pontuais entre os habitantes, entretanto, trouxeram diferenças gritantes entre nossos planetas. Methária é hoje um planeta considerado em pleno e total equilíbrio. Não há escassez de recursos naturais, ao contrário, com o uso da tecnologia para conservação deles fomos capazes de atingir um nível integral de sustentabilidade. Consequentemente nossa sociedade não passa por conflitos relacionados à obtenção de um padrão desejável de qualidade de vida, o que inclui saúde, educação, segurança e lazer, por exemplo. O que nos leva a um ponto crucial: Methária é um planeta em paz. E esse estado já coexiste há mais de dois mil anos no calendário da Terra.

À medida que ela falava, imagens ilustrativas, como em um vídeo de alguma superprodução publicitária do mundo ideal, eram exibidas no grande telão na parede. Se aquelas imagens fossem reais, elas representavam mesmo o protótipo de sociedade perfeita, ao menos em aparência. As imagens mostravam cidades altamente limpas e organizadas, paisagens paradisíacas e seus habitantes em total harmonia. Assistir àquilo causava um efeito instantâneo, um desejo fulminante de querer viver no mundo daquele vídeo quimérico.

– Estas imagens não são privativas de Methária. Há hoje uma boa quantidade de planetas que já alcançaram ou estão em vias de alcançar seu estado de plenitude. Ao contrário, porém, há planetas maravilhosos sendo destruídos, explorados, dizimados pela própria inaptidão de seus viventes.

– Como a Terra? – foi Blair quem questionou.

– A Terra é um planeta em escandaloso desequilíbrio, tanto ecológico quanto social, mas acredite, há casos ainda piores. De qualquer modo, foi sob este contexto que o Comando Estelar de Proteção Universal surgiu – ela abriu os braços e as imagens no telão passaram a mostrar uma grande sala de convenções, que lembrava bastante aquela que via sempre que algo sobre as deliberações da ONU eram mostradas na TV ou internet. – Seu objetivo é constituir uma liga entre os representantes dos planetas que lograram êxito em assegurar sua sobrevivência e a qualidade de vida de seus habitantes e, através dessa união, auxiliar os planetas que necessitam de ajuda para superarem a crise em que estiverem. Nossas experiências mostram que a sobrevivência e paz são possíveis, que este é um objetivo realizável e nossos líderes não querem manter seus métodos e conhecimentos trancados a sete chaves. Eles querem disseminar essa ideologia, mais que isso, eles querem, pessoalmente, contribuir para sua viabilização. E é por isso que nós estamos aqui. Aceitamos o compromisso proposto e nos dispusemos a atuar nesses planetas na promoção dos valores do Comando. Para isso, temos representantes nas mais diversas áreas da sociedade, além de, é claro, recrutarmos interessados em se comprometer com a causa na própria sociedade local.

Nick escutava, estupefato, a narração de Ireth. Desde sempre fora levado a crer que os alienígenas tinham aparências horrendas e que eram, via de regra, seres perigosos que buscavam a Terra única e exclusivamente para destruí-la ou fazer experiências bizarras com os homens. Porém, o que Ireth lhe contava era o completo oposto disso! Eles, de fato, estavam lá, mas intentavam não destruir o planeta, mas salvá-lo. Salvá-lo de seus próprios habitantes. Era algo inimaginável.

– Infelizmente, algumas vezes, mesmo com toda a dedicação e esforço, o Comando Estelar não consegue impedir que o pior aconteça – o tom de Ireth agora estava lúgubre. – Há cerca de dois mil anos, um planeta que já atravessava séculos de crises de escassez de alimentos e recursos encontrou seu fim em uma explosão catastrófica. O planeta Maldek.

A tela mostrou um planeta de cor avermelhada sendo consumido por chamas e, por fim, explodindo.

– Muitos dos habitantes de Maldek conseguiram, sob o controle de seu maior líder, El, escapar para um outro planeta: a Terra. A princípio, o Comando viu esta atitude com bons olhos. Os Maldekianos tinham uma tecnologia já avançada para a época e poderiam utilizar seus conhecimentos para desenvolver a Terra, que à época estava repleta de civilizações promissoras. Porém, não foi isso que aconteceu. El e seu povo demonstraram um grande rancor para com o Comando, eles acreditavam que houve omissão e que algo mais poderia ter sido feito para salvar seu planeta. Além disso, o trauma resultante da perda de boa parte de seu povo os encheu de ira e ganância. Ao chegar na Terra, eles iniciaram seus planos para exploração máxima de todos os recursos possíveis para alimentar seu povo e tornar sua tecnologia mais avançada, até que tudo aqui se esgotasse. Ao final, eles migrariam para um novo planeta, onde repetiriam este hábito sucessivas vezes. A intenção de El, de utilizar sua tecnologia para colonizar planetas por todo o Universo, era inconcebível para o Comando Estelar. Sob a liderança de Ashtar Sheran, os membros do comando se uniram e travaram uma batalha épica com os Maldekianos, que teve como desfecho a expulsão de El e todo o seu povo para um local em que eles não poderiam causar danos: O Mundo Perdido. A partir daquele momento, a ameaça foi contida e mandada para o local mais distante possível, uma dimensão distinta, um universo paralelo ao nosso. A solução parecia perfeita, com o pequeno detalhe de que, da mesma forma que eles haviam atravessado para o outro lado, eles poderiam, a qualquer momento, voltar. Era preciso que algo inviabilizasse o retorno de El a este mundo, que uma chave trancasse a saída, literalmente. Com este intuito, desenvolveu-se um objeto constituído de matéria rara trazida da estrela Capella. Um objeto capaz de equilibrar a área instável dos sete lugares da Terra que levavam ao mundo perdido.

– O escaravelho – Nick falou baixinho.

– Exatamente. O escaravelho dos deuses, como os antigos o chamavam, era a chave capaz de manter os portais fechados e impedir que os Maldekianos voltassem e concluíssem seus objetivos nefastos contra a Terra. Este valioso objeto foi confiado a um guardião, que tinha como missão protegê-lo durante toda a vida. Ao fim de sua vida, o guardião deveria confiar o escaravelho a um novo emissário, que herdaria sua função e a transmitiria geração após geração.

Nick estava confuso, se tudo estava assim tão esquematizado, como aquele medalhão exótico tinha ido parar em um mercadão em Cairo e, logo após, nas mãos dele?

– Eu não entendo... se há um guardião, por que esse escaravelho chegou até mim?

– No meio do caminho o escaravelho chegou até uma guardiã, uma rainha do Egito. Acontece que, para os egípcios, o escaravelho estava associado ao renascimento, à reencarnação, e, por isso, quando a rainha morreu, subitamente e sem ter tempo de repassar a missão, o escaravelho foi sepultado com ela pelo seu povo, que acreditava ser um artefato necessário para que ela fizesse a passagem entre os mundos, um meio de passagem para os Deuses. Por isso o escaravelho ficou perdido durante todo esse tempo, até que a tumba da rainha foi encontrada meses atrás. Apuramos que o acampamento da expedição que fez a descoberta foi saqueado e, provavelmente, foi assim que ele chegou até você.

– Mas, se é tão importante que esses portais permaneçam fechados, por que manter uma chave? Por que não destruir a chave e assim se assegurar que esse povo fique lá de vez? – Blair perguntou, Nick considerou a questão e concluiu que a dúvida dela era bem pertinente.

– Esta é uma excelente pergunta – Ireth esboçou um discretíssimo sorriso. – Nosso Universo está, desde seu surgimento, se expandindo. Um dia, essa expansão será tamanha que as galáxias estarão tão distantes uma das outras ao ponto de a luz das estrelas não conseguir alcançá-las. Assim, nosso Universo irá morrer em uma era de grande congelamento e escuridão. Sabendo disso, você jogaria fora a única chave capaz de abrir a porta para um outro Universo completamente novo e saudável? Um outro Universo capaz de receber e desenvolver uma nova civilização humana? – Blair sacudiu de leve a cabeça. – Foi o que eu pensei. Destruir o escaravelho não é, e nunca foi, uma opção viável.

– Agora que estão cientes deste breve histórico, devemos falar sobre os acontecimentos desta noite em Adirondack... acredito que Camthalion já o tenha informado de sua missão – Nick assentiu. – Ainda assim irei reforçar. Você precisa ir até os seis portais restantes e trancá-los. Nossa equipe fez alguns cálculos e estimou quanto tempo nos resta.

Ela desceu de seu palanque e caminhou até onde eles estavam, retirou um objeto do bolso e entregou para Camthalion, era uma ampulheta, com a diferença de que, ao invés de estar cheia de areia, ela continha um fluido que respingava do lado de cima para o de baixo.

– Leve isto. Vai orientá-los quanto à questão do tempo, que, devo adverti-lo, é exíguo. Nossas equipes de simulação calcularam e creem que nos resta apenas alguns dias antes que os primeiros Maldekianos façam a travessia. Como está o controle de informação?

– Há apenas uma testemunha, que veio conosco – apontou para Blair. – E eu tenho que informar, senhora, que um garoto, acidentalmente, fez a travessia.

Pela primeira vez a expressão da mulher se alterou, a serenidade se dissipou. Os outros homens sentados ao lado dela na bancada se aproximaram de Ireth, sussurrando coisas ininteligíveis.

– Muito bem, estamos familiarizados com as complicações que este fato pode trazer. Você deve evitar que os efeitos dessa travessia atrapalhem a conclusão da missão. Esta informação não pode vir à tona para o restante dos humanos até que tudo esteja resolvido, utilize as ferramentas que entender necessárias. Nós trabalharemos para manter o restante da população alheia aos acontecimentos, enquanto os portais estiverem abertos alguns fenômenos poderão ser notados em suas proximidades, é nosso dever tentar conter as especulações que surgirão a respeito disso.

– Que tipo de fenômenos? – Blair quis saber.

– Os lugares onde os portais estão localizados são zonas de cruzamento entre as dimensões. Pelo fato de terem passado uma quantidade enorme de tempo abertos, esses portais causaram anomalias na natureza desses locais. Agora, com as passagens novamente abertas, pode haver alterações no clima, temperatura, além de oscilações eletromagnéticas e gravitacionais. Não podemos saber ao certo, pois essa é uma situação nova para nós também. Mas estaremos atentos a isso – fez uma breve pausa. – Camthalion, você está encarregado por conduzir Nicolas, e cuidar das testemunhas – disse a Camthalion, que a escutou com a cabeça baixa. – Agora vocês devem ir.

Tão rápido quanto chegaram eles deixaram a sala de controle. Foram escoltados por um grupo de três "homens" até a porta codificada. Nick não conseguia pensar em outro termo para se referir aos alienígenas, eles eram idênticos aos humanos, eram mais altos e fortes, mas, no geral, não saberia diferenciá-los se os encontrasse na rua, jamais passaria pela sua cabeça que não seriam humanos. Além do mais, segundo a própria Ireth, a terminologia não era assim tão inadequada para ser utilizada. Não eram espécies da mesma raça?

– Aonde estamos indo? – Nick questionou quando subiam o elevador.

– Para o seu acampamento. Vocês devem partir de volta para a escola com o grupo, para evitar suspeitas. Eu os encontrarei para que prossigamos a missão.

– Isso não faz sentido! – foi Blair que protestou. – E toda aquela história de que não podemos desperdiçar nem um minuto? E o fim do mundo?!

– Você ouviu a comandante. Nós temos algum tempo antes que os Maldekianos possam fazer a travessia. A ampulheta marca com exatidão o tempo que dispomos.

– Por quê? Os caras estão lá presos há, sei lá quanto tempo, e agora que têm a oportunidade de escapar vão esperar *uns dias*? – Nick perguntou enquanto eles adentravam à nave.

– Escutem, os Maldekianos não estão presos em alguma espécie de cela, eles nem mesmo estão em um outro planeta, eles estão em um outro Universo, cuja única ligação com o nosso Universo são estes canais. Tudo o que percebemos do mundo ao nosso redor pode ser totalmente diferente lá, isso inclui a nossa noção de espaço e tempo. – explicou Camthalion. – Os parâmetros que possuímos aqui não necessariamente são válidos nessa outra dimensão. Estamos há séculos estudando as características do mundo perdido, como o chamamos, mas várias coisas ainda são um mistério. Uma delas é a correspondência exata de passagem de tempo entre aqui e lá. O que temos são estimativas. Por essas estimativas, seu amigo, por exemplo, nem sequer deve ter chegado ao outro lado, ele está percorrendo distâncias inimagináveis. Para nós podem ter passado horas, enquanto que para ele segundos. É por isso que, na nossa percepção, ainda restam alguns dias até que haja uma travessia de lá para cá.

– Isso é relatividade, certo? – Nick indagou.

– Sim, em termos gerais.

– Exceto pelo fato de que Einstein nunca concebeu que fosse possível para o ser humano sobreviver a uma travessia desse tipo – Blair complementou.

– De fato, os estudos dos humanos foram muito pessimistas nesse sentido. É claro que a existência de portas de comunicação com outras dimensões é intrigante por todas as perspectivas. Há uma imensa carga de imprevisibilidade e outras variáveis incontroláveis envolvidas. A existência de uma chave capaz de controlar o acesso através desses sete canais não impede que os Universos abram outros túneis de transporte.

– Então há outros? Além dos sete – ela quis saber.

– Pode haver. A amplitude da instabilidade de comunicação entre as dimensões ainda não é conhecida por completo, entretanto sabemos que ela pode causar o aparecimento de canais temporários. Nesse caso não temos controle algum, essas portas são imprevisíveis, quando elas aparecem sugam qualquer coisa que cruzar o seu caminho, animais, pessoas...

– Aviões? – Blair o interrompeu.

– Como eu disse, qualquer coisa.

O olhar apreensivo de Blair cruzou o de Nick. Ele suspirou. Pelo que tinha sido capaz de entender nada indicava que uma vez do outro lado a perspectiva de sobrevivência seria boa. Ainda que a teoria dela se confirmasse, não se tinha a menor ideia do que havia do outro lado. Mesmo assim, conseguia enxergar um forte lampejo de esperança nos olhos de Blair. Isso não era bom.

– Eu sabia – ela falou baixinho. – Eu sabia que tinha que haver uma explicação. Nick, pelo que ele disse... O avião dos meus pais pode ter atravessado um desses portais e por isso desapareceu sem deixar vestígios. Tem mais... – parou e refletiu. – Para eles, não deve ter passado tanto tempo. Para nós sim, mas para eles não.

– Blair...

– Se algo assim acontecesse, vocês saberiam? – ela dirigiu a pergunta para Camthalion. Ele não compreendeu a princípio. – Se um avião, como o do Voo 606, que desapareceu em cima do oceano, fosse sugado por um desses canais, vocês saberiam?

Camthalion pestanejou, o que Blair reparou com atenção.

– Nós... não teríamos como saber com certeza.

Ela o avaliou de cima a baixo com os olhos.

– Ok.

Nick estranhou a reação dela. Conhecia Blair há menos de quarenta e oito horas, mas fora tempo o suficiente para perceber que ela não era do tipo que daria o braço a torcer assim tão fácil. Camthalion tomou posição para reerguer a nave, Blair se aproximou de Nick e lhe falou num sussurro:

– Eles sabem.

– O quê?

– Ele hesitou. Você não percebeu? Eles sabem sobre o avião.

Camthalion programava os dados de voo na tela invisível. Nick o observou após ouvir as palavras de Blair. Ela poderia estar enxergando apenas o que queria, ou poderia estar enxergando algo que ele, Nick, não foi capaz de ver por si só. O que sabia de verdade sobre esses seres? Ouvira uma narrativa cheia de pompas, até mesmo romântica, de Ireth, mas até que ponto aquilo era mesmo verdade? Ele tomou seu assento para que partissem, não sem antes ouvi-la insistir:

– Nós não podemos confiar neles.

Capítulo 9
Camuflagem

Nick acordou num sobressalto, abriu os olhos de uma vez, algo fora do normal já que sempre acordava desacelerado. Visualizou o ambiente em volta, o local lhe era estranho, demorou alguns instantes para se dar conta que estava em uma barraca de acampamento. De súbito, as lembranças da noite anterior lhe deram a sensação de estar acordando de um sonho dos mais surreais, quiçá um pesadelo.

Poderia ter sido um pesadelo? Ele não tinha a recordação exata de como chegara à sua barraca, a última imagem que vinha à sua mente era de estar junto com Blair em uma nave, após ter visitado algo que parecia ser uma base militar, a caminho do acampamento, depois disso, vazio.

Ele saiu da barraca, garotos e garotas iam e vinham, conversavam, davam risadinhas, tudo parecia estar na mais completa normalidade. O Sr. Willis os convocava para tomar o café da manhã, partiriam em uma hora, ele dizia. Nick se apressou, entrou na grande cabana onde ficavam as mesas para refeição, o café da manhã estava servido. Rondou o lugar com o olhar à procura de Blair. Achou-a sentada em uma das mesas, sozinha, observava o nada a sua frente, o semblante oscilava entre o vazio e a confusão.

Aproximou-se, estava há alguns metros quando ela avistou, boquiaberta, um ponto atrás dele. Ela levantou-se e correu, quase esbarrando em Nick. Ele voltou-se assustado e logo compreendeu o motivo da reação de Blair.

– Mas que diabos... – Nick falou perplexo para si mesmo, quando viu que Blair correra para abraçar *Eddie*.

– Eddie! Graças a Deus, você está aqui!

Eddie a abraçou de volta, meio desconfortável, como se fizesse aquilo pela primeira vez. Blair beijou-o na bochecha por alguns segundos, não saberia dizer por quantos, pois, meio no automático, acabou desviando o olhar. Quando os observou mais uma vez reparou, mesmo àquela distância, que as faces de Eddie estavam muito coradas.

– Eu tive o pior pesadelo de todos os tempos, você não vai acreditar!

Ao ouvir a frase de Blair, Nick se deu conta de que havia algo muito errado. Afinal, ele mesmo estava com essa suspeita, de ter tido um baita pesadelo na noite anterior, que envolvia, entre *aliens*, naves e portais, o desaparecimento de Eddie. Qual era a chance de que ambos sonhassem que Eddie desaparecia? Zero.

– Blair! – Nick chamou e a puxou pelo braço, fazendo com que se afastasse de Eddie. – Não foi um sonho. A caverna, o portal... aconteceu mesmo. Eu acho que este não é o Eddie.

Blair considerou o que Nick dissera por um instante, mirou Eddie meio atordoada, até que retrucou: – Então *quem* é ele?

– Eu disse que encontraria vocês dois.

Aquele tom era inconfundível.

– Camthalion? – Nick arriscou.

– Precisamente.

– Minha nossa! – Blair estava incrédula. – Como isso é possível?

– DNA e algumas tecnologias avançadas de camuflagem.

– Mas por que você se... Por que você se transformou no Eddie?!

– É necessário que seus colegas e professores não saibam do que aconteceu com o amigo de vocês. Qualquer coisa que possa nos atrasar deve ser evitada, uma investigação de desaparecimento, por exemplo. Eu usarei a transfiguração enquanto for necessário manter os acontecimentos em sigilo – esclareceu. – É melhor vocês terminarem o seu café, segundo o professor Willis, nós sairemos em menos de uma hora. A geleia de morango está deliciosa.

– Você *tomou* café? – Nick estava confuso.

– Mas é claro! Dizem que é a principal refeição. Vocês deveriam comer, teremos um longo dia.

Blair e Nick se entreolharam. Obedeceram Camthalion e tomaram café da manhã em silêncio, exceto por alguns resmungos de Blair, que ele entendeu como sendo algo do tipo "Inacreditável" e "Como, como é possível?". Logo depois, desmontaram suas barracas e partiram de volta a Saint Louis. Nick percebeu que Blair se esforçou ao máximo durante a viagem para não fazer nenhum comentário sobre os acontecimentos recentes, ele mesmo estava louco de vontade de conversar com ela, mas com muito custo permaneceram calados sobre o assunto. Ao chegar na escola, Blair se dirigiu ao alojamento feminino, enquanto Nick conduziu Camthalion ao que ele acreditava ser o quarto de Eddie.

Em seguida, ele foi ao seu próprio dormitório e aprontou-se o mais rápido que conseguiu. Os três reencontraram-se no pátio entre os alojamentos meia hora depois. Precisavam de um lugar fora da escola para programar os passos seguintes.

– A *Prometheus* tem uma sala de jogos no segundo andar e parece bem tranquila – sugeriu Blair.

Eles saíram de Saint Louis, logo que cruzaram a primeira esquina "Eddie" não estava mais com eles, Camthalion havia retornado.

– Como você faz isso? – Nick quis saber.

– É complicado – respondeu o outro num tom familiar.

Ao chegarem na livraria Blair se dirigiu de imediato ao balcão onde ficava o caixa. De imediato, Nick viu que Alex estava lá, lhe deu um sorrisinho de cumprimento.

– Nós gostaríamos de usar a sala de jogos, você acha que é possível? – Blair perguntou a ela.

– Olá, eu estou bem obrigada, e você? – examinou Camthalion com o olhar. – Outro não-namorado?

– Por quê? Você quer não-flertar com ele *também*? – respondeu Blair. Nick fechou os olhos com desgosto.

Garotas, por que a rivalidade inexplicável?

– Meu Deus – Alex sorriu desacreditada.

– Alex, ela estava só brincando – justificou Nick. – Blair tem um péssimo senso de humor! Não é mesmo, Blair?

– Não é? É o que todos dizem – ela soltou um riso forçado.

– Estou vendo! – ela voltou a olhar para Camthalion. – Você não fala?

– Sim! – Blair interrompeu Camthalion que abria a boca para responder. – Ele é só um pouco tímido, ele é de fora, de... Ahm... da...

– Da Austrália! – Nick completou.

– *Ele* tem um nome?

– Eu sou Cam...

– Cam! Ele é Cam. Só Cam – Blair impediu que ele terminasse, acenou com a cabeça positivamente para Nick.

– Isso, Cam. É um nome australiano. De... Tribos. Tribos antigas da Austrália – Nick concordou. Estava perplexo com o fato de só conseguir falar feito um retardado e estar em situações idiotas perto de Alex. Era inacreditável.

– Legal – Alex falou meio incerta. – Prazer em conhecê-lo, Cam.

– Ele está encantado! – disse Blair, juntos as palmas das mãos. – E quanto àquela sala de jogos?

– Claro, está desocupada, podem usar. O que vão jogar?

– Na verdade, nós estávamos pensando se vocês não teriam algo aqui para vender... Um *War*, talvez?

Por acaso eles tinham uma boa diversidade de jogos na *Prometheus*. Nick pegou um com Alex e os três subiram para a sala de jogos. Tomaram uma mesa, a mais reservada possível, onde Nick montou o tabuleiro de *War*.

– Então... qual é o plano? – questionou Nick.

Cam retirou um punhado de peças pretas do jogo.

– Nós temos seis lugares para ir: a uma hora de Puno, no Peru, está a Porta de Hayu Marca, ou, como é chamado pelos habitantes locais, Portão dos Deuses.

Posicionou uma peça no local correspondente no mapa, o que fez com as seguintes:

– O Mar dos Sargaços, um mar de águas calmas isolado por correntes marítimas, localizado na região conhecida por vocês como Triângulo das Bermudas– fez uma breve pausa. – Plutonium, ou o Portal do Inferno, na Turquia; A Montanha Kholat Syakhl, nos Montes Urais, na Rússia, também chamada de Montanha dos Mortos. Kalkajara, a Montanha Negra, próximo a Cooktown, na Austrália. E... – marcou a última peça no tabuleiro – Aokigahara, na base do Monte Fuji, no Japão, também conhecida por Floresta do Suicídio.

– Uau, esses lugares possuem apelidos adoráveis, você não acha? – Blair indagou baixinho a Nick.

– Nem me fale.

– Nós começaremos por aqui – apontou para um ponto no mapa, na América do Sul –, Peru.

– Por quê? Não deveríamos começar pelo Triângulo das Bermudas? Está bem mais perto – Nick observou.

– De todos esses locais, o Portal dos Deuses é o mais acessível a moradores e turistas, nós devemos ir até lá hoje para evitar que haja outras travessias acidentais – explicou Cam. – Não devemos ter dificuldades para chegar até lá e cumprir a tarefa.

– É o único que não tem um apelido fofo!

– E depois? – Nick procurou saber.

– Mar dos Sargaços, Turquia, Rússia, Japão e, por fim, Austrália. Eu preciso alertá-los que não iremos encontrar nada parecido com o que viram na noite passada. Ir a esses lugares pode ser algo muito, muito perigoso.

– Se todos forem como o Triângulo das Bermudas eu acho que temos uma ideia.

– Quem vai ao Triângulo das Bermudas? – uma voz masculina os interrompeu. Nick se voltou e reparou que era o funcionário da seção de UFO's da *Prometheus*. – A Alex disse que vocês estavam jogando War e eu resolvi dar uma passada para ver se não tinha uma vaga, mas... – ele observou o tabuleiro. – Esses são locais bem incomuns para se colocar exércitos... A não ser que estejam numa guerra de campos magnéticos, cara.

Nick e Blair se entreolharam, num instinto ela recolheu as peças do jogo do tabuleiro e as guardou, dizendo em seguida:

– Não estamos jogando ainda, estamos só explicando as regras ao Cam. Ele é australiano.

– Para não saber jogar *War* ele teria que ser de outro planeta! – George brincou. Mas todos na mesa permaneceram sérios.

– Ele é do interior – tentou Blair. – Um lugar *bem remoto.*

– Eu imagino. O que eu não consigo imaginar é porque vocês levariam uma pessoa que nem sabe jogar *War* para o Triângulo das Bermudas!

Blair gargalhou, de forma forçada, Nick se sentiu na obrigação de a acompanhar. Cam soltou um risinho.

– Triângulo das Bermudas, você está falando sério? – ela falou com os olhos cheios d'água, tomando fôlego. – Quem faria uma coisa dessas?

– Me digam vocês – era Alex que estava ao lado deles. – Eu estava logo ali e ouvi a conversa. Também ouvi sobre Japão, Rússia, travessias...

– Inacreditável! Além de assanhada se esgueira pelos cantos para escutar a conversa dos outros? – disse Blair pondo-se de pé. – Nada disso é da sua conta, garota!

– Eu estou oficialmente ignorando você a partir deste momento – Alex retrucou.

– Por tudo que é mais sagrado, me faça esse favor! – voltou-se para Nick. – Nick, lide com ela.

Nick balbuciou. Blair estava com aquela pose, com os braços cruzados e a sobrancelha erguida, em cobrança. Alex estava ao lado, aguardando que ele falasse algo. Por Deus, aquilo sim era pressão.

– Alex – ela ficou de pé também –, eu não sei o que você acha que ouviu, mas eu garanto que... não é o que parece.

– Eu ouvi que esse cara... – apontou para Cam com a cabeça. – Vai levar vocês a algum lugar perigoso, ficou bastante claro!

– Não é bem assim, veja...

– Nick, não-é-da-conta-dela – Blair interrompeu.

– Shhh... Silêncio – ele pediu, na verdade suplicou, meio com receio. Nunca dava para saber o que poderia sair de Blair.

– Quer saber, a garota invisível tem razão, não é da minha conta! Eu nem mesmo sou de Saint Louis, não é? – disse Alex antes de se retirar. George a seguiu.

Nick fechou os olhos, desgostoso ao vê-la sair.

– Não que você mereça alguma orientação sobre como lidar com garotas, mas se quer ter alguma chance com *essa aí,* deveria ir atrás dela.

Lá no fundo, Nick sabia que era verdade. Não que ele quisesse ter alguma coisa com Alex, imagina só, mas talvez *ela* quisesse, é claro. E ele não tinha porquê criar uma inimizade, ainda mais com uma garota. Elas conseguem ser um pé ainda maior no saco quando guardam rancor.

– Ei, Alex! – alcançou-a na descida das escadas. Teve que segurá-la pelo braço. Espere um pouco.

– O que é, garoto de Saint Louis?

– Não precisa me chamar assim, meu nome é Nick!

– Tanto faz. Diga o que tem para dizer.

– Desculpe pela Blair, às vezes ela consegue ser um pouco...

– Insuportável? Indelicada? Grossa? – enumerou Alex.

– Ela fica *nervosa* – tentou suavizar. – Mas acredite, não é intencional, ela sente muito por tudo.

– Olha, eu não ligo para a sua amiga maluca, ok? Eu escutei o que falaram por acaso e fiquei assustada. É o tipo de conversa que escutamos em filmes de ficção científica, entendeu? Vocês aparecem do nada com um cara que parece ter saído do *X-men* e ficam com papos mirabolantes. É estranho. Mas ela estava certa, eu não deveria ter me metido. É só que... – fez uma pausa. – Esses lugares que ele falou, eu já ouvi falar deles antes.

– Ouviu?

– Sim – ela respondeu baixinho. – São lugares malditos. Coisas terríveis acontecem neles. Pessoas morrem. Não importa o que aconteça ou o que digam em contrário, você tem que ficar longe, entendeu?

Os lábios de Alex tremiam, ela estava assombrada. Nick sentiu uma pontinha de satisfação por reparar que ela poderia estar preocupada.

– Ei, não se preocupe – tocou de leve o ombro dela, Alex teve um pequeno sobressalto. – Era só uma conversa boba de três adolescentes excêntricos. Pensa bem... para começo de conversa, você acha mesmo que nossos pais nos deixariam fazer uma viagem dessas? Além do mais as aulas estão para começar.

A expressão de Alex se aliviou.

– Nick! – Blair o chamou, ela e Cam estavam próximos à saída. – Temos que ir.

Ele voltou a encarar Alex, ela fez um sinal positivo com a cabeça. Num impulso, deu um beijo na bochecha dela, antes de sair e acompanhar os dois para fora.

– Oh, você é mesmo um charme! – Blair disse em voz musical quando andavam na calçada.

– Cala a boca, gracinha – empurrou-a com o ombro de propósito. Disse a Cam: – Então?

– Apressem o passo! Próxima parada, Hayu Marca, Peru.

Por algum motivo Nick percebeu um lampejo de empolgação bater em seu peito, bem ali, ao redor de onde repousava o medalhão.

A sensação era boa.

Muito boa.

Capítulo 10
Portão dos Deuses

Saint Louis era cercada por uma mata não muito densa, mas o suficiente para que Cam pudesse "esconder" Eleanor há menos de um quilômetro da sede da escola.

– Vocês possuem pistas de pouso a cada quatro quadras? – Blair indagou.

– Esta foi montada para nos atender nos próximos dias.

Em um gesto parecido com o que fizera quando chegaram à base, Cam acionou um mecanismo no chão e uma plataforma onde a nave aguardava se ergueu. Os três embarcaram, Blair ao lado direito e Nick à esquerda de Cam, que no centro preparava os dados do voo na tela holográfica.

– Voltarei a ressaltar que este pode ser um voo um pouco desconfortável para vocês... viajaremos a velocidades muito altas, com as quais não estão habituados, um leve mal-estar é comum nas primeiras vezes.

– Altas quanto?

– Estimo que sete mil quilômetros por hora serão suficientes – disse Cam, erguendo os ombros.

– Uau, isso vai ser emocionante – disse Nick, embora não parecesse muito animado.

– Por favor, para a sua segurança, mantenham o cinto afivelado durante todo o voo. Não iremos demorar para chegar.

Cam ligou os propulsores e retirou a aeronave do chão. Desta vez, a subida vertical foi ainda mais intensa e rápida. Em poucos segundos, Nick só conseguia enxergar miniaturas lá embaixo. O frio da barriga foi inevitável, olhou para o lado e Blair tinha os olhos fechados, apertava com força o braço da poltrona.

Já se preocupava com a distância que tinham subido quando, num impulso violento que forçou suas costas contra a poltrona, a nave disparou para a frente. A velocidade era tão intensa que tudo abaixo parecia um grande borrão, sentiu-se um pouco nauseado ao observar o lado de fora, voltou-se e mirou Blair. Tinha os olhos semiabertos.

– Você está bem? – quis saber Nick.

– Como uma sardinha enlatada, sim!

– Mais alguns minutos e atingiremos a velocidade de voo – esclareceu Cam.

Nick e Blair se entreolharam desanimados, mais um arranque da aeronave os manteve quase imobilizados nos assentos. A pressão os manteve assim por cerca de quarenta minutos, quando Cam iniciou a descida e aterrissaram. Já em solo, ele levantou-se de sua posição de piloto, abriu um dos compartimentos ao fundo da nave e retirou um molho de roupas lá de dentro.

– Ponham estas roupas – entregou a Nick e Blair. – Vai ajudar na caminhada e fazê-los parecerem turistas.

Nick obedeceu e vestiu uma calça e camisa cáqui, o mesmo fez Blair. Ambos puseram um chapéu de palha e coturnos marrons. O próprio Cam se desfizera de suas habituais vestes negras e vestia-se agora igual a eles. Acompanharam-no e desembarcaram. A paisagem em volta era de um grande vale rodeado por pequenos morros, a vegetação era escassa, limitava-se a alguns arbustos e gramíneas rasteiras em pouco volume. O solo era arenoso, com alguns pedregulhos.

Estavam todos fora da nave quando Cam retirou um pequeno aparelho do bolso, semelhante a um *tablet*, fez alguns toques e, de súbito, a aeronave assumiu uma imagem camuflada, parecia invisível.

– Vamos, alguns minutos de caminhada e chegaremos lá.

Blair e Nick seguiram Cam na caminhada por entre os montes de solo arenoso, cerca de dez minutos depois avistaram os primeiros sinais de habitação, alguns grupos de nativos que caminhavam pela região. À medida que avançavam, Nick pôde perceber a quantidade de formações rochosas em toda a planície, não saberia dizer se eram obras da natureza ou se o homem, por alguma razão, as havia construído. Distraiu-se com estes detalhes da paisagem quando Blair o puxou pelo braço e apontou adiante:

– Nick, veja.

Ele observou o local indicado por ela, há mais ou menos cem metros deles estava uma imensa rocha, e nela havia um grande retângulo, que deveria ter mais de vinte metros de altura, esculpido. Nick apressou o passo, quando se aproximou percebeu que lá no centro do retângulo havia uma entrada, uma porta menor, em formato de "T". Era o portal.

Aglomerados próximos ao Portão dos Deuses estavam vários nativos, a maioria era anciões, eles entoavam cânticos e balançavam objetos pendulares que emanavam incensos. Eles permaneceram alheios à chegada dos três visitantes, à exceção de quando tentaram se aproximar demais da porta em "T", quando pode-se ouvir burburinhos e protestos. Nick não recuou e ficou frente a frente com a abertura na parede.

Sua aparência era diferente do portal que vira na noite anterior, na realidade ele parecia igual ao restante da estrutura de pedra se olhasse rapidamente. Porém, se prestasse atenção, notaria que aquela parede não estava na sua frente de verdade, era só uma imagem, mas fisicamente ela não estava lá. Ele tentou encostar a mão no local, mas não tateou uma estrutura sólida, a sensação era de tocar um fluido denso ao extremo. Ao encostar, reparou que havia uma vibração, uma movimentação das partículas que ali estavam, de modo a atraí-lo, puxá-lo para perto.

O mais impressionante é que havia um pequeno pedaço, de não mais que cinco centímetros, onde ele podia ver uma luz. Aproximou a visão daquele ponto e percebeu que o diminuto pedaço de luz era uma amostra do que havia do lado de lá, a luz vinha do céu do mundo perdido, que era a parcela que se tornara visível por aquela fenda.

Estava absorto contemplando o portal quando foi surpreendido por um dos homens em volta, ele lhe direcionou palavras, em tom esbaforido, em espanhol, que Nick não entendia. O homem avançou em sua direção, mas foi detido por Blair e Cam. Ela falou algumas palavras na mesma língua do ancião, que se conteve por um instante.

– O que ele disse? – Nick perguntou.

– Ele disse que você tem que ficar longe – começou Blair. – Que se o portão está aberto é por ordem dos deuses e que não devemos contrariá-los.

Quando Blair acabou de falar eles já estavam cercados por nativos, e nem todos eram tão anciões quanto Nick havia pensado. Eles estavam armados com lanças de madeira e foices. Os três recuaram no sentido do Portão dos Deuses, o que deixou o grupo mais apreensivo.

– E agora? – Blair indagou baixinho.

Os homens agora entoavam gritos mais altos e se aproximavam de maneira ameaçadora. Eles estavam encurralados. Nick não pensou muito, apenas retirou o medalhão de dentro da camisa. Para seu próprio espanto a peça reluziu como se possuísse brilho próprio. O homem que conversara com Blair foi o primeiro a estancar a gritaria, ele esbugalhou os olhos e foi seguido pelos demais. De súbito, todos eles fizeram uma reverência e ficaram no chão, apoiados em um dos joelhos.

– Diga a eles – Nick olhou para Blair, e prosseguiu em voz mais alta – que nada de bom virá desse portão. Vocês estarão a salvo enquanto ele estiver trancado.

Blair repetiu as palavras de Nick, ao que os homens ouviram com atenção. Até que aquele que havia se dirigido a eles antes respondeu. Nick indagou Blair com o olhar.

– Ele disse que só os deuses poderiam ter lhe dado o escaravelho, para eles você foi enviado pelos deuses – o homem continuou a falar, Blair repetiu, mas dessa vez direcionada a Cam. – Ele disse que a tribo deles encontra você e seus ancestrais há séculos, que vocês descem dos céus. Eles só ficaram com medo que nós tivéssemos vindo a pedido dos... Droga, ele falou muito rápido, eu não entendi o que disse, enfim, pensaram que nós fossemos essas outras pessoas porque sabem que eles estão vindo para cá. – Blair fez uma pausa, meio que digerindo o que ouvira. – Disse que é perigoso ficarmos aqui.

– Temos pouco tempo para fechar o portão e partir, Nicolas – Cam falou. – Você ouviu o ancião.

Nick caminhou resignado até o portão. No meio da entrada, havia uma depressão, assim como no portal anterior, de formato idêntico ao do escaravelho. Encostou-o na parede. Sentiu a vibração da estrutura se intensificar até que, como num impulso magnético, toda a força convergiu para o centro do escaravelho e a pedra se materializou em sua frente. Recolheu o medalhão, o metal estava aquecido, até mais pesado em sua mão. Recolocou-o de volta ao pescoço. O grupo de homens voltou a entoar palavras em cânticos, ainda o reverenciando.

Cam não esperou atitude alguma de Nick e guiou ele e Blair para a nave. O passo estava bem mais apressado do que na ida.

– O que está havendo? – Nick perguntou quase sem fôlego quando quase corriam de volta para a Eleanor. – Por que a pressa?

– Foi o que o ancião disse, não foi? Ele disse que alguém está vindo! – Blair parou de andar.

– Conversamos quando chegarmos na Eleanor – foi a resposta de Cam. Ele foi até Blair e a puxou pelo braço, fê-la voltar a andar.

Nick os acompanhou e voltou a falar no momento que embarcaram na nave:

– Cam! É verdade o que Blair disse? Nós estamos fugindo de alguma coisa ou alguém? O ancião falou isso?

Blair indignou-se com a insinuação de que não tivesse compreendido com exatidão o que os nativos falaram.

– Pelo amor de Deus, o que você tem feito durante as aulas de espanhol?

– *Que* aulas de espanhol? Eu tenho uma vida, Blair, não tenho tempo para isso!

– Oh, me desculpe, senhor "sou ocupado demais para aprender um outro idioma, o que vai me fazer me arrepender no futuro, se tiver o mínimo de intenção de ter a carreira política que meus pais sonham, sem precisar de um intérprete para a segunda língua mais falada no mundo"!

Nick balbuciou, ela tinha soltado aquelas palavras tão rápido que ele precisaria de um replay para entender o que de fato Blair havia dito: – Você deveria parar de falar essas coisas, sério, é assustador.

– Os legionários – foi Cam quem falou. Blair e Nick se voltaram para ele. – O ancião nos alertou sobre a chegada deles.

– Quem são esses? – perguntou Nick.

– São os seguidores de El. São dissidentes do comando e estão há séculos tentando reabrir os portais e libertar os Maldekianos. Assim como os membros do Comando, os Legionários vigiam as passagens, então já era esperado que viessem atrás de nós.

– Há um grupo de separatistas das trevas vindo atrás de nós e nem passou pela sua cabeça comentar esse detalhe? – Nick estava perplexo.

– Está vendo? Eu *disse* que ele esconde coisas! – Blair falou em tom exasperado. – Não podemos confiar nele!

– Por que não nos contou a respeito disso?

– Eu não tive autorização do meu comando para revelar esta informação.

– Pelo amor de Deus – Blair se virou com os braços erguidos.

– Cam, escute, se não for honesto e nos contar tudo o que precisamos saber, não teremos confiança em você.

– Confiança – ele repetiu. – É um sentimento da mais alta estima e importante para as parcerias com os seres humanos. Eu entendo o que quer dizer.

– Excelente!

– Eu contarei tudo o que for importante para que mantenhamos uma boa parceria no decorrer desta missão.

– Então? Tem mais alguma coisa que nós devamos saber sobre essa legião?

– Apenas que... talvez vocês precisem em algum momento utilizar algumas ferramentas para defender sua integridade.

– Você quer dizer armas? – ponderou Nick.

– Não me sinto à vontade com este termo, mas sim. Entretanto, se tudo correr como o planejado, os legionários não conseguirão nos alcançar. Eles são desorganizados e não possuem recursos tão sofisticados.

– E quanto a outras informações? – Blair questionou. Cam a olhou interrogativo. – Informações que você está *sonegando*. Como sobre o Voo 606, ou sobre Eddie, ou sobre o que podemos fazer para trazer as pessoas que fizeram a travessia de volta?

– Eu me comprometo a fornecer todas as informações necessárias para a formação de um vínculo de confiança no âmbito da parceria que possuímos. Todavia, mesmo que eu detivesse as respostas para as perguntas que acabou de fazer, não vejo como isso poderia interferir na obtenção de nossos objetivos.

– Ora, ora, seu alienígena cínico! – Blair disse com um risinho. Virou-se para Nick. – Ele está mentindo. *De novo.* Eu não tenho paciência para isso!

Lá estava ela com *aquele olhar*, requisitando que Nick tomasse uma providência. Ela não tinha paciência, então ele que fizesse algo. Garotas... sério?

– Acho melhor voltarmos, Cam. Não quer colocar logo esse negócio no ar? – disse Nick. Cam aceitou a sugestão de imediato e sentou-se na poltrona de comando, começou a preparar para a partida. Nick aproximou-se de Blair.

– Você viu que ele mente! Ele está, claramente, escondendo informações. Se ele continuar fazendo isso eu vou recorrer a outros meios, Nick – falou ela, baixinho.

– Blair – ele tocou-lhe o ombro –, nós vamos encontrar um jeito para descobrir o que houve com Eddie e o que houve com seus pais. Se não for através do Cam, tudo bem, vai ser de outro jeito. Você precisa ficar calma, eu sei que é difícil, mas...

Blair tinha uma expressão apreensiva, por um instante ele captou os olhos dela, naquela proximidade via com clareza o contorno do globo dos profundos olhos castanhos, mas aí algo anormal aconteceu. Nick enxergou mais que um globo, um túnel que o mostrou uma imagem completa e diferente. Foi como cair dentro de um poço profundo, ao chegar ao fundo estava no meio de um arvoredo sombrio, onde a luz do sol não chegava embora fosse dia. Blair caminhava, hipnotizada, entre as árvores, embora ele chamasse seu nome ela não atendia, até que o arvoredo terminou em um penhasco. Blair caminhou até a beira, voltou-se para ele. Nick pode ler em seus lábios: "Sinto muito". Então ela abriu os braços e caiu.

– Nick? – ele ouviu uma voz distante lhe chamar. Fez o caminho inverso, como se retrocedesse um vídeo, que o trouxe de volta no túnel, e lá estava diante de Blair. – Nick? Você está bem?

Nick estava meio sem ar: – S-sim, sim, estou.

– Tem certeza? Você parecia fora de órbita!

– Tenho, tenho sim. Só estou um pouco tonto desde a viagem de vinda – explicou meio confuso.

– Conversamos sobre isso depois – ela disse quase em um sussurro.

Nick assentiu e a imitou quando ela se sentou na poltrona, tomando lugar para decolarem. Seu coração, porém, ainda estava meio acelerado, a imagem da queda de Blair continuava passando em sua cabeça repetidas vezes. Havia sonhado acordado? Se sim, não se recordava de um sonho tão vívido quanto aquele...

Capítulo 11
Petropoulos

Antes do fim da tarde estavam de volta a Saint Louis. Segundo Cam, teriam algumas horas para descansar e se alimentar e antes do nascer do sol partiriam para o Mar de Sargaços. Até lá, ele pediu que permanecessem em seus dormitórios, ele estaria por perto para garantir que estivessem em segurança, mas tudo seria mais fácil se Nick e Blair não saíssem nem da escola e nem dos quartos.

Os dias anteriores haviam sido tão extraordinários que, após tomar um banho, teve a sensação de que há muito tempo não deitava em sua cama e assistia TV. O estranho é que, apesar de mal ter pregado o olho na noite anterior e de ter tido um dia eletrizante, sentia-se tomado por uma energia inexplicável. Sabia que precisava descansar, mas toda vez que fechava os olhos a imagem bizarra de Blair caindo de um penhasco lhe voltava à mente.

Via e revia aquela cena quando foi interrompido por uma ligação de Linda. Sua mãe queria saber como havia sido seu passeio no Parque Estadual de Adirondack, ela ouvira coisas extraordinárias sobre o lugar. "Vi que parece que o pé grande vive lá, não é incrível?". O que era mesmo incrível era a capacidade de uma crise familiar fazer com que a mãe de um adolescente achasse legal o fato dele fazer uma excursão ao suposto lugar onde vive o pé grande. E põe incrível nisso! Não, ele nem tinha ideia de que

Adirondack era um dos lugares onde o pé grande fora avistado, e disse isso a ela.

Será que Linda também acharia incrível o fato de ele ter descoberto um portal para outra dimensão? "Ei, mãe, eu acabei de abrir um túnel por onde uma raça maligna pode sair e tentar destruir toda a humanidade da Terra, demais, anh?". Linda deveria estar tão ligada nos calmantes que, se Nick falasse isso, era capaz de ela soltar um gritinho de entusiasmo que logo se seguiria a uma daquelas frases prontas de apoio. Talvez até dissesse que estava orgulhosa dele. Tsc, tsc. Limitou-se sobre a variedade de relíquias do sítio arqueológico e do quanto havia sido enriquecedora aquela excursão. De quebra, ainda se comprometeu a mandar um e-mail com todas as fotos que havia tirado na floresta. Ela havia ficado mais que feliz. Excelente!

Terminada a ligação, ele sintonizou a TV em um canal qualquer e resolveu navegar na internet para se distrair. Sua distração, no entanto, foi pesquisar no *Google* sobre os termos chave dos acontecimentos recentes. As pesquisas sobre Metharianos e Maldekianos o levaram a vários sites místicos, sem credibilidade alguma. Os que tentavam fazer relatos mais precisos, mesmo para o leitor menos exigente, beiravam o devaneio. Era claro que não havia nada além de especulação sobre o assunto na internet e Nick tinha uma intuição de que havia o dedo dos próprios Metharianos nisso, tinha percebido bem o quanto eles se preocupavam em manter o sigilo quanto à sua situação. Que modo melhor que ridicularizar a si mesmos?

Resolveu pesquisar sobre o próximo lugar que visitariam. Encontrou informações interessantíssimas sobre o local. Para começo de conversa, o Sargaços não era um mar como o Mediterrâneo, por exemplo, pois ele não tinha litoral. Era um mar no meio do Oceano. O que lhe tornava um Mar no sentido geográfico da palavra, e não mais um pedaço qualquer de Oceano, era o fato de ele ser delimitado por quatro correntes marítimas. Essas correntes faziam com que houvesse um depósito de algas. O isolamento causado pelas algas e correntes é uma "costa" invisível que separa o Mar do restante do Oceano Atlântico, suas águas são calmas e quentes, enquanto fora da barreira de algas as águas são geladas.

Ah, e só uma parte de Sargaços fica na área conhecida como Triângulo das Bermudas, não ele por completo. Apenas um detalhe. Mas justo nesse detalhe a bizarrice começava. Nick estranharia se não houvesse nada bizarro nesse lugar. Uma lenda do século XIX – e, ressalte-se, depois da noite anterior, ao ler a palavra *lenda*, Nick já estava inclinado a interpretar como sendo um fato – conta que as algas de Sargaços são carnívoras e devoram o que quer que caia em suas águas. A elas atribuem-se os desaparecimentos de inúmeros marinheiros das embarcações que se perdiam por lá.

– Maravilha. Algas carnívoras. Por que não? – Disse para si mesmo.

Voltava a leitura quando bateram à sua porta. Ele ficou quieto por um instante e esperou que a pessoa desistisse, a última coisa que precisava agora era de visitas de "coleguinhas". Bateram mais uma vez, e de novo, e de novo, foram dez, quinze, vinte batidas rápidas até que ele levantasse e fosse até a porta abrindo uma pequena fresta.

– Blair? O que você está fazendo aqui? É o dormitório masculino! – ele falou baixinho diminuindo ainda mais a brecha que abrira. Antes que pudesse reagir, entretanto, Blair empurrou a porta e já estava dentro de seu quarto. Nick deu dois passos para trás, estava de pijama. Vestiu um roupão.

– Não seja ridículo, estamos em um internato não em um convento – ela mesma fechou a porta.

– O que você quer?

– Eu preciso da sua ajuda. Preciso descobrir tudo o que puder sobre os portais, preciso encontrar um jeito de descobrir exatamente o que aconteceu com o avião dos meus pais e com o Eddie. E eu acho que tem uma pessoa que pode nos dar uma luz sobre o que está acontecendo.

– Quem?

– Johnathan Petropoulos, eu quero falar com ele.

Nick não conseguiu conter o riso: – Pelo amor de Deus, Blair, o cara não passa de um charlatão!

– Será possível que depois de tudo que viu ainda não acredita no que ele diz? Nick, tudo o que ele falou no livro nós vimos que é real. Ele falou dos portais, dos alienígenas...

– Os alienígenas dele são homens cinzentos – Nick interrompeu, tinha os braços cruzados.

– E daí? Ele ao menos acredita que exista alguém, além do mais, quem garante que esses cinzentos não existem também? – argumentou. – De qualquer jeito, ele fala dos portais.

– Apenas em teoria, o cara nunca conseguiu provar nada!

– Porque ele nunca achou um portal, mas *nós sim*. Nós conseguimos provar. Você não entende? Nós temos a peça que falta no quebra-cabeça da teoria do Petropoulos! Nick, ele é físico teórico, ele vai saber coisas que nós não sabemos sobre o funcionamento dos portais.

Nick considerou a questão. – Eu não sei, se nem os *aliens* que guardam esses lugares sabem direito como funcionam, porque esse reles mortal saberia?

– E você acha mesmo que eles sabem da existência desses portais há milhares de anos, mas não "entendem direito" como funcionam? Nicolas, você às vezes é tão ingênuo! É claro que eles sabem muito mais do que o Cam diz, só não estão nos contando. Para nos proteger, para evitar que façamos alguma coisa estúpida, eu não sei..., mas é óbvio.

– Mesmo que o Petropoulos soubesse de algo útil, é muito arriscado, nós não devemos contar a ninguém sobre os portais.

– Quem disse?

– Cam.

– Bingo. É tão conveniente, não acha?

Nick hesitou por alguns instantes.

– Olha, eu farei isso com ou sem você – fez uma pausa. – Só que com você seria um pouquinho mais fácil.

– Por quê?

– A pessoa que pode nos ajudar a encontrar o Petropoulos... digamos que eu não tenho uma relação muito amigável com ela – Nick a olhou interrogativo. – A garota da livraria.

Ele sorriu.

– Você definitivamente precisa de mim.

– Eu sei – ela não parecia satisfeita.

Nick coçou a cabeça.

– Será um problema ir até lá, Cam deve estar nos vigiando.

– Eu já cuidei disso. Liguei para a Sra. Carter fingindo ser Holly, a secretária da mãe do Eddie, avisando que o bisavô dele faleceu. Cam deve estar na sala da supervisão agora recebendo a notícia e todo o apoio espiritual necessário. Nos dá o tempo que precisamos para sair.

– Você inventou isso?

– É claro que não. O bisavô dele realmente faleceu. Há nove anos atrás.

– Ah, claro, eu deveria ter imaginado!

Não houve surpresas na saída de Saint Louis, o que indicava que o "plano" de Blair tinha dado certo. Nick caminhou com cuidado, atento a qualquer sinal de que algo estava fora do esperado. Tinha que admitir que estava meio paranoico, achou até que estivessem sendo seguidos. Preparou-se para dar de cara com Cam a qualquer momento, mas chegaram a *Prometheus* sem que nenhuma de suas previsões pessimistas se concretizassem.

Alex estava diante de uma estante, recolocava alguns livros no lugar, ao vê-lo ela abriu um sorriso.

– Oi, eu estava procurando por você! – disse Nick a Alex.

– *Nós* estávamos – Blair o corrigiu.

Alex encaixou um livro na estante e os observou, curiosa.

– Oi para *vocês.*

– Então, a minha amiga aqui tem algo para falar com você – disse Nick imitando o próprio tom que Blair usara com ele dias atrás. Um *dejavù.* Blair bufou de maneira quase imperceptível. Quase. Ele viu. Censurou-a com o olhar. Nick tinha imposto uma pequena condição para prosseguir com a ideia de Blair, e agora era o momento que ela deveria cumpri-la.

– Estou ouvindo – Alex falou, tinha um sorriso discreto nos lábios.

– Bem, Alex... – Blair começou ainda sob a observação atenta de Nick. – Eu lhe devo desculpas pelo modo como tenho agido com você desde que nos conhecemos, especialmente sobre hoje de manhã. Eu sinto muito, não tenho sido eu mesma nesses últimos dias. Acho que ainda não consegui superar o fato de que Plutão realmente não é um planeta. Juro que tinha alimentado esperanças de que com a chegada da *New horizons* toda essa conversa de planeta-anão não passasse de um mal-entendido. Eu amo Plutão, eu tive um peixe chamado Plutão. Enfim, me desculpe, não é culpa sua. – ela ergueu os ombros.

Nick fechou de leve os olhos. Custava só ter pedido desculpas? Tinha que bancar a louca?

– É sério, será que podemos começar de novo? Esquecer o que aconteceu? Tentar sermos amigas? – Blair sugeriu.

– Ela não é tão ruim quanto parece, acredite em mim.

Alex considerou a questão por um momento.

– Ok... O que você quer? – Alex perguntou.

– Que você me desculpe.

– Eu desculpo. Agora já pode me falar o que quer – Alex foi direta.

– Obrigada! Nós precisamos falar com o seu pai.

Nick pestanejou meio confuso. Petropoulos era pai de Alex? E Blair nem mencionou este pequeno ponto para ele? Agora era oficial, ele não conseguia mesmo estar em uma situação com Alex sem parecer idiota. Lembrou-se do momento que a conheceu, quando agiu feito um débil mental ao perguntar a ela sobre o livro de Petropoulos. Às vezes se surpreendia com a capacidade que tinha de ser lerdo. O local era quase um templo de adoração à obra de Petropoulos. Nick poderia ter deduzido algo a partir dali, mas não.

Alex soltou um suspiro.

– Então era verdade – foi o que falou. – Vocês estão mesmo fazendo algo em relação àqueles lugares.

Nick estava envergonhado.

– Desculpe, eu não queria assustar você.

– Não se preocupe, eu entendo. E sim, diante dessas últimas informações, é melhor *mesmo* vocês falarem com o meu pai – ela tirou o avental. – Venham, fica a duas quadras daqui.

Blair e Nick a seguiram em silêncio. Ele tentou várias vezes pensar em algo legal para falar a Alex, mas não conseguiu achar nada, o que era incomum, já que não costumava ter dificuldade de falar, pelo contrário, ele era capaz de discorrer sobre qualquer assunto, se duvidar. Considerava-se até bem culto para a sua idade, era capaz de desenvolver uma conversa sobre os mais diversos temas, só que, por alguma razão, era difícil demais introduzir algo com Alex, ainda mais naquela situação. Acabaram indo até lá calados, os três.

Pararam diante de um grande sobrado, recuado por um jardim respeitável, apesar da fachada ser de uma casa assombrada, a construção no geral era interessante, uma tradicional casa de campo americana. Acompanharam Alex e entraram, ainda estavam no vestíbulo quando a figura já conhecida por ambos apareceu no topo da escada. Petropoulos tinha os cabelos ainda mais bagunçados que na TV, estava de pijamas, com um longo robe por cima. Ele desceu alguns degraus e disse, sem cerimônias:

– Finalmente. Eu estava esperando vocês.

– Como assim? O senhor sabia que estávamos vindo? – foi Blair quem questionou. Ela segurava o antebraço de Nick.

– Mas é claro!

– Como? Como sabia disso? – Nick perguntou.

– Porque *você* me disse.

Nick teve uma leve tontura. Ou Petropoulos era muito mais maluco do que parecia, ou a explicação para aquilo estava bem além da sua imaginação. O homem tinha um sorriso quase doentio nos lábios:

– Venham, venham! Temos muito a falar!

Capitulo 12
Matéria Negativa

Petropoulos conduziu Blair, Nick e Alex até seu escritório. O local parecia mais um laboratório, havia cadernos de anotações em todos os locais possíveis: nas bancadas, mesas de centro, de canto, na escrivaninha. O que mais chamava atenção era um enorme quadro negro, que tomava uma parede lateral inteira, com grande quantidade de equações e cálculos matemáticos. Petropoulos recolheu alguns papéis sobre as poltronas:

– Sentem-se, sentem-se, por favor – ele empurrou Blair e Nick para as robustas cadeiras. – Alexsandra, querida, você pode esperar lá fora.

Alex não pareceu nada satisfeita, mas cedeu após alguns instantes.

– Senhor Petropoulos – Nick começou a falar, ignorando o que ouvira do homem ao chegar –, meu nome é Nick, esta é minha amiga Blair, e nós precisamos da sua ajuda com uma coisa. Primeiro tem algo que o senhor precisa saber, pode parecer loucura, mas...

– Garoto, pare – ele interrompeu Nick com um gesto com as mãos. – Você já me disse tudo isso antes.

– O quê? – Nick estava confuso.

– Você esteve aqui três noites atrás e me contou toda a "maluquice".

Nick sorriu e sacudiu a cabeça.

– Não, senhor, deve estar havendo algum engano, três noites atrás eu nem estava na cidade, aliás nem mesmo estava nesse país. É impossível.

Petropoulos inclinou-se para frente e prosseguiu em tom mais baixo e sério:

– Três noites atrás você sentou exatamente onde está agora e me contou a maior maluquice que já ouvi na vida. Você contou do medalhão do Egito, da excursão da escola, dos portais, dos *aliens*, desta visita que ainda iria acontecer, e, o mais fascinante – fez uma pausa –, você me contou que sabia de tudo isso porque estava vindo *do futuro*.

– Uau, eu não estava esperando por isso – disse Blair.

– Devo confessar que eu estava cético a respeito do que me falou, garoto. Porém, analisando depois com a mente aberta, tudo o que me disse faz total sentido! Vê-los agora diante de mim é apenas mais uma prova de que o improvável aconteceu.

– Por que eu usei uma máquina do tempo, que eu nem mesmo conheço, para voltar três dias atrás e procurar o senhor? – ele tentou não questionar a maluquice de tudo aquilo. De alguma forma Petropoulos já sabia de tudo o que pretendia contar, então deveria haver algo de procedente no que ele alegava.

– Para que eu tivesse a resposta para a pergunta que vieram me fazer – fez uma pausa. – Vocês vieram me procurar para que eu os ajudasse a descobrir um meio de salvar seu amigo e os pais dela. Em uma situação normal eu responderia que, talvez com uma vida inteira de pesquisas, eu pudesse aprender algo sobre esses portais interdimensionais que servisse para ajudar vocês. Acontece que, de algum modo, você, no futuro, já encontrou essa informação e voltou até aqui para que eu lhes contasse.

– Então eu disse a você o que dizer a nós? – Petropoulos assentiu. – Eu descobri um modo de resgatar Eddie e os pais de Blair?

– Você achou um caminho. Uma possibilidade. Mas quando você descobriu, pelo que pude entender, era tarde demais.

– Mas se nós soubéssemos antes... – Blair falou quase que para si mesma.

– Exato.

– O que eu descobri? – Nick ficou de pé. Foi o bastante para Petropoulos se empolgar, ele se dirigiu até o quadro negro. Desenhou duas linhas e o que parecia ser um túnel entre elas.

– Esta inteligência alienígena de que estamos falando encontrou um modo de estabilizar esses buracos que levam a outra dimensão. Eles fabricaram um artefato capaz de equilibrar os túneis – apontou para Nick –, o escaravelho. Ele pode parecer só um medalhão, mas é mais do que isso, na composição desse escaravelho existe a quantidade perfeita de matéria e energia negativas capazes de abrir e fechar a porta interdimensional de que estamos falando.

Nick e Blair ouviam com atenção.

– Acontece que eles descobriram que, utilizando esse mesmo mecanismo, eles podem não somente estabilizar portais existentes, mas também *criar* novos. A qualquer hora em qualquer lugar eles podem abrir um novo túnel. A máquina do tempo que o trouxe de volta não deve ser nada mais que um desses túneis que interliga pontos diferentes na dimensão tempo. E esta é a resposta para a pergunta de vocês.

Nick pestanejou, havia entendido o ponto de tudo.

– Eu posso trancar os sete portais, impedir que os Maldekianos retornem e criar um novo, desconhecido de todos, do lado de cá e do lado de lá, e trazer quem eu precisar de volta.

– Isso mesmo!

– E eu disse como?

– É claro – Petropoulos ergueu os ombros. – Basta reunir os ingredientes necessários. Você ficará cara a cara com a maior quantidade de matéria e energia negativa de que temos conhecimento nos próximos dias.

– Nos portais.

– Nos portais – o homem confirmou. – Você pediu que lhe entregasse isso quando viesse.

Ele estendeu uma caixa de metal e abriu. O objeto que estava lá dentro consistia de uma esfera central, e outras quatro esferas menores numa espécie de órbita, ligadas à central por braços de metal. O formato era de uma mini roda gigante.

– Estas esferas são como cápsulas, elas armazenam a matéria negativa, para isso, é preciso que ela entre em contato direto com cada buraco de minhoca, ou portal, que você encontrar. Cada esfera é formada de partículas diferentes. A combinação de energia negativa que será formada quando você girar a roda com as esferas cheias de matéria negativa irá criar um magnífico túnel para outra dimensão. E então *touché*, você pode ir e voltar, levar o que quiser e trazer o que quiser desse outro mundo – explicou ele. – É preciso apenas tomar cuidado, se não conseguir acumular matéria o bastante pode não ter energia para a volta, esses túneis não são eternos, eles são artificiais, só irão durar enquanto houver energia para mantê-los. Então é importante reter as esferas dentro do portal por tempo o suficiente para que fiquem com a capacidade máxima de armazenamento. Por garantia.

– Eu disse isso tudo a você? – Nick segurou a pequena roda, estava incrédulo.

– Pode apostar.

– Tem mais alguma coisa que eu mandei dizer a mim mesmo?

– Ah, sim, para esperar a hora certa.

– Como assim?

– A hora certa para criar o portal. Você não pode criá-lo e viajar para outro universo antes de voltar até o momento em que me contou tudo. Isso causaria um colapso sem proporções no tempo.

– É, acho que não seria bom. Vou tentar segurar a ansiedade – direcionou um olhar específico para Blair.

– Queridos – Petropoulos suspirou –, este é provavelmente o acontecimento mais extraordinário da minha reles vida, mas tenho que alertá-los que vocês devem ir.

– Obrigado por tudo, senhor Petropoulos – disse Blair. Nick a imitou. Ele já os acompanhava até a saída.

– Caso eu já não tenha mencionado isso na primeira vez, por favor, mantenha segredo sobre toda essa história.

– Ah, não se preocupe, ninguém acreditaria em mim mesmo, para variar – tocou o ombro de Nick. – Boa sorte, garotos! Apareçam, se puderem!

Caminhavam no jardim da casa dos Petropoulos quando Blair falou: – Uau, você viajou no tempo! Dá para acreditar nisso?!

– Eu sei, demais, não é? – ele sorria sozinho.

Quando atravessaram o portão para sair encontraram com Alex, que os aguardava do lado de fora.

– Então? Ele foi útil?

– Nossa, você não sabe o quanto – Nick respondeu.

– Obrigada, Alex. Você nos salvou – disse Blair tocando de leve o braço da garota.

– Não foi nada.

Blair deu dois passos adiante deixando Nick onde estava.

– Olha, eu sei que nos conhecemos num momento muito estranho, mas você acha que, quando tudo isso passar, nós poderíamos... não sei... tomar um sorvete?

Ela ergueu os ombros: – Claro, um sorvete, por que não?

– Excelente – ele sorriu. – Eu... tenho que ir.

Alex despediu-se dele com um beijo na bochecha. Nick deu meia volta e encontrou Blair o aguardando. Eles voltaram a caminhar juntos, até que ela falou logo depois com um sorriso debochado:

– Um *sorvete*? Sério?

– Sim, um sorvete! – falou em tom sério, Blair ainda ria. – Qual o problema?

– Ah, nenhum. Eu gosto muito de sorvete – ela continha o riso. – Você, com certeza, conseguiu ser diferente dos outros caras. Quem chama para tomar um sorvete?

O próprio Nick riu: – Não consegui pensar em mais nada.

– Nesse caso, por que não a beijou?

– Você acha? – ele desacelerou o passo.

– É lógico. Ela já deu todos os sinais possíveis, e você, eu não sei o que viu nela, mas *obviamente* também quer. O que poderia ser mais simples?

Nick refletiu e disse: – Vou me lembrar disso no futuro.

A conversa distraiu os dois, que não perceberam uma aproximação anormal. Uma van preta estacionou a alguns metros deles, um grupo de três rapazes desceu dela. Quando Nick se deu conta já estava de frente a um deles, os outros dois os encurralaram pela lateral, do lado de Blair.

– Nicolas Hayes. Enfim nos encontramos – foi o rapaz a sua frente que falou. Ele tinha, assim como os demais, uma aparência gótica. Usava *piercings* sobre a sobrancelha, no nariz e no lábio, ao redor dos olhos tinha maquiagem preta.

– Levem o dinheiro e o que quiserem, mas nos deixem em paz – Blair tentou.

– Nós não queremos dinheiro, moça. Queremos o guardião – disse aquele que parecia ser o líder do grupo. Ele acenou para os outros dois, que prenderam Blair, cada um por um dos braços.

– Me larguem! – ela resistiu.

– Então, Hayes? O que teremos que fazer com essa belezinha para que entre no carro e venha conosco?

– Nick, não vá! – Blair se debatia, tentando se livrar dos outros dois.

Nick sacudiu de leve a cabeça, sabia que poderia golpear o que estava a sua frente e derrubá-lo até com certa facilidade. Mas o que isso custaria a Blair? Não pareciam estar armados, mas poderiam machucá-la assim mesmo. Por outro lado, sabia que não poderia ir a lugar algum com esse sujeito, fosse quem fosse, não tinha como ser coisa boa. Quando o líder deles avançou para capturá-lo, Nick reagiu por instinto. No mesmo instante, os dois rapazes que seguravam Blair foram golpeados de forma impressionante pelas costas e foram ao chão, ela se desequilibrou, mas foi amparada. Era Cam, que acabara de chegar e derrubara seus captores. Nick aproveitou a chance e derrubou o primeiro rapaz com dois socos, um no rosto e outro na faixa de cintura.

– Você está bem? – Cam perguntou a Blair, ainda a segurava por ambos os braços.

– Sim, estou – respondeu meio sem fôlego.

– Quem são esses?

Os três estavam caídos no chão, se contorcendo.

– Legionários. Tão amadores! Vamos sair daqui – Cam guiou Blair, a puxando por uma das mãos, ela observou o gesto meio atônita. Nick pensou ter visto uma ponta de satisfação em seus olhos. Ele os seguiu. – Eu os avisei para não saírem da escola! Por que não me escutaram?

– Foi minha culpa – disse Blair. – Quis sair para comer algo fora da escola e pedi que Nick me acompanhasse. Eu sinto muito. Não encontramos você no dormitório.

A expressão de Cam, antes bem aborrecida, se aliviou. – Tive um contratempo na supervisão, mas vim procurá-los o mais rápido possível. Isso não pode se repetir, entenderam?

Os dois assentiram. Caminharam em silêncio até Saint Louis.

– Aproveitem a noite para descansar. Teremos um longo dia amanhã – disse Cam ao chegarem à entrada do alojamento. Só naquele momento, meio de supetão, ele soltou a mão de Blair. Acanhado, ele finalizou antes de adentrar no alojamento. – Partimos as quatro.

Nick e Blair ficaram parados em silêncio por um tempinho observando-o entrar, Blair estava vacilante.

– Ele pode não ser confiável, mas é bem cuidadoso, não acha?

– Cala a boca, Nicolas.

Caminharam para lados opostos, cada um para seu dormitório. Nick jogou-se em sua cama tão logo entrou no quarto. Adormeceria menos de dez minutos depois.

CAPÍTULO 13
MAR DOS SARGAÇOS

Um zumbi, era como Nick estava ao deixar seu quarto de madrugada, conforme combinara com Cam, que o aguardava nas escadas que levavam ao primeiro andar. A propósito, não fosse pela pele branca de um fantasma Nick nem o teria visto, ainda estava escuro. Fazendo o mínimo de barulho possível eles deixaram o prédio pela saída de serviço.

Blair estava do lado de fora, com um pesado casaco de frio e nenhuma expressão de cansaço no rosto. Nick não conseguia entender como o resto do mundo podia estar com uma aparência tão serena tendo acordado àquela hora da madrugada. Mas ela estava novinha em folha. Os três caminharam até o esconderijo da nave de Cam, na floresta, e embarcaram tão logo chegaram lá.

– Você tem um cápsula de sono aqui ou algo do tipo? – Nick perguntou a Cam.

– Não seja tão dramático – foi Blair quem respondeu. – Além do mais, esse troço voa tão rápido que nem daria tempo de tirar um cochilo!

– Você está subestimando a minha capacidade de cochilar, acredite, vinte minutos que fossem já estariam valendo.

– A viagem vai ser mais longa do que vocês estão esperando – Cam os interrompeu. – O voo será rápido, porém boa parte do percurso será feito no mar. Isso me leva a outro ponto que mencionei ontem. Vocês precisam de alguns equipamentos, para sua própria segurança. Venham.

Cam os levou até o fundo da nave, ou ao menos o que Nick acreditava ser o fundo. Ele digitou um código alfanumérico na tela, que se acendeu quando aproximou a mão da parede e que fez com que um compartimento, até então escondido, se abrisse. A dependência lembrava um closet, havia, nos quatro campos, nichos que lembravam os de armários, porém fechados com portas de vidro. Nick e Blair seguiram Cam para dentro do cômodo. Ele apertou um botão e o vidro deslizou para a lateral, abrindo um dos maiores nichos. Dentro dele estavam pares de roupas. Cam selecionou dois pares, os retirou do armário e entregou um para Nick e outro para Blair. A roupa parecia pesar quilos.

– Podem vestir – apontou para o canto da sala.

Os dois obedeceram. Nick não teve dificuldade para pôr a vestimenta, ela parecia ter sido feita sob medida, cada centímetro lhe cabia com perfeição. Consistia em um macacão de material preto, não se sentia à vontade para chamar aquilo de tecido, pois sua consistência não era leve e maleável quanto a de um pano comum, em alguns pontos havia uma textura comum em kevlares. Na altura da cintura havia vários bolsos e nichos, todos com fechamento, o que fazia com que o conteúdo lá guardado estivesse sempre protegido. A sensação era de ter vestido uma verdadeira armadura. Nos pés, calçou um coturno similar ao que Cam usava, ao caminhar com ele tinha a impressão de que o chão aderia melhor aos seus passos, o que lhe dava mais equilíbrio e firmeza.

Em menos de cinco minutos, ele estava de volta. Blair, por outro lado, os deixou esperando pelo dobro de tempo que Nick levara lá dentro.

Garotas, até mesmo com uma roupa inteligente e sob medida conseguiam demorar?

Já estava impaciente e, quando ela saiu, não conseguiu conter o susto. Era a primeira vez que via Blair sem que estivesse usando um pulôver que lembrava a variação de algum uniforme escolar. Ela usava uma espécie de macacão, comprido e justo no corpo, com botas pretas muito parecidas com as dele. Havia prendido o cabelo em um rabo de cavalo alto. O traje era muito similar ao que Nick usava, com a diferença de ser bem mais justo, um macacão de mangas compridas, com luvas, o material negro cobria todo seu colo, a gola cobria um terço do pescoço. Também possuía uma área de "utilidades" no cinto, com alguns bolsos e um objeto pendurado que Nick não conseguiu discernir do que se tratava. O coturno dela ia quase até a altura do joelho e também aderia com perfeição ao corpo dela, que daquele jeito ficava com todos os contornos definidos. Falando sério, vestida daquele jeito ela nem parecia uma *nerd* estressada.

– O que foi? – Blair perguntou ao reparar que Cam e Nick a olhavam, paralisados.

– O quê? – Nick ergueu os ombros. – Nada, e você?

Ela o observou da cabeça aos pés. Nick achou que ela fosse sorrir. – Nadinha.

– Estas vestes são singulares, desenvolvidas para se adaptarem às adversidades de temperatura, pressão, eletromagnetismo, vapores, enfim, com esta roupa podem passar ilesos a quase tudo que encontrarmos pela frente – disse Cam.

– Quase tudo? – Blair repetiu.

– Os lugares que iremos nos próximos dias são inóspitos. Pode ser preciso mais que uma roupa especial para garantir a integridade de todos.

Ele se virou para a outra parede, onde estavam as prateleiras menores, ativou novamente um botão e os vidros se abriram revelando uma diversidade de artefatos, equipamentos e armas. Cam pegou um dos equipamentos e se dirigiu a Nick.

– Dê-me sua mão – Nick obedeceu e Cam encaixou um tipo de luva na mão direita dele, com a diferença que seus dedos ficavam livres e havia, na parte da palma, três botões, que se alinhavam com exatidão a cada um dos três dedos do meio se os dobrasse. Ao fazer o gesto de punho cerrado algo que lembrava um pequeno cano emergia das costas da mão.

– É um disparador de energia – Cam explicou. – Nos botões de baixo você escolhe o que disparar. Pode ser uma descarga elétrica, uma descarga térmica ou um laser paralisante. Basta recarregar aqui com as cápsulas que estão no seu cinto – indicou na própria luva um pequeno local onde poderia inserir as cápsulas cilíndricas que verificou estarem no seu cinto. – Há ainda a opção de substituir a cápsula de descarga térmica por uma de lança chamas, fica a seu critério.

Nick abriu a mão novamente e o cano se recolheu: – Uau.

Cam entregou a ele um segundo objeto, um bastão de metal preto, que também possuía três botões.

– A tríplice. Ative o primeiro botão e terá um punhal simples – Nick apertou e uma lâmina negra emergiu do bastão. Apertou o botão mais uma vez e o punhal se recolheu. – Vire o bastão ao contrário e terá um bastão de combate simples ou um bastão com lâmina se ativar os outros dois botões.

Nick testou a tríplice mais uma vez, por fim guardou-a no local que parecia ser o adequado em seu cinto. Cam retirou da prateleira um objeto idêntico ao que dera para Nick, entregou-o a Blair.

– Cabo energizado – indicou um botão, que Blair apertou liberando uma espécie de corda de material maleável.

– Um chicote? – ela perguntou meio decepcionada.

– O funcionamento é bem parecido com o de um chicote com a diferença que você pode deixar no chão tudo que tocar com ele, tem uma corrente elétrica de alta voltagem, ativação térmica, ou ainda pode ser usado só assim, como você preferir. E é claro, se for necessário – fez uma pausa. – Se algo acontecer, eu e Nick faremos o possível para que você não precise de arma alguma para se defender.

– Faremos, é? – Nick perguntou com um risinho sarcástico. Cam o mirou com cara de pouquíssimos amigos, nunca o tinha visto tão sério. Ele interrompeu o riso: – É claro, nós faremos o possível sim!

– Você pode guardá-lo no suporte em seu cinto – indicou a Blair. – Agora, vamos embora!

Cam deu meia volta e retornou à cabine principal, minutos depois já estavam no ar. Nick, que já estava bem mais desperto, observou os primeiros raios de luz indicarem o início do dia à medida em que avançavam em uma velocidade estrondosa. Na maioria da viagem voaram sobre uma vastidão de Oceano, deveriam estar em altitude tamanha que pequenas ilhas nem seriam perceptíveis, a própria rapidez os impediria de ver mais que um minúsculo borrão.

Iniciaram a descida, embora Nick não conseguisse enxergar onde iriam aterrissar. Não havia um pedaço de terra sequer. À medida que se aproximavam da água ele conseguiu discernir um ponto escuro adiante, como um porta aviões, embora que com uma pista de aterrisagem deveras pequena, na opinião de Nick. Sempre que via um navio porta-aviões na TV ou internet eles pareciam bem maiores. Aquele era diminuto, sua pista era mais similar a um heliporto. Suas suspeitas, porém, se confirmaram e Cam aterrissou a nave naquele pequeno pedaço da embarcação.

A aterrisagem foi suave, sem surpresas, em parte por um fato que Nick percebeu logo no primeiro momento que desceu ao convés do barco. Não havia vento, uma onda, nem mesmo um som. Era como estar navegando sobre a piscina do clube. Nem um lago teria uma água tão estática. A Eleanor recolheu-se para um compartimento interno do navio no instante em que Cam ativou um comando em seu traje.

Nick caminhou junto com ele e Blair para fora da pista de aterrisagem, não sentia balanço algum sob seus pés, estava firme e, por algum motivo, aquilo não parecia ser um bom sinal. Ele observou o lado de fora ao passar na beira do barco, as águas eram de um azul escuro, quase negras, com uma espécie de brilho cintilante indefinível submerso.

Seguiram Cam até a cabine de controle, assim como na nave ele programou em uma tela holográfica alguns dados e coordenadas, ativou alguns comandos e a embarcação iniciou um movimento suave sobre as águas calmas de Sargaços. O dia já clareara.

– Por que tantos navios somem aqui se as águas são tão tranquilas? – Blair questionou quando já navegavam há cerca de dez minutos.

– O problema não são as águas, mas o que há nelas – Cam respondeu. Ele acenou com a cabeça para um ponto adiante: – Sargaços.

– Algas? – Blair parecia não acreditar.

– Não são apenas algas. São predadores.

Nick se aproximou do vidro para observar o que Cam indicara antes. Ele viu há uma distância de algumas centenas de metros o que parecia ser uma ilha. No entanto não era uma ilha qualquer, não era formada por um pedaço de terra, mas por um aglomerado imenso de sargaços.

– Minha nossa – Nick falou baixinho.

– O que você quer dizer com predadores? – Blair ainda questionava.

– As águas são calmas e escuras porque não há quase nada vivo sob elas. Os sargaços se alimentam de tudo o que entra aqui.

– Isso inclui pessoas? – ela estava meio receosa.

– Pode apostar.

O movimento do navio, que até então estava suave, tornou-se arrastado, como um carro quando começa a enguiçar. Não pareciam mais estar sobre águas e sim em uma estrada enlameada, atolados. Nick correu até fora da cabine e observou a lateral do barco, não conseguia mais enxergar água alguma, estavam rodeados, por todos os lados em um mar de sargaços, literalmente.

As algas se moviam na direção do casco do navio, não estavam apenas vivas, mas se moviam, formando amontoados que se tornavam cada vez maiores.

– Cam! Eles estão subindo! – Nick o alertou.

– Segurem-se! – Cam gritou de dentro da cabine.

Ele ativou um mecanismo que emitiu uma onda, que parecia magnética, invisível, a partir do navio, que repeliu os sargaços a um raio de algumas dezenas de metros. O barco voltou a navegar, desta vez em velocidade mais intensa, a mesma que os sargaços utilizavam para alcançá-los.

– Eles estão voltando!

Cam acelerou ainda mais, estavam bem mais próximos da ilha maior, uma verdadeira montanha de sargaços. Ao redor, no casco, os sargaços voltavam a crescer, em pouco tempo alcançariam o convés.

– Nick, entre na cabine, agora! – Cam ordenou. Nick obedeceu, já conseguia ver os primeiros predadores pelas grades do navio.

– E agora? Eles vão entrar! – Blair estava aflita.

– Nós vamos por baixo – disse Cam.

Com mais um comando de controle, tudo o que havia na superfície do navio foi recolhido para dentro da embarcação que submergiu num baque. Pelos vidros da cabine pôde ver a nuvem de algas, que já cobria o convés, se dissipar. O submarino no qual haviam se transformado avançou depressa por dentro da escuridão, a camada de sargaços tornou-se tão espessa que não era possível enxergar a luz através da água. Nick deduziu que haviam acabado de atravessar, submersos, a ilha de algas, quando o submarino emergiu e eles retornaram à superfície. O convés foi refeito e em mais uma onda energética os sargaços foram afastados da embarcação. A ilha estava para trás, e diante deles estava o que os trouxera até lá.

Duas colunas rochosas verticais imensas se erguiam de dentro das águas, no meio delas um redemoinho girava sem parar. Era o portal.

Os sargaços cobriam as colunas por inteiro.

– Chegamos, é aqui! – Cam apontou para o local adiante.

Nick suspirou desencorajado.

– Isso não está mais tão legal...

Blair e Nick saíram em disparada da cabine e pararam na parte frontal do convés. O navio avançava, ainda dispersando os sargaços com a onda energética. Parou a poucos metros das duas colunas de pedra, bem no centro delas. As grades que rodeavam a proa deslizaram para baixo e uma prancha se estendeu para frente, projetando-se sobre o mar e parando a menos de um metro da entrada do portal.

– Nick, você tem que ir até lá, agora! – Cam estava a seu lado. – Não temos mais energia para dispersar os predadores, em instantes eles invadirão o barco!

Nick acenou positivamente com a cabeça, retirou o medalhão do pescoço e o enrolou em volta do pulso.

– Não esqueça as esferas, Nick – Blair cochichou para ele.

Não fosse por isso ele talvez tivesse mesmo esquecido. Havia guardado a roda em um dos bolsos presos a seu cinto.

– Vá, agora! – Cam ordenou.

Nick correu até a beira do navio e, ao se aproximar do portal, percebeu uma força puxand-oo para dentro, foi preciso frear para não escorregar e cair no buraco negro adiante. Só que àquela distância ele se deu conta de que as duas rochas estavam também cobertas de sargaços sedentos de sangue, pela primeira vez viu as criaturas de perto, o que seriam as folhas de uma alga normal, nos sargaços eram uma espécie de tentáculo. Quando notaram sua presença, os predadores se atiraram em sua direção, Nick se esquivou de dois deles.

Quando já estava na distância mais próxima da fechadura do portal, ele retirou a roda do bolso e estendeu para dentro do espaço entre as duas colunas de pedra, uma das esferas tornou-se rubra, viu que ela começou a ser preenchida gradativamente. Em meio ao redemoinho havia um pedaço em que a imagem refletida era nítida, ele podia ver areia branca e mar. Era mais uma amostra do que havia do lado de lá, com a diferença de que era uma amostra bem maior do que a que vira no Portal dos Deuses.

Nick se deu conta de que à medida que o tempo passava, maior se tornava a visão do mundo perdido, como se os portais estivessem se expandindo. Um sargaço se jogou para acertar Nick em cheio, quando faltava centímetros, um objeto giratório, que ele achou ser um bumerangue, atingiu a criatura e a dizimou portal adentro. Cam havia lançado a arma.

Nick olhou de relance para trás, a quantidade de sargaços no convés era incontável, Blair os afastava com seu chicote e Cam disparava bumerangues para destruí-los. O coração de Nick se acelerou, observou a esfera, estava preenchida, rubra por inteiro, ele empurrou o escaravelho contra a abertura no centro do portal. A tranca foi imediata, exaurindo a onda eletromagnética que antes ali pairava. Ao voltar-se, teve uma visão assombrosa. A ilha de sargaços que haviam deixado para trás se movera e estava agora prestes a engolir o navio. Correu de volta, a caminho da cabine, desviando-se de sargaços que pulavam para lhe acertar. Com um lance habilidoso de seu chicote, Blair destroçou os últimos que estavam no caminho de Nick. Na popa, a ilha de sargaços já entrava a bordo. Cam trucidou, com um lance de bumerangues, os que ainda tentaram lhes atingir antes que conseguissem, sem fôlego, entrar na cabine.

Cam deu um toque brusco em um dos botões de comando que os fez submergir no mar de maneira abrupta. A montanha de algas que antes os perseguia agora flutuava nas águas escuras. Nick respirou fundo, seu rosto estava suado, mas tinha um sorriso de alívio nos lábios. O submarino acelerou.

– Conseguimos! – disse Nick, por fim, no que foi surpreendido por um abraço de Blair. Num ímpeto ela abraçou Cam também, que reagiu com uma retribuição discreta.

– Isso foi extraordinário!

Os dois sorriam meio bobos quando uma música começou a tocar, *You get what you give*, uma das favoritas de Nicolas, na realidade. O som, apesar de não tão alto, invadiu o ambiente fechado e vinha do bolso dele, mais especificamente de seu celular. Estava explicado, era a música que ele usava como despertador. A princípio, Blair e Cam se assustaram com o som e Nick se apressou para pegar o aparelho e desativá-lo, porém, contagiado por uma sensação de relaxamento, ele apenas encostou-se no vidro do cômodo, fechou os olhos e deixou a música continuar. Blair o imitou e cantarolou baixinho enquanto o submarino voltava à superfície do mar, deixando as montanhas de monstros para trás.

Capítulo 14
Festa do Porão

Ao chegarem em Saint Louis, Cam os liberou de suas obrigações por um tempo:

– Vocês deveriam dormir um pouco – ele falou. – Guardar energias para os próximos dias.

Ele explicou que iriam aos quatro lugares que faltavam sem escala para descanso em Saint Louis. Se tudo desse certo, quando voltassem, a missão já estaria finalizada. *Se*. Cam garantiu que estaria por perto, e, por via das dúvidas, deu a ambos, Nick e Blair, um aparelho semelhante a um celular. Através dele seria possível contatá-lo a qualquer momento.

Antes de qualquer descanso, Nick e Blair, no entanto, primeiro resolveram passar no refeitório, era hora do almoço e não haviam comido desde que partiram de madrugada. Serviram-se no *buffet* e acomodaram-se em uma mesa de dois lugares, desta vez escolhida por Blair, e bem no meio do local. Nick nem se deu conta de que havia alguém do seu lado, estava faminto demais para isso, mal sentou e já iniciou sua refeição.

Foi interrompido por um dos alunos que lhe entregou um panfleto, ele já jogava o papel de lado quando leu: *The Basement Party*.

– Olha só isso! – mostrou a Blair. – Uma festa.

– Ah, eles deixaram um embaixo da minha porta ontem à noite. É a festa de boas-vindas, fazem todos os anos no fim de semana antes do início das aulas – fez uma pausa, tomou um gole de suco. – Não a escola, é claro. Os veteranos.

– É hoje à noite, nós poderíamos ir, uma festa em um porão, não tem como ser ruim.

– Na verdade, nós *não* deveríamos ir. Lembra o que aconteceu na última vez que deixamos a escola? Fomos atacados por aqueles gângsteres satanistas!

– E foi tudo ideia sua. – Nick ergueu a sobrancelha. – Você está me devendo.

– Pelo menos eu tinha uma boa causa.

– Mas essa é uma excelente causa! – Blair disparou um olhar que ele entendeu como sendo de "é mesmo?". – É uma oportunidade imperdível de fazer algo normal nesse lugar. Honestamente, não consigo pensar em algo melhor para fazer antes de ir para as montanhas da morte do que uma festa.

– Bem, eu não posso impedi-lo e, diferente de ontem, a minha presença não vai agregar em nada nessa sua grande "oportunidade" – gesticulou as aspas. – Além do mais, eu já disse, pode ser perigoso sair...

– Besteira, nós podemos levar o Cam junto – sugeriu. – Eu não acho que ele já tenha ido a alguma festa no planeta Terra. Você iria mesmo querer perder isso? A primeira vez de um *Alien*?

Blair ficou em silêncio por alguns instantes: – Tenho que admitir que esse é um bom argumento.

– A vida é curta, Blair.

– Ok, você me convenceu, nós vamos.

Nick ficou até um pouco surpreso com a concordância tão rápida de Blair, achou que ela resistiria mais, ou mesmo que não toparia de modo algum. Só depois de lançar a ideia lhe ocorreu que Blair pudesse talvez estar em "luto" por Eddie. Mas ela parecia se lembrar disso tão pouco quanto o próprio Nick. Bem, se era assim, não era ele quem ia ficar recordando-a disso. Melhor deixar quieto.

Combinaram de se encontrar as seis, na entrada do dormitório. Nick aproveitou a tarde para tirar uma bela de uma soneca e quinze minutos antes do horário já estava do lado de fora esperando por Blair. Sentou-se em um dos bancos de praça e ficou navegando na internet em seu celular.

– Você está adiantado! – disse Blair quando chegou, ainda faltava cinco minutos para as seis. Ele levantou a vista e a observou.

– E você está atrasada! Por que ainda não está pronta?

– Como assim? Eu *estou* pronta.

Nick a olhou mais uma vez. Não, ela não podia estar pronta. Blair estava igualzinha a todas as vezes que a vira, à exceção de Sargaços, claro. O pulôver com gola em "v" de sempre, só mudava a cor. De manhã era um cáqui, no dia anterior um preto, e no anterior um azul escuro, agora era um mais... como poderia definir? "Animado", talvez? Era uma cor mais viva, um tom de vermelho, mas ainda assim era um pulôver. Com um jeans insosso.

– Você vai vestida assim? – ele não conseguiu se aguentar.

– Qual o problema? – Blair checou a si mesma. – Está feio?

– *Feio* não é bem a palavra... – retrucou franzindo o cenho. Blair colocou as duas mãos na cintura, ainda interrogativa. – É só que... parece que você só tem essa roupa! Quantas blusas desse tipo você tem? Desde que nos conhecemos você só veste pulôveres. Eles não acabam nunca?

– Oh, meu Deus, é sério que você repara se as pessoas usam roupas repetidas?

– O seu caso é excepcional, salta aos olhos. E não são repetidas. Eu reparei que você tem uma coleção dessas coisas, todas eram de cores diferentes. Você faz parte de alguma seita religiosa que tem código de conduta de vestuário, ou é só um caso de gosto esdrúxulo? Em qualquer uma das situações você não poderia superar isso para ir a uma festa sem parecer que está no recreio da escola?

– Ah, me desculpe, senhor "personificação da elegância", mas a minha encomenda com a nova coleção das botas Chanel e conjuntos da Burberry ainda não chegou de Nova York. Só sobraram os suéteres da GAP – retrucou Blair em tom irônico.

– Acho que isso foi um não.

– Pode ter certeza – ela ergueu o queixo.

– Bem, você que sabe, é um país livre – ergueu os ombros, já de pé. – Vamos achar o Cam.

Ele retirou o aparelho que Cam o havia entregado mais cedo e tentou, pela primeira vez, utilizá-lo. Não era tão autoexplicativo quanto um celular, mas dava para entender que alguns símbolos o levavam a estabelecer uma conexão com uma outra ponta, que tinha o nome de Camthalion. Deveria ser isso, então. Porém, todas as vezes que Nick acionou o comando, um sinal vermelho, que ele entendeu como sendo um "não foi possível estabelecer a conexão", aparecia.

– O que foi? Não deu certo? – indagou Blair.

– Parece que ele não está atendendo, se é que me entende – Nick fez mais cinco tentativas, e nada. – É, acho que não está mesmo dando certo.

– Deixe-me ver – ela falou e arrancou, de forma súbita, o aparelho das mãos dele. Aquilo enervava Nick. Ele fechou os olhos, controlando-se para não falar nada. Blair remexeu no aparelho o quanto pôde. Até admitir: – Tem razão, não está dando certo.

– Como eu disse... – recebeu objeto de volta e o guardou. – Quer saber, acho que devemos ir logo até lá.

– Nick... eu não sei... – ela hesitou.

– Cam está por perto, no momento que pusermos o pé fora da escola ele vai fazer uma aparição bem dramática quando mais precisarmos – alegou Nick.

Blair não parecia estar muito certa quanto a isso, mas bastou Nick virar-se e começar a andar na direção da saída para ela ir atrás dele resmungando coisas ininteligíveis. Ela não teve tanto tempo para reclamar, já que o local onde a festa seria realizada ficava na esquina com a rua principal. Ao chegar, se depararam com uma das casas comuns da cidade, o que fez Nick questionar se havia olhado direito o endereço no panfleto, porém, na entrada, havia uma movimentação de garotos da idade deles, o que indicava que era o local certo.

Nick seguiu o fluxo e entrou. Logo no vestíbulo, escadas levavam a um piso inferior, de onde vinha um som de música, ele desceu e atravessou uma porta vai e vem. O local era bem diferente do que imaginara ao pensar numa festa no porão. Tratava-se de um espaço amplo, um salão inferior, na verdade, ao fundo, em um palco improvisado, uma banda tocava um som que Nick conhecia bem, Lou Reed. Ele sorriu para si mesmo, acenou de forma positiva com a cabeça. Sim, aquilo estava bom.

O lugar tinha uma quantidade considerável de pessoas, algumas reuniam-se e conversavam nas laterais do ambiente, onde serviam-se as bebidas e alguns petiscos, enquanto outras dançavam ao som da música no centro. Havia ainda jogos de sinuca, futebol de mesa e, em mesas menores, alguns grupos jogavam cartas.

– Venha, vamos pegar uns refrigerantes – ele sugeriu para Blair, que, parecendo mais relaxada o acompanhou.

Os dois tomavam suas bebidas, acompanhando o som da banda ao lado do bar, quando Nick pousou os olhos nas pessoas que chegavam. Naquele exato momento enxergou Alex. Ela estava sozinha, usava um vestido preto de alças, tinha os cabelos soltos, ondulados e brilhantes. Para Nick, ela estava linda. Ele levantou a mão e acenou de forma discreta quando reparou que ela o vira. Alex retribuiu e, em seguida, veio na direção dele.

– Olá, garoto de Saint Louis! – disse ela já ao lado dele. Em seguida, dirigiu-se a Blair, que só agora notara sua presença: – Olá para você também!

– Oi, como vai? – Blair respondeu de forma polida.

– Bem, obrigada por perguntar – sorriu e voltou-se para Nick. – Então... como anda a caça aos ETs?

– Na verdade, é um pouco mais complexo do que isso. Achar os ETs, no caso, é o menor dos meus problemas!

– Foi uma pergunta retórica. Meu pai me contou tudo – Alex revelou. – Sinto muito, ele estava explodindo de empolgação, precisava compartilhar com alguém que toda a tolice que ele vem defendendo a vida toda, no fundo, não é tão tolice assim.

– Sem problemas. Acho que podemos confiar em você, não é?

– É claro, eu não quero criar aborrecimentos para a liga da defesa da paz universal, ou o que quer que esse pessoal que você encontrou seja! – disse ela em tom divertido.

Um silêncio de alguns instantes se sucedeu, silêncio que Nick, quase em desespero, precisou quebrar.

– Eles são bons – apontou para a banda. – Estão tocando Lou Reed, você gosta?

– Nick, honestamente... quem não gosta? – foi Blair que respondeu. – Só os ignorantes. E é obvio que *ela* não é ignorante.

– Tenho que concordar com a Blair! – Alex falou, bastante simpática. – Eu não sou ignorante e, sim, eu gosto. A questão é, eu não sou ignorante porque eu gosto de Lou Reed ou eu gosto de Lou Reed porque não sou ignorante?

– Nós poderíamos discutir isso por toda a vida, o que importa é que qualquer uma das alternativas é válida – respondeu Blair.

Nick se preparava para comentar algo na conversa quando algo em uma das mesas de jogos chamou sua atenção. Ele encolheu os olhos para tentar enxergar melhor, ou ao menos ter essa impressão. Precisava ter certeza de que estava mesmo vendo aquilo.

– Blair... – chamou-a. – Por acaso é o *Eddie* que está naquela mesa de pôquer do outro lado do salão?

Blair fez quase o mesmo gesto que ele fizera para tentar observar melhor aquilo, com a diferença que deu um passo à frente e pôs uma das mãos na cintura. Até que ergueu o indicador e apontou para o local indicado por Nick.

– Definitivamente, sim, é o "Eddie" – falou meio perplexa, e caminhou na direção de onde o jogo ocorria. Nick a seguiu, trazendo Alex junto.

– Quem é Eddie? – Alex quis saber.

– O namorado dela.

– Ah, um namorado! Ele existe!

– Éhr... em tese, sim.

– Em tese?

– Longa história!

Naquele momento, os três chegaram à mesa onde Nick vira Eddie, ou seja, Cam. Uma alvoroçada partida de pôquer estava em andamento, os jogadores, ao que parecia, estavam apostando seus pertences. Havia celulares, relógios, anéis, pulseiras e até peças de roupa na mesa. Pelo que Nick avaliou, Cam já tinha perdido quase tudo.

– Ca... – Blair começou a falar, mas engoliu a última letra, reformulando: – Eddie! Será que eu posso saber o que você está fazendo aqui? *Sozinho*?!

– Uhhh... o Eddie não podia sair da escola sem a namoradinha! – um dos garotos na mesa provocou.

A brincadeira foi o suficiente para que ela se voltasse com uma cara de pouquíssimos amigos para o pobre garoto.

– E se for? É da sua conta? Ao menos ele *tem* uma namorada – Blair retrucou fuzilando o garoto com o olhar, que de imediato cessou o sorriso. Ela puxou Cam pelo braço, forçando-o a se levantar. – Vamos!

Os quatro se afastaram do local do jogo, até que, adiante, Blair falou entre os dentes para Cam: – O que diabos você veio fazer aqui, Cam? Nós o procuramos por um tempão, podíamos estar em perigo, precisando de ajuda, e enquanto isso você estava nessa festa?

– Eu estava saindo do quarto do Eddie quando esses garotos me viram. Eles disseram que Eddie havia prometido ir com eles para a festa do porão... eu não tive culpa, eles me trouxeram até aqui, nós jogamos e... sinto muito, parecia muito difícil escapar sem ser rude.

– Desde quando *você* se importa em ser rude?

– Eu não me importo. Só não me pareceu algo que Eddie faria – explicou Cam. – Vocês, por outro lado, não deveriam sair da escola desprotegidos.

Nick e Blair trocaram um olhar discreto. Nick conseguiu até enxergar um rápido erguer de sobrancelhas dela, que ele sabia bem, significava "eu disse!".

– Bem, o que eu posso dizer? – Nick abriu os braços. – O que é uma festinha dessas para quem acabou de iniciar o apocalipse? Acho que gosto de viver perigosamente. A propósito, isso acabou de me dar uma ideia – estendeu a mão para Alex: – Você dança?

– Não é uma das minhas maiores qualidades, mas... – ela deixou-se ser levada por Nick para o meio do salão.

Cam passou os olhos para Blair, que se apressou em justificar:

– Por Deus, não foi culpa minha, eu só não quis deixá-lo sair sozinho feito um louco!

– Entendo – retrucou Cam, embora não parecesse entender nem um pouco.

– E se você está mesmo tão preocupado em fazer o que o Eddie faria, saiba que ele, sem sombra de dúvidas, já teria me levado para dançar – ela tomou o último gole de seu refrigerante. Cam, que estava de pé ao lado de Blair, se voltou devagar e a encarou.

– Eu não estou tão certo quanto a isso. Tenho a impressão que seria exatamente o inverso.

– Eu pareço assim tão autoritária?

– Sim – respondeu de imediato.

– Você está certinho, eu sou, vamos! – disse Blair partindo para o meio da pista de dança.

Parou alguns metros adiante, quando acenou com a cabeça para Cam, convocando-o a segui-la. Não enxergando uma outra opção, o rapaz obedeceu. Ficaram próximos de onde Nick e Alex estavam.

– Não existe música no seu planeta? Ou dança? – Blair indagou, desafiadora.

– É *claro* que existe. Muito antes que os terráqueos pensassem em inventar a música nós já a dominávamos.

Blair soltou um risinho sarcástico. Já abria a boca para dar uma excelente resposta para esse alienígena petulante quando Cam segurou sua mão direita e a girou no ritmo exato da música que tocava, apoiou a outra mão em suas costas e emendou com passos de dança executados com perfeição, um após o outro. Ela, que praticara *ballet* por muito anos, não teve dificuldade em segui-lo e, quando se deu conta, as demais duplas haviam se afastado para lhes dar maior espaço. Por entre um dos giros encontrou o olhar chocado de Nick, o que ela devolveu na mesma intensidade.

Cam parecia não apenas conhecer os passos, mas também a própria canção que tocava, pois controlou com minúcia as mudanças de ritmo do som, do lento para o mais agitado, com os movimentos adequados. Quando a música acabou ela estava quase sem fôlego, nem se recordava da última vez que tivera um parceiro de dança tão habilidoso, ainda mais em uma música quase balada quanto aquela.

– Uau, tenho que admitir que estou impressionada – ela falou quando pararam. Cam sorriu de volta, e, por mais que fosse o rosto de Eddie que lhe sorrisse, Blair sabia que aquele não era em nada o sorriso de seu namorado.

– Achei que você já tivesse percebido que faço parte de uma raça alienígena de inteligência avançada – ele ainda sorria.

– Ah, não, eu percebi que vocês são uma raça de *arrogância* avançada! Caso não tenha notado, eu não tive dificuldade alguma em acompanhá-lo no seu pequeno showzinho dançante – Blair rebateu.

– Nossa, que casal adorável – foi Alex que observou.

– De fato – disse Nick ainda estranhando ter a visão de uma versão ultra otimizada de Eddie. Era tão bizarro. E por que diabos Cam sabia dançar? Já estava conformado com o fato de eles serem mais fortes e mais inteligentes, mas daí a serem exímios dançarinos? Aí já era sacanagem.

Os quatro retornaram para a lateral do salão, onde se serviram de mais uma rodada de refrigerantes. Cam os alertou que logo teriam que ir embora, pois, mais uma vez, partiriam antes do amanhecer. Nick explicou a Alex, na medida do possível, que deveriam passar os dias seguintes fora, eles subiam as escadas de volta ao andar de cima.

– Eu já imaginava isso, na realidade, achei que você nem estaria aqui hoje. Acho que dei sorte.

Nick se preparava para responder quando foi interrompido por dois toques de leve em seu ombro, ao mesmo tempo de uma exclamação em voz feminina:

– Até que enfim! Aí está você!

Ele se virou num impulso para encontrar quem o chamara, foi tomado por uma torrente de perplexidade. A garota tinha os cabelos loiros e longos, em ondas que pareciam ter sido desenhadas em cada centímetro, os olhos de um azul vívido, bem maquiados, a pele era como a de uma boneca de porcelana, sem nenhum defeito. Ah sim, ele conhecia aquela garota.

– *Lillian*?!

– Surpresa, meu bem! – a garota abriu os braços com um sorriso.

– O que você está fazendo aqui? – ele estava quase sem voz.

– Ah, eu estou na festa de boas vindas da *minha escola*! Eu estudo aqui agora. Você saberia, se não tivesse ignorado as milhares de mensagens que mandei nos últimos dias.

Nick não havia apenas ignorado, ele havia bloqueado qualquer mensagem que viesse de Lillian. Por um instante sentiu um arrependimento devastador, se tivesse recebido as tais mensagens poderia ter tentado dissuadi-la da ideia maluca de vir para Saint Louis, ou ao menos se preparar psicologicamente para isso.

– Nick, quem é essa garota? – foi Blair que perguntou, tentando usar um tom baixo, foi inútil, Lillian a ouviu e tratou, ela mesma, de responder:

– Eu sou a namorada dele, querida.

– *Namorada*? – Blair e Alex falaram ao mesmo tempo. Nick não saberia dizer quem estava mais abismado: Blair, Alex ou ele próprio. Que história era essa de namorada?

– Você tem uma namorada em Saint Louis? – Blair quis saber. – Como conseguiu não mencionar esse pequeno detalhe?

– Porque eu *não*...

– Inacreditável – ouviu Alex falar antes de dar as costas para o grupo e sair.

Ele, que ainda não conseguia acreditar, tinha de um lado Blair, o cobrando com *aquele* olhar já conhecido, Lillian, com um sorrisinho irritante nos lábios do outro, e Alex, furiosa, indo embora. Iria resolver uma coisa de cada vez, ponderou o que seria mais urgente e foi em direção de Alex.

– Alex, espere! – ele correu e a alcançou. – Espere um segundo.

– O quê?! – ela retrucou de forma rude.

– Lillian *não é* minha namorada – começou Nick. Alex soltou um riso de deboche. – É sério, eu e ela saímos uma ou duas vezes, em Nova York, e agora ela está, claramente, me perseguindo.

– Você está querendo me dizer que essa garota se forçou a vir estudar em um internato por um cara com quem saiu "umas duas vezes"?

– Sim, isso mesmo! – respondeu com obviedade.

– Ah, é claro, porque você é mesmo um cara *tão irresistível*, não é? – falou com um tom irônico ao extremo. – Você é sensacional demais!

– Não, não é nada disso... ela que não passa de uma maluca! – ele soava desesperado.

– Vocês de Saint Louis são todos iguais. Acham que podem tudo – disse ela com desdém. – Por favor, nem perca seu tempo vindo atrás de mim.

Nick deixou os ombros caírem ao vê-la virar-se e ir embora. Cobriu o rosto com as mãos, desgostoso. Ele deu meia volta e lá estavam, Blair, com os braços cruzados e uma expressão de completa insatisfação, e Lillian, que acenava com a mão chamando-o, exalando simpatia. Cam não parecia ter a mínima ideia do que fazer. Nick suspirou.

– Era só o que me faltava!

Capítulo 15

Garotas...

Nick quase afundou o chão com os passos raivosos que deu até chegar até onde estavam os três.

– Lillian, eu vou perguntar *mais uma vez* – ergueu o indicador –, o que você está fazendo aqui?

A garota ergueu os ombros, desentendida: – Eu já falei a você, eu estudo em Saint Louis agora... não estou entendendo o motivo do seu choque! Essa é uma das melhores escolas do país e você e eu sabemos o quanto meus pais se preocupam com o meu futuro. Ir para um colégio interno é, sem dúvida, um esforço sem tamanho, mas se eu quiser entrar na faculdade de direito, em Harvard, alguns sacrifícios são necessários.

Nick escutou toda aquela baboseira com os braços cruzados, que nem os de Blair, ele estava uma cópia dela.

– Certo, então nada disso tem a ver com o fato de você aparecer aqui, subitamente, alegando ser minha namorada?

A garota sorriu, tocou uma mecha do cabelo e passou a enrolá-la com uma das mãos.

– Você acha *mesmo* que mudaria de escola e de cidade só por sua causa?

– Acho – retrucou de forma firme.

– Ah, Nick, por favor, não seja ridículo!

– Está bem, eu não serei – ele abriu os braços. – Eu e meus amigos iremos fingir que não ouvimos você falar que é minha namorada e que você não é uma *stalker* desequilibrada!

Lillian encolheu os olhos para ele por um instante, até que retomou o semblante angelical e falou:

– Bem, o que eu posso dizer? Eu não passo de mais uma garota ingênua ludibriada pelo bonitão da escola – ela se dirigiu a Cam e Blair. Nick fechou os olhos desanimado. Se tinha uma coisa que o tirava do sério era dramalhão barato. Ele se perguntava como fora capaz de sair com uma garota dessas, para começo de conversa.

– Fui tola ao ponto de acreditar que poderia haver algo de verdadeiro nos momentos que passamos juntos. E cá estou, longe do meu lar, desamparada, humilhada diante de pessoas que nem sequer conheço, que agora devem sentir pena da imbecil que se apaixonou pelo garoto lindo e charmoso, que parecia especial, mas que não passa de um bruto sem coração!

Para o espanto de Nick, havia uma expressão de condescendência tanto no rosto de Blair quanto no do alienígena gélido Cam. Inacreditável.

– Você quer parar com isso? – Nick pediu, aflito. Lillian, cobriu a boca com uma das mãos, estava prestes a se debulhar em lágrimas. Aquilo para ele já estava além de todos os limites.

– Nick... – a voz era de Blair, o repreendendo com suavidade, o olhar dela lhe parecia dizer "pobrezinha...".

– O que você quer que eu faça? – Nick respondeu entre os dentes.

– Você precisa ser assim tão... *agressivo*?

Blair, definitivamente, tinha algum complexo superprotetor com coitadinhos. Primeiro fora com Eddie. Quando Nick o atacou, ela cismou em sair em defesa do pobre miserável, agora com Lillian, uma sujeitinha detestável que ela nem conhecia! O problema desse complexo é que ela não sabia diferenciar, de modo algum, um coitadinho de um *falso* coitadinho, de um fingido, de um maldoso, ou de uma cobra ardilosa, como Lillian, no caso.

– Blair, eu já percebi que você tem essa veia solidária para com aqueles que você acredita serem menos favorecidos, mas ela é uma dissimulada, é tudo fingimento! – voltou-se para Lillian. – E você pode parar já com o melodrama, nós *não somos* namorados! E nem vamos ser! As aulas não começaram, ainda está em tempo de você cair em si e voltar para Nova York. Aí poderemos esquecer esse pequeno mal-entendido. Sem ressentimentos.

Lillian assumiu uma expressão severa, com a qual Nick estava acostumado, acreditou ser a primeira coisa verdadeira que ela fazia desde que o encontrara ali.

– Diante disso, tenho que o informar que os meus pais já mandaram um gordo cheque pagando pelo meu ano letivo em Saint Louis, portanto você e seus amiguinhos esquisitos vão ter que me aturar por um bom tempo, *querido* – ela usou um tom inverso do angelical que usara até então, falava como se tivesse sido possuída por algum espírito das trevas, ou do *Upper East Side*, se é que entendem.

– Eu só tenho a lamentar – Nick retrucou. – Vai ser uma decepção irreparável pra você perceber que eu não poderia me importar menos com a sua presença. Agora se me der licença, eu e meus amigos "esquisitos" temos muito o que fazer!

Ele fez questão de não esperar a resposta recalcada de Lillian, deu quase que um empurrão nas costas de Blair e Cam para que começassem a andar ao lado dele. Estava até agora atônito com o quanto Lillian era desatinada. Onde já se viu isso? Eles tinham dezesseis anos! Não parecia *certo,* para Nick, estar tendo esse tipo de contratempo, e muito menos uma garota tomar uma atitude insana dessas! Fazer os pais a mudarem de cidade e de escola por causa de um garoto com quem teve um ou dois encontros. Eles mal se conheciam, essa era a realidade. Na verdade, conhecia melhor Blair do que ela. Aliás, conhecia melhor Cam, um alienígena, do que ela.

Não podia dizer que conhecia Alex melhor que Lillian. Era bom ressaltar que, nesse momento, o que lhe passava pela cabeça é que, depois do desatino de Lillian, dificilmente conseguiria conhecer Alex melhor. Não conseguia nem pensar em uma solução para esse problema, no fundo acreditava que era provável que nem houvesse solução.

Primeiro, porque a última coisa que Nick tinha no momento era tempo para lidar com complicações românticas. Segundo, porque, mesmo que ele saísse dessa numa boa, ao retornar do fim do mundo Lillian estaria lá, em Saint Louis, o ano inteiro, e se ele bem conhecia esse tipo de garota, o orgulho ferido fará com que a única e prioritária missão na vida de Lillian seja destruir qualquer relacionamento que Nick ouse pensar em ter.

Se ele sobreviver, essa garota vai fazer o que restar de sua vida um inferno.

O que lhe sobrava para fazer senão infernizá-la o máximo possível de volta? Os dois iriam se atormentar. No fim das contas, Lillian conseguiria receber o que tanto quis, a atenção de Nick.

"Garotas..."

Capítulo 16
O último dia de Mesut Kerem

Hierapolis, Turquia.

O policial Mesut Kerem deixou o posto avançado de Pamukkale transbordando contrariedade. Receberam um chamado aflito do sítio arqueológico de Hierapolis, onde os locais relatavam um incomum fenômeno que ocorria nas ruínas do monumento de Plutão. “Vários animais estão mortos nas proximidades da ruína”, disse-lhe o Policial Zeki, seu parceiro, com a empolgação típica dos tolos. Aquele era o último dia de Kerem a serviço, após aquele expediente estaria, enfim, aposentado.

Ele e a esposa mudariam para uma pequena, porém aconchegante, casa de campo, onde passariam o resto de seus dias. Cari leria pencas de romances e levaria Mavi, o foxhound que lhes fazia companhia, para passear. Já Kerem faria palavras cruzadas e de vez em quando apararia a grama. Os dois discutiriam sobre trivialidades, como o que comeriam no jantar e quem lavaria a louça, e os problemas do resto do mundo pareceriam muito distantes. Eles teriam seu próprio mundo pelo tempo que ainda dispunham. Não conseguiam pensar em uma maneira melhor de passar os dias de vida que lhe sobravam.

Pensar nessas coisas só o irritava mais por ter que atender algum chamado bizarro em seu último dia de serviço. Tinha um mau pressentimento quanto a isso. Aquele deveria ser um expediente em que sua principal preocupação se concentraria em colocar seus objetos pessoais em uma caixa e contar os minutos que faltavam para as dezoito horas. Mas, já bem cedo, receberam aquele maldito chamado. "Maldição", ele pensou enquanto Zeki ainda se plantava em sua frente, muitíssimo bem-disposto.

Mesut Kerem era um homem, por assim dizer, redondo. Na realidade, a pança atual mal cabia na surrada calça cinza que usava, estava enorme, para levantar-se da cadeira do escritório foi preciso um esforço anormal. Parte dessa indisposição se devia, é claro, à sua resistência psicológica para aquele trabalho. Amaldiçoou mentalmente Zeki por ter assumido a missão de checar o que estava acontecendo em Hierapolis. Deixasse para algum outro no plantão checar aquilo, ora bolas! Considerou a atitude do parceiro no mínimo indelicada. Custava respeitar seu último dia? Custava lhe dar um pouquinho de paz? Resmungava contrariado enquanto dirigia.

Seu rosto estava coberto de pingos de suor quando estacionou a viatura no Museu Arqueológico de Hierapolis. Havia, de fato, uma aglomeração anômala de pessoas diante do prédio, que murmuravam ou exclamavam coisas ininteligíveis apontando para o local onde Kerem lembrava-se de ser onde ficava o monumento, descoberto há poucos anos antes e desde então sensação turística na região.

Ao descerem do carro, foram abordados por um ansioso funcionário da administração do museu, o jovem era muito magro, sua aparência era esquelética. Kerem achou tê-lo visto tremer enquanto os conduzia às ruínas. Os três contornaram o prédio do museu e seguiram por uma pequena trilha, mas de tamanho suficiente para deixar Kerem esbaforido. Ao chegarem ao topo de uma colina, foi possível visualizar em um terreno inferior, rebaixado, o local onde degraus levavam às ruínas do monumento de Plutão, que não tinha este nome por acaso. *Plutonium* fora um templo que os antigos greco-romanos acreditavam possuir uma passagem para o inferno. As ruínas ficavam sobre uma caverna e tinham esse nome devido a uma passagem retangular que continha uma fenda no chão para a tal caverna.

Naquele dia, entretanto, o local, que algum dia fora de adoração, estava rodeado de animais, cabras, ovelhas, pássaros e répteis. Todos mortos. Uma névoa funesta emanava do portão retangular e se espalhava por toda a área das ruínas. Alguns turistas, mais audaciosos, aproximavam-se e tiravam fotografias dos animais e do vapor que emanava, outros faziam vídeos. Kerem suou ainda mais.

– Minha nossa.

– Essas pessoas têm que sair daqui, já! – Zeki parecia muito nervoso.

Mesut Kerem ainda observava embasbacado as "pilhas" de animais mortos. Em mais de trinta anos em serviço jamais presenciara algo tão extraordinário.

– É o *inferno*. Ele mata tudo que se aproxima – o jovem esquelético tremia nas bases.

Kerem também sentiu um tremor lhe percorrer o corpo, a começar pelas pernas. Não saberia dizer se pela tensão ou se pela névoa morna que acabara de os encobrir e lhes sugar o ar daquele que seria seu último suspiro.

Capítulo 17
Insônia

Nick, Cam e Blair caminharam em silêncio durante quase todo o percurso da cidade a Saint Louis. Nick ainda dava passadas pesadas, ele nem mesmo saberia explicar por que, talvez pela irritação que até aquele momento permanecia presente, e se concentrava em seu estômago, para ser mais específico, onde jazia um mal-estar que nada tinha a ver com algo que tinha ingerido. Ele, por vezes, ao se irritar, acabava tendo aquele tipo de desconforto, era como se estivesse entalado. Agradeceu mentalmente por Blair não ter falado uma palavra sequer, sabia o quanto isso era difícil para ela.

Nick chegou a enxergar algumas expressões no rosto dela que indicavam a iminência de entrar em algum assunto, mas logo em seguida ela mudava de ideia. Isso aconteceu umas três vezes enquanto andavam, embora estivesse cabisbaixo ele de quando em vez mirava os outros dois e tentava decifrá-los. Concluiu que a Cam não falara nada não somente por não ter uma grande habilidade social, mas principalmente por não ter a mínima ideia do que havia acabado de acontecer, então ele não saberia nem o que falar, para começo de história. A inaptidão para as controvérsias sociais do ser humano, sem sombra de dúvidas, era um dos motivos que fazia Nick gostar cada vez mais de Cam.

Combinaram o horário que se encontrariam, Nick ouviu as instruções de Cam ainda em silêncio, ele explicou que para os próximos destinos seria mais prudente se não retornassem a Saint Louis, seriam então quatro escalas dali em diante e, caso tudo desse certo, estariam de volta a tempo para o início das aulas na quarta-feira seguinte.

Nick, por sinal, já havia tomado a liberdade de ligar para Linda e "pedir autorização" para fazer mais um passeio pelo Parque Estadual nos dias que lhe restavam antes do início das aulas. Enviou a ela um dos itinerários dos passeios oferecidos pela *Prometheus* para turistas. Ela, ao que tudo indicava, tinha ficado em êxtase com a notícia, quase agradeceu a Nick por estar fazendo isso. Na realidade, tudo que ele fizesse e que de alguma forma demonstrasse que ele estava tendo uma vida independente do escândalo político que envolvia seu pai era motivo de comemoração para Linda, o que chegava a ser engraçado. No mesmo instante, ela se comunicou com a Sra. Carter e deu irrestrita autorização para que o filho e os amigos fossem ao passeio. Além do mais, um consagrado cientista (que exagero!) iria acompanhá-los na excursão, Johnathan Petropoulos! A Sra. Carter em nada se opôs, um e-mail simples do avô de Blair e do pai de "Eddie" já os autorizava a saírem sempre que desejassem, desde que acompanhados, pelos pontos turísticos da região, e assim os três obtiveram carta branca para sumir da escola pelos dias seguintes.

– Vejo vocês mais tarde – foi tudo que Nick falou após assentir com a cabeça para todas as recomendações de Cam.

Ele não esperou resposta e entrou, cabisbaixo, para o dormitório. Jogou-se na cama após tomar um banho e comeu alguns salgadinhos enquanto navegava na internet. Ficou assim por cerca de meia hora, ainda era cedo e era possível escutar a movimentação dos demais alunos do lado de fora, provavelmente voltando da festa. Nick permanecera alheio a essa movimentação até aquele instante, quando uma voz capturou sua atenção. Não conseguiu discernir com exatidão o que estava sendo dito, mas as palavras foram seguidas por uma risada radiante e jovial. Ele parou por um instante e escutou, sacudiu de leve a cabeça e tentou voltar a se concentrar no notebook.

Ouvia agora duas vozes, a feminina se destacava mais, enquanto a masculina era mais contida. Ele não se controlou e levantou da cama, foi até a janela e olhou por entre as persianas. Seu quarto tinha vista para o bosque e a entrada lateral do dormitório. As vozes vinham justo do banco que ficava quase embaixo da sua janela. Constatou que conhecia não só uma, mas as duas vozes. Blair e Cam, que por sinal não estava mais disfarçado de Eddie, estavam sentados conversando de forma descontraída. Espiou-os por alguns longos minutos, mesmo na janela não conseguia identificar tudo o que falavam, apenas algumas palavras soltas entre uma ou outra gargalhada de Blair.

Nick tinha o cenho franzido, estava contrariado por não entender a conversa e, claro, por não estar participando dela. Aquele desconforto em seu estômago voltava a se mostrar presente. Por que eles estavam tão felizes? Cansou de assistir aos risos de Blair. Voltou para a cama, colocou os fones de ouvido no volume máximo e fechou os olhos. Após se revirar na cama por mais de uma hora, conseguiu adormecer.

CAPÍTULO 18
APRISIONADA

Blair acordou atordoada em um compartimento escuro, aspirou o ar em volta e sentiu os aromas fortes que lhe traziam a sensação de estar em uma enfermaria de hospital. O cheiro era de álcool, não, não, algo mais forte, forte o bastante para lhe dar náuseas. Estava deitada no chão, sobre um carpete acinzentado e áspero, sentou-se, e ao levantar sentiu sua cabeça rodopiar, ao respirar uma pontada pareceu-lhe rasgar o crânio. Ela resmungou com a dor. Não tinha a mínima ideia de onde estava, era algo como um contêiner, com teto e paredes de metal, sem nenhum objeto, vazio por inteiro. Fez um esforço descomunal para refazer seus passos e assim entender como chegara até ali.

As memórias retornaram até a noite anterior, a festa, a garota petulante que disse ser namorada de Nick, a volta para Saint Louis, Nick bravo, ela e Cam ao lado do dormitório conversando, e então ela retornou ao seu quarto e foi dormir. Acordou de madrugada, depois de um banho escaldante tomou um iogurte e se aprontou para encontrar Cam e Nick. Ela lembrava de tê-los procurado na saída dos fundos do alojamento, nenhum dos dois estava lá, então ela se esgueirou pela trilha que levava até o local onde a Eleanor estava. Encontrou-os lá.

– Por que não esperaram por mim? – ela perguntou ao chegar.

– Blair – foi Nick que começou –, você não precisa fazer isso.

– Fazer o quê?

– *Isso*– ele abriu os braços mostrando onde estavam. – Sair da escola para outro continente correndo risco de vida... isso não é sua responsabilidade.

– Do que você está falando? É *claro* que é minha responsabilidade, por minha culpa isso tudo aconteceu! Se não fosse por minha causa, se eu não tivesse saído do acampamento no meio da noite você e o Eddie não teriam que me procurar e você nunca chegaria perto daquela caverna – Blair se recordava de ter falado o óbvio. Ainda não conseguia acreditar no que Nick lhe dissera.

– Não, não foi culpa sua, eu que fui imprudente e coloquei meu medalhão lá. Não tinha ideia das consequências, mas, ainda assim, o fiz. Não você. Você deve ficar aqui – Nick explicou-se. Blair reagira sacudindo a cabeça com veemência.

– Não mesmo! Nick, de jeito nenhum que eu vou deixar você sozinho nessa!

– Eu não estou sozinho, Blair. Eu estou com Cam, ele vai ajudar – apontou para o outro que até então parecia fazer ajustes na nave e não dissera uma palavra. Blair se aproximou de Nick e falou em um tom baixo:

– Você só pode estar brincando comigo, você sabe muito bem que ele não é confiável!

– Você parecia confiar bastante nele noite passada – Nick ergueu os ombros.

– O quê? O que quer dizer? – ela encolheu os olhos. Não gostou nada do tom que Nick usara, havia uma certa insolência que a deixou indignada.

– Oh, eu vi a conversa superdivertida que vocês tiveram depois que eu fui dormir – ele retrucou também falando baixo. – Achei que confiança não era mais um problema já que vocês tinham tanto assunto e não pensaram em me incluir nele.

– Fala sério – Blair estava incrédula. – Você se autoexcluiu! Estava tão de ovo virado que foi para o quarto sem nem dar boa noite e agora ainda quer reclamar por não ter sido "convidado" a se sentar e ter uma conversa descontraída com os amigos que, diga-se de passagem, aturaram o seu mau humor? Cresça. E cá para nós, não imaginava que você fosse tão ciumento!

Ela reparou que Nick pestanejou várias vezes, foi como ter percebido que a jogada dela era um xeque mate.

– Não é *nada* disso – ele contestou, o que era óbvio que ia fazer, mesmo conhecendo-o há pouco tempo, Blair já sabia o quanto Nick era teimoso. – Quer saber, não importa, deixa para lá. A questão é que eu e Cam conversamos e chegamos à conclusão de que você deve ficar.

– Você concorda com isso?! – ela se dirigiu a Cam, que até então estava se fazendo de morto. Ele parou o que programava na nave e aproximou-se dos outros dois.

– Os lugares que iremos de agora em diante são extremamente perigosos. Mais que Sargaços. Por mais que nos esforcemos não podemos garantir a sua segurança – justificou-se. – Eu sinto muito.

Ele não parecia sentir coisa nenhuma, o que deixou Blair irada.

– Eu não ligo, assumo os riscos! – não houve resposta. Eles estavam firmes. – Se não me deixarem ir... eu vou contar a todo mundo! – ameaçou.

– Ela não vai, não – foi Nick que disse e ele disparou um olhar confiante para Blair. Ele sabia que ela não contaria, e ela sabia por quê. Depois de descobrir que seria possível recriar portais, surgiu a esperança de resgatar seus pais e Eddie, era de total interesse de Blair que Nick fosse a todos os portais e que, de preferência, conseguisse voltar vivo.

– Nick! Você *sabe* que eu tenho que estar com você até o final – ela disse tentando-o fazer com que cedesse.

Aquilo era patético! Nick sabia muito bem que ela estaria com ele no final, de que outro modo ele teria descoberto a máquina do tempo ou as esferas? Ele com certeza não conseguiria isso com a ajuda de Cam. Nick precisava dela. Ele não teria como fazer tudo isso sozinho! "Não! Não é?", ela se recordava de ter questionado isso, bem a sério. Será que Nick prosseguiria e faria tudo sem que ela estivesse por perto? Não, não era possível! O desejo dela por respostas era a principal motivação para fazê-lo inclusive voltar no tempo para fornecê-las. E para isso ela tinha que estar com Nick até o final.

Blair tentou ir adiante para entrar na nave, mas Cam e Nick formaram uma barreira e a impediram de prosseguir.

– Pessoal, *por favor*! – suplicou.

Foi inútil. Minutos depois a Eleanor levantava voo e Blair ficava, com os cabelos esvoaçantes, para trás. Ela os xingou batendo um dos pés no chão, ainda relutou por um tempo antes de retornar pela trilha. Estava na metade do caminho de volta para a escola quando escutou passos vindos de algum lugar às suas costas. Ao se virar, foi surpreendida por algo, não teve tempo para uma exclamação sequer, e então só havia o escuro. Era a última coisa que se lembrava antes de acordar naquele cômodo.

O pequeno retrospecto que fizera de suas últimas recordações levava a uma conclusão fatal: ela tinha sido capturada. Não sabia para onde haviam-na levado, tampouco quanto tempo se passara. Tinha apenas uma certeza, de que precisava escapar dali o quanto antes. Colocou-se de pé, foi tomada por vertigem, ela precisou se apoiar na parede para não cair. Caminhou tateando a parede até sentir o que parecia ser uma maçaneta, sim, talvez aquela fosse a porta de saída. Tentou abri-la, em vão, estava trancada. Mesmo se apoiando ela se desequilibrou, foi aí que se deu conta de que o local no qual a prenderam estava em movimento. Blair desesperou-se, segurou a maçaneta com toda força e passou a chutar a porta freneticamente, enquanto gritava:

– Socorro!!! Alguém me ajude! Socorro!!

Capítulo 19
Portão do Inferno

Cam e Nick tiveram uma viagem, no mínimo, estranha. Incômoda, talvez este fosse o termo mais apropriado. Os dois trocaram uma quantidade ridícula de palavras durante todo o percurso, limitaram-se ao essencial. Apesar da personalidade de Cam não ser das mais sociáveis, Nick percebeu que ele estava mais retraído do que de costume, aborrecido, para ser mais específico. Não estava claro que ele não queria ter deixado Blair lá no meio da floresta. A verdade era que nem mesmo Nick tinha gostado disso. Tinha sido dramático.

Queria crer que aquela fora a decisão mais acertada a tomar.

Ele não sabia dizer quando ao certo lhe ocorreu a ideia de falar a Cam sobre não levar Blair. Talvez tenha tomado consciência de que ela não teria coragem de expô-los. Sabia que ela precisava que Nick concluísse o trabalho, e que, portanto, não faria nada para atrapalhá-los. A verdade é que ele fora tomado por um certo pânico ao partir naquela madrugada, a consciência de que passaria os dias seguintes com um alienígena em lugares inóspitos não pareceu nada amigável. E ainda por cima levar Blair junto? Não parecia razoável. Já a havia envolvido demais nessa sandice.

"É melhor para ela", pensou. Mesmo assim continuava com aquele incômodo, não mais no estômago, mas um pouco acima, quase no meio de seu peito. No fundo, esperava que Cam recuasse ao ver Blair esbravejar, implorando para que não a deixassem. Mas ele permaneceu firme, impassível, e Blair ficou para trás. Nick não conseguia parar de se perguntar se tinha mesmo feito a coisa certa. A cara amarrada de Cam não lhe parecia um bom sinal.

As palavras de Blair também o atormentavam. Ela falara sobre ele, Nick, saber que ela estaria com ele no final. Entendera com perfeição que ela estava se referindo sobre a descoberta das esferas e a viagem no tempo. Blair havia insinuado que Nick poderia estar alterando os fatos, indo contra ao que deveria acontecer de verdade, ou seja, excluindo-a do momento futuro decisivo quando teriam sua própria chave de portal ou mesmo quando descobririam, juntos, como poderiam ter uma.

Ele entendia o temor dela, mas, mesmo assim, fazer aquilo naquele instante parecia sensato. Quer dizer, se ele estivesse mesmo mudando o curso das coisas não deveria ao menos ter sido mais difícil? Ele não se sentiria inseguro? Por que seria tão fácil? Afastou esses pensamentos caóticos da cabeça, questionar se o que fazia estava dentro de um plano do destino o perturbava e o fazia repensar as próprias atitudes, em especial aquela que tomara com Blair.

– Está tudo bem com você? – perguntou a Cam a certa altura do voo.

– É uma pergunta retórica?

– Não...

– Se você se refere a minha integridade física, sim, está, aparentemente, tudo bem – Cam respondeu com sua voz sistemática.

– Não estou querendo saber da sua integridade física. Quando fazemos esse tipo de pergunta, a não ser que se trate de uma situação óbvia em que há perigo ou doença envolvidos estamos nos referindo a outro aspecto, sabe? – Nick explicou, mas Cam estava confuso. – Quero dizer que você está meio estranho. *Mais* estranho. Sei lá... você parece estar... chateado.

Cam fez um gesto com a cabeça, Nick percebeu que ele estava pensando sobre o assunto.

– Eu não sei como falar a respeito disso.

– Como assim?

– Eu não sei o que é estar... chateado.

Nick ergueu a sobrancelha. Ele deveria ter imaginado aquilo. Cam não estava mesmo familiarizado com sentimentos. Era óbvio que ele sentia coisas, só que não tinha a mínima ideia do que eram. Era difícil pensar que se tratava de uma raça de inteligência avançada, como o próprio Cam fazia questão de falar tantas vezes. É esse o avanço da humanidade? Não saber identificar nenhum tipo de sentimento? Uma civilização mais desenvolvida domina as emoções ao ponto de elas pararem de existir? Isso não tinha nenhum cabimento para Nick. Está certo que ele não era nenhum fã de sentimentalismos e tal, mas também não precisava ser tão extremo. Não saber nem se está chateado? Não tinha como uma coisa dessas ser um avanço, estava mais para retrocesso.

– Você acha que algo aconteceu diferente do que você gostaria que tivesse acontecido e não consegue parar de pensar nisso? – Nick tentou. Mais uma vez, Cam refletia.

– Sim.

– Bem, isso é estar chateado.

– É?

– Definitivamente.

– E o que eu devo fazer a respeito? Como eu faço parar?

– Com o tempo deve passar sem que você precise fazer nada. É só ter paciência, sabe? – foi o que Nick achou mais sensato naquele caso.

– Na verdade, não sei.

De fato, ele não sabia. Nick deu um leve suspiro.

– É só esperar que passa – ele achou que Cam ainda não estava satisfeito. Talvez ele não acreditasse que um sentimento pudesse apenas desaparecer. Se parasse para pensar, colocando-se no lugar de alguém que sentia tudo aquilo pela primeira vez, acreditar que ia passar era algo meio incrível mesmo. – É sobre a Blair, não é? O motivo de você estar chateado. Você acha que não fizemos bem em ter deixado ela lá?

– Nós fizemos o melhor para Blair. É o mais seguro – fez uma pausa. Nick não lembrava de tê-lo ouvido se referir a Blair pelo nome antes. Sentiu-se incomodado, sabe-se lá por que. – Mas ter feito isso me deixa, como você disse, chateado.

– Eu entendo – suspirou. Também estava bem contrariado no fim das contas.

Minutos depois aterrissaram na encosta de uma colina, Nick acompanhou Cam no desembarque. A região era repleta de pequenas colinas, cobertas por uma vegetação rasteira, em sua grande maioria as folhas eram amareladas, quase secas. Uma ou outra árvore ou arbustos eram verdes.

Os primeiros raios de sol começavam a iluminar as planícies para onde os dois se dirigiam. Caminharam por cerca de dez minutos, quando entre duas colinas avistaram aquele que só poderia ser o local que estavam buscando: as ruínas do que um dia fora um templo. Nick pesquisara sobre este local na noite anterior. Tratava-se de um templo antigo dedicado a Plutão, o Deus dos mortos, pela mitologia greco-romana. Sendo mais preciso, para eles era um portal para um submundo, ou como os antigos chamavam, para o próprio inferno.

As ruínas estavam envoltas a uma névoa esbranquiçada que impedia que Nick visualizasse com clareza o portal. À primeira vista, achou que se tratava de neblina, porém logo se deu conta de que havia algo errado. Primeiro porque durante todo o percurso até lá não haviam encontrado nenhum sinal de neblina, segundo porque quando se aproximaram ele conseguiu enxergar um amontado de pequenos corpos, que logo identificou como sendo de animais. Nick quis ir adiante para ver melhor, mas Cam o deteve.

– Espere um segundo – segurou-o pelo braço e o fez recuar. – Este gás é venenoso. Se entrarmos aí desprotegidos vamos sufocar até a morte.

– Estes animais...

– Mortos – Cam o interrompeu. – O gás é resultado do cruzamento entre dois universos paralelos que gera uma atmosfera anômala. Não sabemos de que ponto do outro universo ele vem, apenas que é letal. Foi liberado quando você o abriu, por isso há tanto e está se espalhando com o passar do tempo. Tem um dispositivo na parte de trás do seu traje, na altura da nuca, ative-o.

Nick tateou o local indicado por Cam e identificou o que parecia ser um botão. O outro fez um sinal positivo com a cabeça o que Nick entendeu como sendo uma indicação para seguir em frente. Ele, então, acionou a função, de imediato seu rosto foi envolto por uma espécie de cápsula transparente, que imaginou ser idêntica à que Cam tinha também ao redor da cabeça agora, lembrava um capacete de astronauta, mas ao tocá-lo, sentiu uma barreira invisível, que tremulou ao encostar seus dedos como um campo de força.

– Agora podemos ir.

Cam saiu na dianteira, ativou uma função em seu pulso que emitia luz e abria o caminho facilitando sua passagem. Nick tinha que se esgueirar entre os muitos animais caídos, havia desde pequenos mamíferos, que ele não conseguia identificar quais pela névoa densa que o rodeava, até uma grande diversidade de aves e até mamíferos maiores, ovelhas, talvez. Prosseguiu com cautela, buscando se equilibrar, quando por fim alcançaram o local de onde a névoa se originava. O portal tinha formato oval e tinha o tamanho para a passagem de um homem adulto.

Mesmo com o nevoeiro, Nick reconheceu com facilidade o lugar onde deveria inserir a chave, estava na lateral da porta, cravado na parede de rochas. Escutou a aproximação de pessoas, não saberia dizer em que direção vinham, tinham a visão comprometida pelo gás esbranquiçado, porém era possível discernir com clareza o som de um grupo de pessoas pisoteando o solo rochoso da colina.

– Tem alguém vindo – Cam observou.

Nick aproveitou o momento que Cam tentou investigar melhor quem se aproximava para inserir a roleta de esferas no portal. Uma delas tornou-se azulada, um tom quase neon e foi sendo preenchida aos poucos, até brilhar na cor azul por inteiro.

– Apresse-se! – falou Cam. – Precisamos ir, logo.

Nick atendeu ao pedido dele, retirou o medalhão do bolso e o encaixou na parede. Inesperadamente, a bruma de gás venenoso foi sugada pela porta, gerando um vento vertiginoso. Em questão de segundos, o ar estava limpo, e eles tinham agora visibilidade completa do que lhes rodeava. Na ponta da planície, por onde haviam descido, estava um grupo de meia dúzia de homens, todos de preto, como os que haviam abordado Nick e Blair quando voltavam da casa de Petropoulos.

– Ora, ora. Veja só quem encontramos – um dos homens, o que estava ao centro e que aparentava ter mais idade, cantarolou. Ele era muito alto e tinha a pele clara e os cabelos loiros tais quais os de Cam. Só que eles não pareciam ser amigáveis. Ficou claro que aquele era o líder dos tais Legionários que já o haviam atacado antes. Desta vez, ele trazia uma trupe bem mais ameaçadora e equipada. Todos possuíam armas. O homem loiro continuou: – Camthalion Ancalimë. Que surpresa agradável!

– Você conhece esse cara? – Nick cochichou para Cam.

– Sim, conheço. Ele é meu instituidor – Cam tinha a voz rouca.

– Seu o quê?

Notou que Cam soltou o ar em seus pulmões com cansaço antes de responder:

– Meu pai.

Capítulo 20
Encurralados

Nick quedou-se meio atônito. Cam não estava nem um pouco feliz de encontrar com o pai, e os motivos eram óbvios, ele era ninguém mais, ninguém menos, que o líder do grupo de fanáticos que os perseguira nos últimos dias. Havia um sério problema familiar ali.

– Ele não me parece amigável, estou certo? – ainda tentou.

– Está, ele não é nem um pouco – respondeu Cam.

O homem fez um gesto com a cabeça para os capachos que os acompanhavam e gritou em seguida:

– Prendam eles!

Nick reagiu de imediato à aproximação dos capangas, e foi seguido por Cam.

– Elerossë! – Cam urrou. – Não queremos machucar ninguém!

– Oh, eu acredito em você, meu caro. É por isso que ofereço que venham sem opor resistência, ou coisas muito, muito ruins podem acontecer! – Elerossë falou ainda com o tom musical.

– Não seja ingênuo! Sabe que podemos nos livrar desses tolos sem dificuldade!

– Vocês podem, mas *não farão* isso – ele ergueu a mão direita e fez um sinal para trás.

Nick já se preparava para desferir um golpe em um dos homens que se aproximava dele quando ouviu uma voz estridente familiar.

– Não! Me largue, seu brutamontes!

Ao lado de Elerossë, pôde ver que um dos homens trazia presa, debatendo-se e lutando para se soltar, até parar com a ameaça de um punhal pontiagudo em seu pescoço...

– Blair! – Nick gritou e disparou na direção de onde ela estava, foi detido por um dos legionários que seguiam Elerossë.

– Não ouse tocar nela! – Cam já estava encostado em Nick.

– Mais um passo e a mocinha aqui vai, literalmente, perder a cabeça... – falou ele com um sorrisinho detestável nos lábios.

Nick o odiou com tanta força que poderia esbofeteá-lo até perder suas energias. Torturou-se em silêncio ao ver Blair, que respirava de modo apreensivo, com uma lâmina afiada na garganta. Tentou buscar uma solução rápida, na explosão de fúria que o acometera, com a qual a salvaria sem precisar se entregar a Elerossë, mas essa solução não existia. Relutou uma última vez, mas sucumbiu ao reparar que Blair fechara os olhos, aterrorizada. Ele ergueu os dois braços e rendeu-se. Cam, junto com ele, fez o mesmo.

– Sábia decisão! Parece que alguma coisa você herdou de mim, afinal! – Elerossë estava muito satisfeito. O ódio de Nick por ele já não tinha limites.

Dois dos legionários conduziram Cam e Nick até o topo da colina. Ao chegar ao lado de Blair, Nick lhe desferiu um olhar pesaroso, ela ainda estava sob a ameaça do punhal, o que o deixava desvairado. Não foi capaz de falar uma palavra sequer, estava se sentindo culpado demais por ela estar ali, palavras não seriam capazes de expressar o quanto. Então ele calou. Resolveu concentrar-se em como sair daquela situação. Não ia ser fácil.

Não ia ser nada fácil.

Capítulo 21
Mea Culpa

No cômodo onde Blair fora feita de prisioneira agora estavam também Cam e Nick. Descobriram que se tratava de um compartimento inferior em uma nave similar àquela que Cam usava. Os legionários de Elerossë haviam recolhido todas as armas de defesa que eles tinham em suas vestes e desativado as que não conseguiam levar, eles estavam muito bem instruídos pelo seu líder e eliminaram quaisquer ferramentas que eles pudessem usar para escapar. Após Cam questionar Blair sobre como tinha ido parar ali, ela narrou tudo o que se lembrava depois de ter saído pela trilha. Nick escutou tudo em silêncio, estava sentado no chão, tinha a cabeça apoiada nos braços, que estavam cruzados sobre os joelhos flexionados.

Não conseguia se conformar com o desenrolar dos acontecimentos, se haviam sido enclausurados naquela cela a culpa era dele. Era óbvio que se não tivesse insistido com Cam para deixar Blair ela não teria sido pega e os três, quando abordados pelos legionários, conseguiriam escapar sem muitas dificuldades. Ergueu a cabeça para encarar os amigos quando Blair encerrou sua narrativa.

– Isso tudo é minha culpa. Nunca deveria ter deixado você lá – desabafou.

A aparência de Nick deveria estar um verdadeiro caco, pois Blair, ao contrário do que ele esperava, não se aproveitou da oportunidade para tripudiar dele e dizer que tinha avisado. Pelo contrário, ela se agachou ao seu lado e o olhou com condescendência.

– Nick, achar culpados não vai ajudar, e, além do mais, você não causou nada disso, você estava tentando evitar. Não se recrimine, apenas saiba que, não importa o que aconteça, vai ser muito mais fácil se nós três estivermos juntos.

– Eu sei – ele falou baixinho. Blair pôs a mão sobre o ombro dele e fez uma leve pressão. Nick quase de maneira inconsciente tocou a mão dela por dois segundos. Conseguiu soltar um sorriso desanimado. – Mas... estamos ferrados.

– Onde será que estão nos levando? – Blair também encostou as costas na parede de metal, sentou no meio de Cam e Nick.

– Para o quartel general deles, provavelmente. Sei que fica em uma ilha escondida no Mediterrâneo – Cam respondeu. Ele estava quase sem voz, meio em choque.

– O que ele quer? – Blair indagou emendando: – Seu pai, o que ele quer? Quer dizer, ele é o líder desses legionários, não é?

– Elerossë é um comandante de terceira ordem caído. Ele abandonou sua base há cinco anos e passou a unir os seguidores de El, formando o exército de rebeldes que chamamos de legionários.

– Por que ele fez isso? – Nick indagou.

– Ele não concordava com a ideologia da Comando Estelar. Vocês ouviram Ireth, o comando defende que haja a cooperação entre os povos para que todas as raças humanas possam viver em harmonia. Elerossë, entretanto, passou a acreditar na tese defendida por El. De que a Terra está corrompida demais para ser salva, de que o correto a se fazer seria explorar todos os recursos aqui disponíveis até que se esgotassem e iniciar um novo povoamento. Ele não acha que há esperança para este planeta. E por isso ele escolheu cair.

– Ele não quer que fechemos os portais, então – Nick disse quase para si mesmo.

– Precisamente.

– E pelo que você disse ele conhece tudo sobre a chave, a história, a distorção de tempo... – Cam assentiu. – Estamos *tão* ferrados.

– Precisamos dar um jeito de escapar o quanto antes. – Cam falou.

– Seja honesto, existe alguma possibilidade de sairmos dessa? Vivos?

– Não fale bobagem, Nick! Ele *não vai* nos matar! – Blair retrucou.

– Ele é um *alien* desertor, maníaco por um senhor das trevas, que colocou uma lâmina de vinte centímetros na sua garganta, por que diabos você acha que ele nos deixaria vivos?

– Porque ele é pai do Cam! – respondeu com obviedade. – Ele não mataria o próprio filho, certo?

– Eu devo informar a vocês que em Methária os laços familiares não são tão estimados quanto na Terra – Cam foi metódico, embora Nick tivesse notado um certo ressentimento naquelas palavras.

– Não brinca – disse Nick.

A nave deu um tranco familiar, que sempre acontecia quando aterrissavam. Minutos depois eles foram retirados de lá, cada um escoltado por um capanga. Era possível discernir que estavam em algum lugar subterrâneo, pois ao desembarcarem seguiram Elerossë por dentro de um túnel até chegar em uma espécie de galpão, com muitos metros de altura e um vão com várias mesas em forma de baía, onde muitos homens, a maioria não passavam de garotos vestidos de preto, se levantaram de suas mesas para saldar o seu líder.

Nick achou que seriam levados a um calabouço ou a um campo de fuzilamento, mas, ao contrário, Elerossë os levou para aquela que deveria ser sua sala privativa. O ambiente ficava separado do restante do galpão, um andar abaixo, e era imenso, deveria ter uns cem metros quadrados, fácil. Havia estantes enormes cheias de livros, e muitas outras prateleiras espalhadas pelos quatro cantos com objetos que Nick não conhecia. Ao fundo, havia uma parede de material transparente que deixava à mostra que, de fato, eles estavam em algum local subterrâneo, porém abaixo da água, através da parede ele enxergava a água, alguns animais e vegetação marinha.

Naquele canto da sala, jazia uma mesa negra, de trás dela em uma imponente poltrona de couro, que mais lembrava um trono, Elerossë sentou-se num gesto quase gracioso. Ele tinha longos cabelos loiros e um maxilar quadrado.

– Por que vocês três não se sentam? – ele tinha aquele sorrisinho que despertava em Nick uma raiva primitiva. Nenhum dos três se moveu o que fez com que o sorriso de Elerossë se transformasse em uma expressão rígida, ele falou em tom autoritário: – Sentem!

Blair foi a primeira que cedeu ao olhar nefasto do homem e tomou um lugar no sofá de couro que estava a alguns metros deles. Os outros dois a imitaram.

– Etienne! Traga uma limonada para nossos convidados!

Nick trocou um olhar com Blair, ela parecia estar tão perdida quanto ele próprio. Limonada? O que diabos estava acontecendo? No mesmo instante, uma mulher de mais idade, morena de cabelos pretos vibrantes, também com roupas típicas dos legionários, apareceu com uma bandeja e três copos cheios de um líquido verde-claro. Ele, sem parecer ter muita escolha, apenas recebeu o copo e o apoiou em sua coxa. Blair segurava a bebida com as duas mãos, como alguém pendurado à beira de um precipício se agarraria a um galho de árvore, e Cam, para variar, observava o homem atrás da mesa com uma expressão impassível. A criada serviu um copo com a bebida também a Elerossë, que tomou vários goles de uma vez, olhou-os com satisfação em seguida:

– Vocês não vão beber? Está estupenda! – levantou o copo como se os intimasse a um brinde.

Blair foi a única que levou, timidamente, o copo até a boca e bebericou um pouco do líquido. Ela parecia apavorada.

– Por que estamos aqui? – Nick indagou quando viu que Elerossë voltava a saborear sua limonada.

– Para que possamos conversar! – respondeu como se fosse algo evidente.

– Você ameaçou cortar a cabeça da nossa amiga, nos obrigou a entrar numa nave que nos trouxe a esse lugar que só Deus sabe onde fica para que pudéssemos... conversar? – disse Nick enquanto tudo que conseguia pensar era "Esse cara só pode estar de sacanagem!".

– Eu sei que pode não ter sido a maneira mais gentil, mas vocês têm que admitir que foi bem persuasivo, afinal, aqui estamos nós! Tendo esta agradável conversa, ou, como vocês jovens gostam de falar – ele esfregou a ponta dos dedos umas nas outras –, bate-papo!

Aquela falação cínica de Elerossë já estava tirando o que restava da paciência de Nick.

– Eu não "bato-papo", ou fala o que quer ou nos deixa ir embora de uma vez! – falou tão alto que um eco de sua voz se espalhou pela sala.

– Uh-lá-lá! – Elerossë esbugalhou os olhos e soltou uma risadinha debochada – já sabemos quem é o líder do trio... por um momento achei que poderia ser você, Camthalion, mas vejo que me enganei.

– Chega de joguinhos, Elerossë – foi a primeira vez que Cam falou. – Pode ter conseguido nos impedir de continuar a trancar os portais, mas saiba que existe uma tropa lá fora preparada para combater os Maldekianos e mandá-los de volta para o mundo perdido. Você não vai conseguir trazer El de volta.

O homem gargalhou

– Trazer El de volta?! Você sempre foi um garoto deveras ingênuo, Camthalion! Eu não quero impedi-los de continuar, e muito menos quero trazer El de volta – ele agora tinha uma voz soturna. Ficou de pé, apoiou as palmas das mãos na mesa e continuou: – Os Maldekianos atravessaram, há milhares de anos, para um Universo do qual temos quase nenhum conhecimento por culpa da estupidez do Comando, que insiste nessa tolice de paz universal ao invés de buscar o progresso, a descoberta e a colonização dos mundos, além da barreira do horizonte de eventos que conhecemos! Mesmo que eles tenham sobrevivido e transmitido seu legado, ainda que seu líder esteja imortalizado em alguma dimensão paralela, a verdade é que eu, simplesmente, *não preciso* de El.

Cam pareceu não ter entendido.

– Você não quer libertá-los? – Nick perguntou, também não estava entendendo mais nada.

– Eu não poderia me importar menos com o povo de Maldek – disse Elerossë com o desdém que Nick já identificava como sendo típico dele. – Eles tinham uma filosofia de vida muito interessante, da qual eu partilho inúmeros aspectos, devo admitir. Mas eles foram derrotados. Derrotados e banidos deste mundo, de vez. Só mesmo uma instituição tão arcaica quanto o Comando Estelar para supor que eu perderia meu tempo venerando uma civilização fracassada. Não, eu não quero libertá-los, eu nem mesmo acredito que haja alguém para ser libertado.

– Você acha que eles morreram? – Blair perguntou aflita.

– Oh, minha querida, logo se nota que você não sabe nada sobre os Maldekianos. Eles podem ter sido vencidos em uma batalha física pelo comando, que, diga-se de passagem, era numericamente muito superior, mas quanto a isso aqui... – apontou o indicador para a própria testa – eles eram visionários. Se eles tivessem sobrevivido à passagem, certamente teriam encontrado um modo de se reerguerem. O que me leva a crer que seja o que for com que os Maldekianos se depararam do outro lado foi letal o bastante para deixá-los em silêncio até hoje.

Nick reparou que um semblante de tristeza acometeu a face de Blair.

– Como você pode ter tanta certeza? – Nick rebateu.

– Mas eu *não tenho*! Este é o grande problema de tudo – respondeu Elerossë. – Esta é a razão de eu ter deixado o Comando

Estelar. Eu não podia mais me manter associado a uma doutrina que prega a ignorância, que em todos esses anos não fez nada, em absoluto, para descobrir o que há além dos portais! Eu, ao contrário do restante dos membros do Comando, quero ter *certezas*. E agora que você, contrariando as normas ridículas deles, acidentalmente, abriu esses portais, eu tenho, enfim, a chance de ir além.

– Por quê?

– Porque ao abrir os canais para o mundo perdido você me deu o instrumento necessário para me livrar de vez das rédeas do Comando Estelar – Elerossë abriu os braços, deu a volta na mesa, retirou um dispositivo similar a um controle remoto, acionou um dos botões e um compartimento se abriu na parede lateral da sala.

Naquele local havia um tipo de laboratório, ou ao menos lembrava a Nick os laboratórios que via em filmes de ficção, quando os cientistas faziam experimentos em um cômodo totalmente branco, talvez manuseando vírus altamente letais e iniciando um apocalipse zumbi. Não sabia porque havia imaginado isso, mas, enfim, era o que aquele laboratório parecia, exceto pela parte dos vírus, por que deveria haver geringonças bem mais letais do que algum vírus ali.

– Que lugar é esse? – Blair indagou.

Elerossë caminhou até lá os convocando a segui-lo. Pararam os três há alguns passos dele.

– Este lugar é um avanço de milhares, quiçá bilhões de anos na história da humanidade, meus caros, e é o que me faz não dar a mínima para El ou quaisquer Maldekianos – havia uma satisfação cheia de vaidade no modo como ele falava. – Aqui os legionários desenvolveram o que nunca seria permitido numa base do Comando. Realizamos experimentos memoráveis que obtiveram resultados até então considerados impossíveis, até mesmo para os avançados Metharianos, como este – ele apontou para um compartimento menor, parecido com uma cápsula, do tamanho de um boxe de banheiro, tinha uma base de metal cromado e na parte de dentro havia um suporte com o molde de mãos humanas. – Um módulo do tempo!

– Uma máquina do tempo? – Blair deu um passo adiante.

– Minha mais nova mascote – Elerossë dirigiu-se até uma das gaiolas e retirou um pequeno camundongo de dentro. Apertou um dos botões situados em um teclado na lateral da cápsula e a abriu. Colocou o animal lá dentro, com o mesmo botão a fechou. – Acontece que o transporte dentro da dimensão do tempo se mostrou mais controlável do que entre as dimensões paralelas. Com os dados exatos do tempo e de coordenadas eu posso mandar esse pequeno ser de volta para a sua gaiola daqui a exatos vinte segundos. – disse ele digitando os dados no teclado, que apareciam na superfície da cápsula transparente como se fosse um projetor.

Ao acionar o botão principal uma onda eletromagnética percorreu a cápsula e em um flash o camundongo havia sumido. Os três miraram ao mesmo tempo a gaiola onde o animal estava antes e assistiram, boquiabertos, ao pequenino de pelos brancos aparecer num piscar de olhos segundos depois.

– Inacreditável – disse Nick com certo fascínio. – E quanto ao passado?

– É possível, mas não se pode viajar para antes do próprio momento de criação da máquina, ou seja, estamos limitados há apenas alguns dias, por enquanto. Além disso, conseguimos manter a conexão com os dois lados do tempo por menos de uma hora. Então a viagem ainda conta com um tempo restrito. Porém, o trabalho dos legionários persistirá para que não haja limites! – fez uma breve pausa. – Deixar o comando estelar me permitiu ter o que para eles é um pecado: Visão. A partir deste momento pudemos ir além e desafiar tudo que foi tentado por uma civilização inteligente. É por isso, meus queridos, que eu não tenho a intenção de impedi-los de ir a todos os canais e trancá-los pelo simples fato de que *não precisa-*

remos mais deles. Depois de muito tentar, nós encontramos um meio de criarmos, nós mesmos, em qualquer lugar, a qualquer hora, os nossos próprios portais interdimensionais.

Nick olhou de lado para Blair em um instinto, e ela fizera o mesmo, não por coincidência, mas por terem, ambos, se dado conta de que aquele era o momento em que haviam feito a descoberta que levaria Nick bater à porta de Jonathan Petropoulos no passado, para contar tudo aquilo a si mesmo. Era como ouvir algo que já sabia e ao mesmo tempo ouvir tudo pela primeira vez. O tipo de coisa capaz de dar um nó na cabeça de qualquer um, podem acreditar.

– Q-que jeito é esse? – Blair perguntou meio hesitante. Ela talvez estivesse tendo a mesma sensação que Nick. Estava perguntando porque queria fazer essa pergunta ou porque sabia que precisava dessa resposta para tornar algo que já aconteceu possível?

– A resposta está na própria chave que seu amigo carrega com ele agora. Ela é feita de matéria exótica, um tipo de matéria raríssima no espaço, mas abundante em alguns locais específicos e de difícil acesso, locais que *já dão* acesso a outras dimensões.

– Os portais – Nick disse já sabendo que aquela era a resposta certa.

– Precisamente – retrucou Elerossë, de modo idêntico a Cam. Naquele instante, eles pareceram cópias fiéis. – Acreditem em mim, reunindo a quantidade correta de matéria negativa construir um portal para um outro universo se torna algo tão elementar quanto fazer uma deliciosa limonada. Basta saber escolher os limões.

Ele apertou mais um botão de seu controle remoto e um pedaço retangular da grande bancada branca, que ficava no centro do laboratório, se ergueu revelando duas prateleiras. Um novo comando de Elerossë fez com que o armário suspenso se iluminasse revelando dezenas de objetos. Esses, Nick já conhecia bem, afinal tinha um deles bem escondido em um de seus bolsos. O homem retirou um deles e mostrou-o para os outros três:

– O Aro. Ou como eu gosto de chamar, carinhosamente, as esferas do apocalipse.

Elerossë achava maneiras inesperadas de falar coisas ridículas. Se o momento não fosse tão delicado, Nick até daria risada, como costumava fazer de idiotas. Idiota ou não aquele cara tinha sido mentor ou até mesmo responsável por uma criação grandiosa. Impossível não reparar que assim como todo idiota da história ele pretendia usar aquela descoberta incrível para fins bastante questionáveis. De repente, Nick quis ser a pessoa que aparece para salvar o dia e dar um final feliz à história. Talvez ele fosse mesmo essa pessoa. De uma coisa estava certo, não tinha ideia de como, mas roubaria um *kit* das esferinhas do apocalipse de Elerossë e destinaria para um objetivo mais nobre. É, o lunático megalomaníaco ia ter que engolir essa.

– Uau, preciso rever meus conceitos de carinho – Blair deixou escapar.

Nick teve que conter um riso, que seria mais de aflição do que qualquer outra coisa. Atentou para o fato de que Cam ouvia com atenção o que o pai dizia, e analisava cada detalhe do objeto que ele tinha em mãos. Teve certeza de que Cam nunca ouvira antes sobre o que Elerossë estava falando. Todo o tempo, Nick havia acreditado que Cam guardava segredo quanto a informações que pudessem ajudá-los a entender melhor os portais, resgatar Eddie e até os pais de Blair. Havia sido influenciado por ela nesse sentido, inclusive. Foram muito injustos com Cam, agora ele era capaz de reconhecer isso.

– Vocês terráqueos tendem a enxergar o apocalipse como algo ruim, mas isso não é inteiramente verdade – disse Elerossë com reprovação. – Neste caso, estas esferas vão nos revelar o conhecimento necessário para desbravar os mais remotos universos após a devastação do atual. Elas são capazes de armazenar a matéria exótica e, então, criar um canal estável o bastante para garantir uma travessia segura, ao contrário daquela feita pelos Maldekianos. Só que para isso, os Aros precisam dos limões, e é aí que *você* entra – ele se dirigira a Nick.

– O quê? Você quer a minha ajuda para colocar em prática seu plano de destruição? – falou Nick meio incrédulo.

– Eu jamais iria querer uma coisa estúpida dessas, garoto! A sua ajuda... honestamente! – desdenhou. – Nosso time mais preparado irá escolta-lo pelos próximos três portais e eles se encarregarão da tarefa. Você pode trancar quantos canais quiser e deixar o comando contente, pode continuar fazendo sua bobagem, eu não me importo. Apenas não posso mais correr o risco de que vocês cheguem lá primeiro, como aconteceu nos quatro últimos, e estraguem tudo!

– Você deve ter perdido o juízo de vez se acha que permitirei isso – Cam falou dando um passo adiante.

– Camthalion... É com muito pesar que devo comunicá-lo que sua participação nessa missão está finalizada – falou Elerossë quase com piedade. – Amon! Leve-o de volta à cela.

Não só um, mas três dos legionários aproximaram-se e renderam Cam, que mesmo com resistência foi arrastado para fora.

– Ei, o que vai fazer com ele?? – Blair protestou.

– Ele vai ficar quietinho e não atrapalhar nossos planos!

Naquele momento, Cam, que já estava a alguns metros de distância, passou a proferir palavras em um idioma desconhecido para Nick e Blair. Ele desferia as palavras com fúria. Elerossë aproximou-se e o respondeu em tom quase angelical. Os dois passaram a dialogar. Nick, aproveitando-se do momento, cochichou para Blair:

– Blair! É agora, é aqui. Nós temos que fazer *aquilo*!

– Mas... *como*?! Como vamos fazer tudo aquilo? E Cam? Como vamos resgatá-lo?

Nick mordeu o lábio inferior enquanto observava pai e filho discutirem.

– Acho que tenho uma ideia!

CAPÍTULO 22

"CORRA, FORREST, CORRA!"

Blair se aproximou de Nick, a discussão entre Cam e o pai continuava a todo vapor. Em cima do balcão branco do laboratório estava o controle remoto que Elerossë utilizou desde que haviam entrado, ele o havia largado no momento em que se empolgou expondo as esferas, essa foi a deixa que Nick precisava para colocar seu plano improvisado em prática.

– Você entendeu o que ele fez? Na máquina do tempo com o camundongo? – Blair acenou positivamente com a cabeça repetidas vezes. – Certo, nós temos que ser muito rápidos! Eu vou correr até lá e apertarei o botão vermelho no controle, isso deve fazer a porta se fechar o que vai nos dar alguns segundos, pois logo eles vão dar um jeito de abri-la. Aqui está o que você vai fazer, você vai me mandar para aquela noite, nas coordenadas mais próximas de Saint Louis que você lembrar, só que a volta você vai programar para agora, mais especificamente para o exato minuto em que eu estiver saindo, entendeu?

Blair pareceu ter um insight: – Vai parecer como se você nunca tivesse ido!

– Exato! – Nick sorriu receoso, estava orgulhoso da própria ideia, mas não poderia permitir que os outros percebessem. – Está pronta?

Com o sinal positivo de Blair, ele correu até a beira do laboratório e num gesto veloz apertou o botão vermelho do pequeno aparelho. Surpreendendo Elerossë e os seus capangas, as portas do laboratório deslizaram lateralmente, fechando por inteiro apenas alguns centímetros antes que um deles pudesse chegar até lá. Nick apressou-se, retirou um dos aros da prateleira e, em seguida, entrou na cápsula transparente, deixou as duas mãos repousarem no molde com o formato delas e aguardou Blair fazer a programação. Suplicou em pensamento para que ela acertasse, no fundo sabia que iria dar certo. Porque *já* havia dado. Pelo menos até aquele momento, dali em diante já não sabia se seu retorno iria se concretizar...

A movimentação do lado de fora era notável até para eles, Blair fez os últimos ajustes, concentrada, até que o olhou:

– Se tiver dado certo eu vejo você em trinta segundos na outra ponta da mesa – ela parecia aflita. – Boa sorte!

E apertou o botão de confirmação. Ela manteve os olhos nos de Nick até que ele desaparecesse por completo. Voltou-se de súbito para a entrada da sala, a qualquer momento aquela porta poderia se abrir, ela torcia para que não acontecesse antes que aqueles segundos se esgotassem. Fazia a contagem mentalmente.

– Vinte e Cinco, vinte e quatro, vinte e três... – ouvia-se contar baixinho. Tudo tinha ficado tão silencioso que ela conseguia ouvir a própria respiração pesada. Juntou as duas mãos, apoiando-as sobre os lábios. – Dezenove, dezoito... dezessete... vamos, Nick...

Escutou algo que parecia ser Elerossë dando ordens e mais sinais de agitação do lado de fora. Seu coração deu um salto, aqueles estavam sendo os segundos mais longos de sua vida.

– Treze, doze, onze, dez... – fechou os olhos e contou os segundos que restavam – sete... seis...

E se Nick não reaparecesse?

Quatro.

Será que havia mesmo programado aquele treco direito?

Três.

E se as coordenadas não estivessem corretas e o tivesse mandado para o outro lado do país?

Dois.

A porta do laboratório começou a deslizar, Blair tentou, num instinto, pegar o controle remoto e fechá-la mais uma vez, quando no canto direito da sala, ao lado da mesa, Nick se materializou tão rápido quanto um flash. Blair correu até ele e o abraçou com tanta força que quase o derrubou.

– Funcionou! – ouviu-a falar ao seu ouvido. Se não estivesse tão sufocado por Blair que ainda o apertava ele teria respondido.

Ela só soltou quando as portas do laboratório se reabriram por inteiro. Elerossë apareceu ao centro dela, e os observou com o queixo levemente erguido, o olhar dele era vitorioso. Nick sabia o motivo, ele conseguira reabrir a porta em o quê? Um minuto? Sim, era uma proeza. Não fosse pelo pequeno detalhe de que neste inofensivo um minuto Nick roubara um bem precioso do pai de Cam, viajara em sua máquina do tempo e ele não fazia a mínima ideia disso. Saber que havia, de certo modo, passado a perna em Elerossë dava uma sensação *bem* legal, tinha que admitir.

– Tsc, tsc... jovens! – ele cantarolou para os dois. – Não posso deixar de admirar sua tentativa, na verdade eu meio que esperava por alguma atitude desesperada, tipo essa. Eu nem mesmo vou puni-los por tamanha bobagem! Estão perdoados!

Nick teve que conter uma risada. Era prazeroso demais saber que Elerossë é que era o bobo da história. Cam continuava sob o domínio de três legionários, que faziam o notável esforço para segurá-lo.

– Obrigada – Blair falou com sua voz angelical –, senhor – ela completou, o que pareceu encher ainda mais Elerossë de empáfia.

Blair massageava o ego daquele sociopata. Risível, no mínimo, mas não deixava de ser esperto.

– Venham! Espero que tenham aprendido a lição... – ele se aproximou e trouxe os dois consigo, empurrando-os pelos ombros, como um professor faria com os alunos problemáticos. Deixaram o laboratório e estavam de volta à enorme sala de Elerossë. – Estamos submersos no meio do mar, não há modo de fugir daqui.

Elerossë tinha acabado de desferir aquelas palavras quando Nick percebeu, pela parede transparente, que algo se movia na água. O objeto à medida que se aproximava se tornava maior, maior e maior. Tinha um formato de um submarino, na dianteira uma plataforma circular se projetava. A aproximação da embarcação prosseguiu até colidir com a parede, causando um tremor em toda a estrutura. Nick cambaleou.

No local onde houvera o impacto, o vidro se estilhaçara em um estouro que acabou atirando os cacos longe, gerando uma abertura circular de cerca de dois metros de diâmetro. Aquela não era uma frente simples do submarino. Era a entrada dele. Teve certeza disso quando as duas metades metálicas do círculo se moveram verticalmente abrindo espaço para um corredor onde estavam parados uma dúzia de homens altos e loiros. Era o Comando Estelar.

À frente deles estava uma figura já conhecida de Nick.

– Ireth! – Elerossë exclamou. E sua voz não soara nem um pouco confiante desta vez. Poderia jurar que ele estava até trêmulo.

Ireth já adentrara na grande sala, seguida pelos demais. Eles avançaram até parar a apenas alguns metros de onde Nick estava agora. Havia subestimado a quantidade de homens que haviam chegado. Não se tratava de uma dúzia, mas de dezenas.

– A brincadeira acabou, Elerossë – Ireth disse firme.

Ela não lembrava em nada a mulher impassível e linda da noite tumultuada em que se conheceram. Ainda estava, de fato, belíssima, mas sua expressão era quase de ira. Os trajes que usava, parecidos com os de combate que Cam havia dado a Blair e a ele, ajudavam a conferir a ela um ar de guerreira indomável. De jeito nenhum que

Nick iria querer enfrentar uma mulher daquelas. Podia compreender porque Elerossë balbuciava, a eloquência dele desaparecera por completo.

– Como chegou até aqui, *serpente*?! – ele gritou esganiçado.

– Por *sua* causa – a resposta deixou Elerossë meio transtornado. – Depois da sua fuga, tomamos algumas precauções extras. Todos os membros do Comando possuem dispositivos de localização para o caso de alguma emergência. Devo confessar que estou espantada, para não dizer desapontada, por você não ter desconfiado. Até os terráqueos utilizam essa tecnologia! É conhecida por GPS.

"Ah, essa mulher...", era o único pensamento que passara pela cabeça de Nick.

–Mal-di-ta – Elerossë pronunciou cada sílaba bem devagar, ele estava salivando.

– Você continua um ser encantador, mas estou um pouco sem disposição para trocar elogios – ela ergueu uma das mãos e ordenou aos seus pares: – Resgatem os três e os levem para o submarino! Não vai haver resistência aqui.

Em uma ação ágil, uma dezena de homens tratou de conduzir Cam, Blair e Nick para o lado oposto ao dos Legionários. Para a surpresa de Nick, Elerossë não esboçou nenhuma reação a princípio. Quando se deu conta de que seus prisioneiros estavam fora de seu alcance ele empunhou a lâmina que fora usada para ameaçar Blair e avançou na direção de Ireth, mirando o peito da mulher, porém antes que pudesse atingi-la ela defendeu a aproximação do golpe num movimento veloz com o bastão negro também pontiagudo atirando o punhal de Elerossë para longe. Em uma virada repentina de jogo agora era ele quem estava com uma arma apontada para o seu pescoço.

Bastava Ireth fazer um pequeno movimento para degolar Elerossë, que tremulava feito um moribundo.

– *Por favor*, Elerossë... – ela tinha um tom de descaso. – Batalha Naval nunca foi um dos seus fortes!

Após alguns segundos em que ficou claro que não haveria mais oposição, ela guardou a arma e recuou. Com mais um gesto na mão, o restante da tropa a seguiu de volta ao submarino. Quando estavam todos a bordo, Nick assistiu por uma pequena janela redonda a um enorme jato de água invadir e devastar a imensa sala de Elerossë quando o submarino se afastou. Ele e seus homens fugiram o mais rápido que puderam, e Nick regozijou-se em sussurrar:

– Corra, Forrest, corra!

Capítulo 23
Sem ar

Ireth conduziu Cam, Nick e Blair para a cabine de comando do submarino, que era uma Eleanor ampliada. Bem ampliada, na verdade. Estava mais para uma base móvel, com incontáveis salas de trabalho e aposentos. Meia dúzia de homens loiros estavam nos comandos da embarcação, quando eles adentraram no local. No meio, havia uma mesa circular, ela tomou o lugar central e convidou que os três se sentassem a sua frente.

– Então, como vocês estão? Ele os machucou? Camthalion?

– Estamos bem, ele não fez nada para nos ferir – Cam respondeu.

Ireth quis saber os detalhes a respeito da captura deles, o que Cam explicou com minúcia. Desde quando finalizaram o trabalho na Turquia ao aparecimento dos Legionários com Blair como refém, a rendição deles, a viagem até o esconderijo de Elerossë e a bizarra conversa que tiveram em seu escritório. Ela ouvia tudo com atenção, seu rosto apresentava expressões quase imperceptíveis em reação a alguns pormenores da narrativa. Nick reparara que, pelo menos três vezes, Ireth havia demonstrado uma resposta facial discreta: quando Cam contara sobre a máquina do tempo, a tecnologia de criação dos portais e as esferas do apocalipse.

– Desta vez a excentricidade de Elerossë ultrapassou todos os limites! – foi o que ela disse após escutar o relato de Cam. – Camthalion, é meu dever levar ao conhecimento dos líderes do Comando tudo o que acabou de me reportar. Não poderei encobrir os atos dele desta vez. Tenho que informá-lo que providências severas poderão ser tomadas no intuito de prevenir danos maiores. Estou certa de que entende.

– Eu entendo, senhora – Cam retrucou resignado.

– Agora eu preciso que repasse essas informações para nossos técnicos, para que eles possam estudar e verificar se Elerossë pode estar falando a verdade quanto a essa possível máquina do tempo e aos buracos interdimensionais. Precisamos de um plano de contingência. Vá.

Cam se pôs de pé e após fazer uma reverência com a cabeça retirou-se da sala. Ireth pousou os olhos sobre Nick e Blair que permaneceram onde estavam, ela pareceu analisá-los por um breve instante antes de falar.

– Como vocês dois estão se sentindo?

Nick não conseguia acreditar naquela pergunta. Não mesmo. Era uma pergunta meramente política, afinal de contas ele já tinha reparado bem que os Metharianos não se importavam nem um pouco com sentimentos. Eles nem mesmo sabiam identificar um. Então de que adiantaria Nick responder que estava se sentindo "confuso" ou quem sabe "ansioso", se Ireth não tinha ideia do que isso poderia significar? É claro que ela estava seguindo algum tipo de roteiro de boa convivência com terráqueos. Se era assim, ele seguiria também, era craque nisso.

– Estamos bem, obrigado por perguntar. – falou em nome de Blair também.

– Não tem de que! – ela seguia o roteiro direitinho.

– O que vai acontecer com o pai do Cam? O que vocês irão fazer com ele? Vão matá-lo?

– *Matá-lo*? – Ireth parecia chocada. – Minha querida, não há motivo para fazer tal suposição. Um dos pilares do Comando é o combate a todo tipo de violência. É evidente que Elerossë necessita de algum tipo de medida corretiva, temos sido complacentes com ele desde sua deserção, mas toda essa atitude... capturá-los, ameaçar machucá-la, sem contar os planos controversos... bem... algo precisa ser feito para detê-lo, entretanto, seja lá o que for decidido, acredite, haverá uma deliberação criteriosa e pacífica. Embora deva haver uma punição, não há pena de morte no Conselho de Correção do Comando Estelar.

Para Nick, a explicação de Ireth pareceu bastante razoável, mas não tinha certeza de que Blair havia se convencido.

– Você está preocupada com Camthalion.

– É *claro* que estou – Blair retrucou como se fosse óbvio. – Vocês podem falar que não possuem laços familiares e tudo mais, mas ele está arrasado com tudo isso. Eu vi.

– Estou entendendo... – ela considerou a questão antes de continuar: – Apesar de ser verdade o que acabou de falar, é preciso ressaltar que a falta de laços não é uma unanimidade em Methária. Eu pedi para que Camthalion saísse para que pudéssemos conversar sobre isso, inclusive. Em nossa sociedade, há um grupo seleto de homens e mulheres que resolvem se tornar instituidores. Ou pais, como vocês costumam falar. Essas pessoas passam por um processo criterioso em que são avaliados inúmeros aspectos de sua personalidade, hábitos, interesses, para identificar se possuem a aptidão adequada para instituir um outro ser vivo. Quando são consideradas aptas, essas pessoas são unidas não por vínculos sentimentais, mas pela sua compatibilidade genética. Um algoritmo é responsável por indicar os pares de instituidores. Após a copulação, eles podem ou não formar um vínculo contínuo, uma família. O mais comum é que os recém-nascidos sejam criados em um lar de cuidadores onde recebem a melhor assistência para se transformarem em cidadãos. Elerossë e Tinúvion, porém, optaram por manter o vínculo. Eles instituíram Camthalion sob o seu próprio teto e tinham o que vocês bem conhecem como família. Ambos eram membros do Comando, migraram para a Terra, e passaram a desenvolver um trabalho voltado para a pesquisa científica.

– O que aconteceu? – Blair indagou.

– Tinúvion adoeceu. Um vírus letal, para o qual não tínhamos cura, nem mesmo em Methária, a levou à morte em menos de uma semana. O pequeno Camthalion tinha apenas dez anos, foi um acontecimento muito inesperado. A partir daí, Elerossë perdeu o controle sobre si mesmo. Ele culpou o Comando por não se antecipar a essa epidemia, que matou não apenas a ela, mas um número enorme de terráqueos. Elerossë elaborou sua própria teoria conspiratória, para ele o Comando não só possuía a cura para aquela febre como havia sido o responsável por espalhar o vírus e assim aplicar uma medida drástica de contingenciamento do crescimento populacional na Terra. Quando não encontrou nenhuma evidência sequer que pudesse fundamentar esse disparate, ele passou a alegar que possuíamos, escondida em alguma de nossas bases, uma máquina do tempo. Ele exigiu que deixássemos que usasse essa suposta máquina para que pudesse voltar no tempo e salvar a vida de Tinúvion.

Naturalmente, isso não passava de mais um de seus devaneios. Tal máquina jamais existiu, mas de dentro de sua paranoia Elerossë não acreditava e insistia em negar os fatos. O comportamento dele era anormal para qualquer um de nós, não estamos acostumados com esse tipo de emoção exacerbada, achamos que pudesse estar doente também, o isolamos para tentar buscar um modo de fazê-lo melhorar. Mas Elerossë não estava doente... os anos de vivência na Terra fizeram despertar nele as mais diversas formas de sentimentos... sem perceber, ele foi tomado por emoções fortes demais com as quais não sabia lidar: amor, perda, saudade, ódio. O seu ódio acabou sendo canalizado contra o Comando. O pequeno Camthalion tinha apenas doze anos quando Elerossë, após muito lutar contra o

Comando e tomado pela cólera, desertou. Foi mais um choque, o garoto ficou arrasado, ele venerava o pai, mas não concordava com a obsessão de Elerossë e muito menos com sua mania de perseguição, de que o Comando fora, de alguma maneira, responsável por todas as tragédias que lhe aconteceram. Camthalion recusou-se a ir com o pai, poucos dias após a deserção ele filiou-se à Liga Juvenil do Comando e escolheu dedicar-se à causa. Seu desempenho e dedicação foram tão extraordinários que ele se tornou, com honras, o mais jovem protetor de um canal Maldekiano. E tenho que admitir que não possuo nenhuma queixa quanto ao trabalho que ele vem desempenhando. Entretanto... os acontecimentos de hoje podem afetá-lo negativamente, o que é preocupante.

– Por quê?

– Ele e Elerossë não se viam desde a separação, cinco anos atrás.

– Cam não sabia no que o pai havia se tornado? – Ireth teve um leve sobressalto ao ouvir o nome abreviado de Cam ser pronunciado por Blair.

– É claro que sabia – respondeu Ireth. – Mas esta foi a primeira vez que os dois se reencontraram e há uma quantidade considerável de ressentimento envolvida, em ambas as partes. Eu, honestamente, não sei o que isso pode desencadear na mente de Camthalion.

Essas últimas palavras pareciam terem sido pronunciadas em uma velocidade de câmera lenta para Nick. Tinha os olhos focados nos lábios da mulher quando sentiu uma tontura e em seguida uma fisgada que parecia vir do centro de seu crânio. De súbito, a imagem de Ireth se desfocou e a visão de Nick deslizou por um túnel negro até que ele se viu deitado em uma cama. Alguém estava debruçado sobre ele, não conseguia enxergar seu rosto, pois uma luz forte no teto o impedia de ver algo além de um vulto.

Nick tentava se pôr de pé, mas uma mão pesada lhe agarrou o pescoço e o empurrou de volta para seu leito. A mão não só o impedira de se levantar como agora o esganava, apertava seu pescoço com uma força descomunal. Nick tentou reagir afastando o braço que o prendia, era inútil, fosse quem fosse possuía uma força muito superior a dele. Sentiu o ar lhe escapar, empenhava-se para inspirar um mínimo de oxigênio, estava se tornando cada vez mais difícil, cada vez mais apertado, cada vez mais escuro, uma lágrima escorreu pela lateral de seu olho antes que perdesse por completo a força para mantê-lo aberto, já não mais lutava, sentiu-se esmaecer.

– Nick?

Nick ouviu uma voz distante, quase um eco de tão remoto. Escutava seu nome ser chamado mais uma vez quando, de repente, sua visão foi sugada por uma outra forte pontada na cabeça. Então, como num toque de mágica, a cena em que era esganado desaparecera e ele estava de volta à mesa, sentado diante de Ireth. Voltou a sentir o ar penetrar em seus pulmões e teve um acesso de tosse em reação ao sufocamento que acabara de experimentar. Suas bochechas estavam úmidas, lágrimas haviam escorrido.

– Ei, Nick?? – Blair o sacudia pelo braço. – O que você tem??

Ele ofegava, ainda tinha a sensação real de ter sido estrangulado até perder os sentidos, seu coração estava acelerado. Ireth e Blair o olhavam, esta última apreensiva, enquanto aguardavam uma resposta. Nick tentou recuperar o ritmo normal da respiração, pigarreou a garganta, que, por sinal, doía como se tivesse inflamada.

– N-nada – falou meio rouco. – Eu só... estou com um pouco de dor de cabeça... enjoado. Acho que não dormi o suficiente na noite passada. Deve ter sido isso.

Blair assumiu uma expressão desconfiada, de jeito nenhum que ela havia acreditado nessa, e Nick sabia disso. Ele devolveu o olhar para ela, tentando estabelecer uma comunicação silenciosa. Seu olhar dizia: não fale nada. Não fale nada *agora*.

– Nós tivemos um dia muito difícil, acho que ele está muito cansado – disse Blair mirando Ireth.

–Estou vendo – Ireth fez uma pausa, em que analisou Nick de forma minuciosa. Ele ainda engolia a própria saliva com dificuldade. A mulher permaneceu mais um instante em silencio até que cedeu: – Você tem razão, devem estar exaustos. Chegaremos ao quartel-general em minutos, lá vão poder descansar e guardar energias para seguir em frente. Podem voltar à cabine principal para se preparar para a subida.

Nick ainda estava zonzo quando levantou, apoiou-se em Blair de modo que Ireth não percebesse e partiu em passos lentos para fora. Mal deixaram a cabine de controle, Blair o interpelou:

– O que está acontecendo, Nick?? O que houve?

Ele esfregou os olhos com as mãos e voltou a tossir, encostou-se à parede e respirou o mais fundo que pôde.

– Alguém vai tentar me matar, Blair– sua voz saiu grave.

– O quê?! Por que acha isso?!

Nick refletiu por um segundo, dizimou quaisquer dúvidas que pudessem restar, se havia alguém para quem poderia contar aquilo, era Blair. Aproximou-se dela devagar e confessou:

– Eu tive uma visão.

Capítulo 24
Cerúleo

Blair tomou a precaução de afastar Nick da cabine de controle, ela o amparou até a cabine maior, que Ireth os havia indicado para irem e aguardarem o término da viagem. Chegando lá, acomodaram-se em duas poltronas lado a lado, dentre uma fileira que ficavam encostadas à lateral esquerda do submarino. Ao centro e ao lado direito, estavam as dezenas de homens que acompanharam Ireth no resgate deles, grande parte deles conversava em um idioma que Nick e Blair não reconheciam. Os dois poderiam conversar com certa tranquilidade, não seria fácil ouvi-los já que um burburinho ocupava o ambiente.

– O que você quer dizer com "visão"? – Blair perguntou tão logo sentaram.

– Eu quero dizer que... – ele titubeou, procurando palavras – eu estava sentado lá e... e eu vi. Não, não é que eu vi, eu *fui até lá*, é como se tivesse acontecido, eu senti, foi muito real.

– Você foi aonde?

– Eu não sei onde era – Nick sabia que estava soando atrapalhado e sem sentido, mas era algo realmente difícil de explicar. Ele respirou fundo. – Certo, deixe-me ir por partes: eu estava sentado conversando com vocês e um segundo depois eu não estava mais lá. Eu estava deitado em uma espécie de cama e alguém tentava me matar, me estrangulando. Eu tentei escapar, mas não consegui, foi então que você me chamou e eu voltei.

– Quem tentava matar você?

– Eu não consegui ver o rosto – ele lamentou. – Havia uma luz forte no teto, bem na minha direção, eu só consegui ver um vulto.

Blair o olhava com atenção.

– Você acha que foi algum tipo de premonição?

– Foi mais que um pressentimento ruim, Blair. Você não está entendendo... eu estava lá. Estou meio sem ar até agora. É como se eu estivesse mesmo lá – falou mais baixo.

– Em algum momento no futuro?

– Sim! Talvez... eu não sei.

– É a primeira vez que isso acontece?

Não era a primeira vez. Ele se recordava muitíssimo bem da primeira vez que tivera aquela experiência, fora apenas há alguns dias, enquanto conversava com Blair, quando a viu se atirar de um precipício. Assim como a cena de minutos atrás a primeira visão havia parecido extremamente real. Embora ele não conseguisse imaginar que circunstâncias levariam Blair a tomar uma atitude dessas estava convencido que aquela fora também uma visão.

– Sim – Nick mentiu. Considerou desnecessário mencionar que em suas visões não só ele estaria morto, mas ela também.

– Você não acha que pode ser só uma alucinação? – Blair tentou. – Você tem passado por muita coisa ultimamente, Nick...

– No começo, eu pensei que sim, mas...

– No começo?

"Isso mesmo, como assim 'no começo', Nick?", ele se puniu mentalmente.

– Sim, quando começou, parecia uma alucinação, mas depois que percebi o quanto estava realista...

Nick parou de falar quando se deu conta que Blair deveria estar achando que ele estava surtado. Se ela soubesse que era algo recorrente talvez o compreendesse, mas ele não queria de jeito nenhum revelar o conteúdo do que vira na última vez e tampouco queria aumentar a mentira contando algo diferente do que vira.

– Nick, se foi mesmo uma visão do futuro... – ela começou – você pode evitar que aconteça. Ou ao menos tentar.

Blair mirou-o com uma expressão afável, visivelmente tentando tranquilizá-lo, convencê-lo de que tudo daria certo. O que o fazia lembrar com mais intensidade que uma de suas terríveis visões a envolvia de maneira fatal. "Não basta tentar. Eu *tenho* que evitar", ele pensou.

– Além do mais, tem o Cam e eu. Enquanto estivermos por perto não vamos deixar que alguém mate você. Nunca.

Ele sabia que Blair estava sendo sincera, porém a realidade é que não estava tão preocupado com ele próprio, mas, sim, com ela. O desfecho da visão que tivera de si mesmo ainda era incerto, tinha certeza de que alguém tentaria matá-lo, quanto ao êxito ele não tinha como saber. Já no caso de Blair, a visão fora clara, ela iria até o fim.

– Eu sei – ele falou ainda pensativo.

O assunto foi interrompido pela chegada de Cam que se juntou a eles no momento que se aproximavam do quartel-general. Nick percebeu que ele tinha um semblante um pouco mais entusiasmado do que quando os deixara com Ireth.

– Estamos quase lá! – disse sentando-se em uma poltrona à frente.

– Onde exatamente é "lá"? – quis saber Blair.

– Nossa casa – e ao dizer isso a expressão de Cam se iluminou. Ele apontou para a janela ao lado de onde Nick estava sentado, o submarino acabava de emergir revelando a paisagem paradisíaca a que tinham chegado.

– Uau – Nick deixou escapar ao pôr os olhos no lado de fora da embarcação onde havia uma praia de águas cristalinas e areia branca, rodeada de coqueirais que pareciam milimetricamente plantados, projetando uma sombra infinita para quem por lá passasse.

– Vamos, é hora de desembarcar!

Cam apressou-se em levantar, foi seguido por Blair e Nick, em alguns minutos eles subiram até o que agora era um convés, já haviam atracado em um pequeno porto na costa. Acompanharam Cam, desceram por uma rampa para o píer e adentraram a ilha. Toda a extensão da praia era repleta de pequenas construções à beira mar, que lembravam chalés, havia dezenas deles, e não se limitavam à praia. Estavam dispostos em fileiras, ilha adentro, formando uma espécie de vila.

A movimentação de pessoas era intensa, pela primeira vez Nick pôde observar Metharianos de todas as idades, homens, mulheres, crianças, adolescentes, todos não uniformizados, algo inédito para ele. Até então só tinha sido abordado por soldados, como Cam. Aquela diversidade o fazia ter a sensação de estar em alguma ilha de veraneio. Ao seguirem adiante, por entre os coqueirais, chegaram à construção maior, que olhando de fora nada mais era que um grande *resort*, bastante comum em ilhas turísticas.

– Este é o quartel-general mais legal de todos os tempos – ele comentou para Blair no instante em que atravessaram a grande porta de entrada, no topo era possível ler: Paraíso Azul.

– Estamos em uma ilha, no Oceano Atlântico, que apesar de particular é visível para navios, aeronaves, radares, por isso, para todos os efeitos, trata-se de um hotel de altíssimo luxo. No lado sul da ilha, há heliportos e pistas de pouso e decolagem. Ao todo, há mais de quinhentos aposentos sem contar os do prédio principal e os menores espalhados pela ilha e na praia. Todas as operações táticas do Comando são elaboradas, monitoradas e supervisionadas nos dez andares que estão construídos no subsolo. É, sim, o quartel mais legal de todos, pode ter certeza – Cam explicou orgulhoso.

– Estou vendo que Camthalion já lhes fez uma pequena apresentação do que temos aqui – Ireth disse ao encontrá-los no meio do que deveria ser o saguão. – Eu adoraria os conduzir por uma visita guiada pelo *Cerúleo*, mas temo que irei apenas entediá-los com uma lista infindável de pormenores que parecem existir para que possamos apenas nos gabar. Ao invés disso, vou pedir para que um dos nossos valetes os acompanhem aos aposentos que preparamos para que vocês possam descansar.

Nick quis dizer que adoraria a tal visita guiada, porém lembrou-se que pouco tempo antes queixara-se a Ireth do quanto estaria cansado. Então ele apenas assentiu.

– Você também, Camthalion – ela mirou o rapaz com um olhar censurador. – Eu exijo que se recolha aos seus aposentos e repouse durante o resto do dia. Um grupo de defensores está trazendo sua nave para a Ilha e uma vez que estejam todos devidamente recuperados terão autorização para seguir viagem. Até lá, eu conto com a sua colaboração para que não haja extravagâncias.

– Sim, senhora – Cam, mais uma vez, a reverenciou de leve com a cabeça.

– Todos serão bem-vindos mais tarde ao grande salão, se assim quiserem. Haverá a nossa tradicional comemoração ao Dia da Glória.

– Dia da Glória? – Blair indagou.

– O dia do nascimento de Ashtar Sheran, principal instituidor do Comando Estelar. É como o natal para os cristãos – explicou Ireth. – Espero que se sintam dispostos e desçam logo mais. Será uma honra para nós.

– Obrigado – Nick falou de modo cortês.

Ireth despediu-se após dar instruções a um dos funcionários do local. O rapaz, que usava um uniforme de cor púrpura, típico de recepcionistas, os conduziu até o elevador que ficava ao fundo do hall de entrada. Eles subiram até o sétimo andar, chegando lá percorreram um longo corredor até serem deixados em três quartos lado a lado. Ao entrar, Nick ficou embasbacado, o quarto além de enorme tinha uma decoração futurista impressionante: havia luminárias em formato de orbe flutuando próximas ao teto, tapetes felpudos que brotavam do chão cada vez que dava um passo adiante e móveis com dimensões e contornos singulares em tons de branco e cinza cromado.

Ele contornou a cama, passando a mão sobre o lençol que parecia emitir uma luminosidade, o tecido era extremamente macio, teve a sensação de que era tocado de volta quando deslizou os dedos por ele. Do outro lado, encontrou uma sacada que tinha vista frontal exuberante para o mar. Quando estava a um passo, o vidro se abriu automaticamente lhe dando acesso ao lado de fora. Ele saiu e aspirou o ar advindo das águas, a visão era sensacional.

Passou alguns minutos observando o oceano, e refletindo sobre o quanto parecia infinito e calmo. Na realidade, dali tinha a sensação de que estava em um outro mundo, apartado de tudo o quanto conhecia, onde não havia problemas, discórdia, preocupações, dali tudo parecia apenas perfeito. Entendia porque os Metharianos escolheram um lugar como aqueles para construir seu quartel general. Ali estariam perto e ao mesmo tempo longe, muito longe da terra e do que ela representava.

Retornou para a suíte e jogou-se na cama. De imediato, uma película se materializou no vidro da sacada fazendo com que a luz do sol não mais penetrasse no quarto, que passou a ficar numa penumbra a qual Nick não resistiu. Fechou os olhos e permitiu-se adormecer.

Apesar das horas conturbadas teve um sono tranquilo, com sonhos leves, quando acordou já caía a noite. Assistia ao sol se pôr na varanda, sentado em uma espreguiçadeira, quando ouviu um toque suave de alerta ecoar. Levantou-se e procurou a origem do som. Um painel semelhante a uma tela de TV havia se iluminado na parede diante da cama. Nick foi até lá e reparou que havia uma mensagem em letras vermelhas piscando que dizia: "Você tem uma nova entrega. Toque para aceitar". Sem hesitar ele tocou a tela com o indicador direito, um compartimento ao lado da mensagem se abriu. Lá dentro havia uma muda de roupa e um par de sapatos com um envelope em cima.

"*Venha se estiver se sentindo melhor.*

Ireth"

Nick examinou as roupas e viu que era um traje social no seu tamanho exato, a calça era preta, havia uma camisa branca e um colete em um tom de azul marinho. Ele tomou um banho espetacular – a tecnologia das duchas do banheiro Methariano era algo que, sem sombra de dúvidas, deveria ser difundida para todo o planeta Terra, – e aprontou-se com a roupa mandada por Ireth.

Penteou o cabelo para trás, como sua mãe costumava fazer sempre que tinham algum evento que exigia um traje de gala. Cerca de uma hora depois estava cem por cento pronto, não sabia direito como deveria fazer para chegar até a tal comemoração, mas imaginou que descer seria o primeiro passo. Olhou-se mais uma vez no espelho e saiu. Quando fechava a porta, notou que a do quarto ao lado também se abrira e lá de dentro saiu uma jovem, ela usava um vestido também azul, mas num tom turquesa escuro, o colo e os ombros eram cobertos por um tecido rendado na frente e atrás um decote em formato de V, a saia ia até o joelho, tinha um brilho acetinado e duas pregas que a deixavam ligeiramente rodada.

– Blair...?

Ela terminou de fechar a porta e se voltou para encará-lo. Nick já sabia que Blair estava no quarto ao lado do seu, mas ao vê-la de relance usando uma roupa tão sofisticada fez, por um segundo, com que ele achasse ter visto uma outra pessoa. Os cabelos dela estavam ondulados, pareciam até estar mais macios, e ela estava usando um pouco de maquiagem também. Quanta diferença! Era muita informação, até mesmo para ele. Nick se aproximou, nem percebeu que estava com um leve sorriso nos lábios, Blair por outro lado parecia nervosa. Parou a menos de um metro dela, bem menos.

– Você definitivamente deveria considerar essa cor nas suas escolhas futuras. Eu falo sério – disse ele com as mãos nos bolsos.

Ela esboçou um sorriso com os lábios, contido apenas com a potência o suficiente para fazer destacar as duas linhas que contornavam a parte inferior das bochechas e deixar à mostra duas minúsculas covinhas embaixo delas. Nick ficava impressionado com a capacidade que as garotas tinham de fazer tanta coisa com expressões aparentemente tão pequenas.

– Devo ter algum pulôver nesse tom – foi o que ela retrucou.

Nick sacudiu a cabeça: – Aprenda alguma coisa com essa civilização de inteligência superior, *por favor*.

– Eu pensei que você estivesse falando da *cor*.

Ah, é, as garotas adoravam fingir que não haviam entendido direito as coisas, ainda mais quando se tratava de um elogio. Fingir que não entendeu para ganhar um confete extra. Estava prestes a retrucar algo quando foram interrompidos por Cam, que acabara de deixar seu aposento. Ele usava uma roupa muito similar à de Nick, apenas a calça parecia ser também em um tom de azul marinho, e não preta como a sua.

– Já estava indo chamá-los para saber se gostariam de se juntar a nós na celebração... – Cam vinha ao encontro deles, mas quando bateu os olhos em Blair pareceu desistir. Como estavam de frente, Nick percebeu que Cam a observava de cima a baixo, meio balbuciante. – Eu não sei bem o que dizer agora.

Nick virou os olhos num suspiro baixo, foi quase involuntário.

– Na dúvida, melhor não dizer nada, cara.

– Nick! – Blair usou aquele tom de reprovação.

– O quê? – ele abriu os braços em esquiva.

– Blair, sua aparência está deslumbrante – foi o que Cam falou. O sorriso de Blair dessa vez tinha muitos, muitos dentes, todos os dentes. E covinhas bem maiores. Os dois ficaram naquela troca de olhares que não parecia ter fim, Blair com um sorriso contentíssimo e Cam todo embasbacado. Era um troço de embrulhar o estômago.

– Obrigada, Cam... você também. Quer dizer, está muito elegante.

O mundo acabando e esses dois nessa rasgação de seda. Como pode?

– Que *meigo* vocês dois – Nick interrompeu. – Podemos ir?

Ele nem esperou resposta deles, mas Blair ainda estava com aquele sorrisão quando entraram no elevador e Cam, que já tinha cara de bobo, estava bobo vezes infinito. Nick só queria comer, só podia ser fome que o estava deixando tão enervado de uma hora para outra. Só podia.

Capítulo 25
Baile da Glória

Usar o termo "salão" para definir o local onde estava sendo realizada a comemoração do Dia da Glória era o cúmulo da modéstia. Aquilo que eles definiam como salão mais parecia o *Grand Central Terminal* de Nova York. O teto tinha forma de abóbada e tinha muitos metros de altura, nem saberia estimar quantos, dele desciam estruturas finas em azul neon, que pareciam de gelo, e iluminavam todo o ambiente. Havia dois níveis, o central, onde estavam, e o superior, que percorria as quatro laterais do lugar.

Espalhados por todos os lados estavam "ilhas", onde homens e mulheres cozinhavam pratos, de diversos tipos de culinária, aparentemente, e um outro grupo a distribuía nas inúmeras mesas e balcões instalados no "salão". Ao fundo, onde estava um palco, havia apresentações de acrobatas e malabaristas. Uma música também ecoava, logo Nick se deu conta de que havia uma banda no palco, tocando um som para lá de psicodélico, porém bastante interessante, na opinião dele. Sempre que havia um intervalo da apresentação da banda principal, hologramas de músicos famosos da Terra eram projetados e iniciavam shows com canções bem conhecidas, em vários pequenos palcos no local.

Não era lá muito bom em contas, mas se tivesse que chutar diria que havia, facilmente, mais de mil pessoas ali. O que mais o surpreendeu foi o fato de que nem todos possuíam o mesmo biótipo de Cam e Ireth. A maioria sim, era alta e loira, com olhos bem claros, mas havia pessoas de diversos tipos e raças, negros, asiáticos, no fim das contas ele e Blair não estavam tão em destaque quanto ele imaginou que estariam.

– Cam, todas essas pessoas são de Methária? – Blair perguntou, após certamente ter os mesmos pensamentos que Nick.

– Não, nem todos. Há membros do Comando dos mais diversos planetas, e há também alguns terráqueos que se associaram. É nossa maior confraternização anual, não podemos contar com todos aqui, o que é uma pena, mas os que podem acabam vindo. Vocês gostariam de comer alguma coisa?

– Sim, por favor! – Nick respondeu de imediato.

O cheiro de comida que vinha de todos os lados o estava deixando até zonzo. Nem mesmo sabia que tipo de comida estava sendo feita ali, mas o aroma era sensacional. Notando sua empolgação, Cam os conduziu até uma tenda do lado oposto ao que estavam, lá os chefs flambavam o que Nick achou serem cogumelos, em seguida serviam junto com alguns temperos e espaguete. Só o perfume já fazia o estômago de Nick roncar. Cam retirou dois pratos e entregou um para Blair e outro para Nick.

– O que é isso? – Blair quis saber.

– Provem, vocês vão gostar.

Nick nem precisava do incentivo dele, já dava a primeira garfada, sem a menor frescura. O macarrão, ou o que esperava que fosse um macarrão, tinha uma textura bem mais firme do que a de uma massa comum, também era mais saboroso, e os cogumelos lembravam muito a pedaços de carne. Ele achou o prato tão estupendo que o devorou em questão de minutos. Blair, ao que tudo indicava, também apreciara bastante o prato, é claro que ela comia com bem mais calma do que Nick, ainda assim sua satisfação era perceptível.

– É uma delícia! O que é? – ela perguntou após algumas garfadas.

– Erestor, uma carne bem popular em Methária, e como acompanhamento há finos pedaços de Amrod. É um dos meus pratos favoritos.

– Essa comida veio lá do seu planeta até aqui? – Nick de repente pensou que aquilo poderia não ser muito higiênico.

– É claro que não, é uma viagem muito longa. A ilha tem várias colônias que criam animais e cultivam algumas coisas típicas de Methária.

– Isso não é perigoso? Quer dizer... as pessoas não podem desconfiar? E se um desses animais escapar?

– Na verdade, já aconteceu. Alguns erestores escaparam de uma de nossas ilhas no Pacífico. Um deles acabou chegando morto à costa, houve um certo frisson por se tratar de uma aberração para os olhos terráqueos, meia dúzia de jornais bizarros publicaram a respeito, mas em alguns dias todos já haviam esquecido. Acharam se tratar de algum animal com alterações genéticas. Os cientistas da Terra sempre acham uma explicação conservadora para esses acontecimentos que no fim nos poupam de dar maiores explicações ou mesmo de nos preocuparmos. Eles preferem achar que se trata de algum cachorro com um DNA defeituoso do que ao menos considerar que seja um alienígena. É inaceitável para eles. Recusam-se a olhar fora da caixa. Aqui, tomem um Finarfin!

Cam pegou duas taças com o garçom que passara por eles naquele instante. Nick obedeceu, mais uma vez sem questionamentos. A bebida era refrescante e adocicada na medida certa, sabia que era o suco de alguma fruta, apenas não tinha a mínima ideia de que fruta era essa.

– Isso é fantástico, cara! – disse Nick após vários goles. Notou que Cam ficara deveras contente com o comentário. – Posso comer mais um pouco desse Iretor?

– Erestor – Cam o corrigiu com um sorriso complacente. – E, claro... pegue o quanto quiser, Nick.

Tanto ele quanto Blair acabaram repetindo o Erestor. A carne era divina, suave, porém com um tempero diferenciado, não chegava a ser apimentado, mas sem dúvida havia um toque marcante. Cam estava prestes a lhes fazer provar um doce típico de Methária quando no palco principal a figura imponente de Ireth tomou destaque. Usando algo parecido com um microfone, fixo no palco, ela se dirigiu aos presentes em um comovente discurso de boas-vindas. Após o cerimonial básico, em que ela agradeceu a presença de uma penca de pessoas vindas de lugares os quais a maioria ele nunca ouvira falar, Ireth direcionou-se a todos com uma voz firme e ao mesmo tempo emocionada. O que, diga-se de passagem, impressionou Nick, pois em todas as vezes que esteve perto daquela mulher nunca conseguira notar uma manifestação considerável de emoção. Suas expressões tinham apenas pequenos e breves lampejos de sentimento. Naquele palco, entretanto, a voz de Ireth chegava até a oscilar. A oscilação era quase imperceptível para leigos, mas para ele que tanto havia sido marcado pelo sempre tom severo e calculado que ela usava era uma diferença evidente.

– A noite de hoje é mais que uma simples celebração de aniversário. Nós celebramos não apenas o nascimento de Ashtar Sheran, mas o surgimento de um líder, de um ideal, daquele que impulsionou e uniu todas as raças humanas sob um sonho: redenção. Esta noite é um agradecimento. Por Ashtar Sheran nos ter dado o mais valioso dom de todos, a esperança. A esperança de que as raças humanas podem cooperar, andar lado a lado e atingir a prosperidade de seus povos. Obrigada, Ashtar Sheran, por nos dar esperança para seguir em frente – ela ergueu a taça que tinha em mãos. – Vamos festejar! *Valandi*!

A multidão respondeu uníssona com os copos e taças erguidos: – *Valandi*!

E a música voltou a ecoar no grande salão cerúleo. Nick acompanhou Ireth com o olhar o quanto pôde, até que ela desaparecesse entre os presentes. Ainda estava ressabiado com o comportamento dela, que em sua opinião era bem atípico. Mais cedo, Ireth descrevera um indivíduo de Methária que fora dominado pela cólera, pelo amor, e pela vingança, Elerossë, pai de Cam. Por mais que tivesse sido levado a acreditar que os Metharianos não tinham sentimentos, tanto a narrativa de Ireth quanto algumas atitudes esporádicas de Cam e até mesmo o comportamento atual dela mostravam o contrário.

É claro que eles tinham sentimentos. Não possuíam, de fato, habilidade alguma para compreendê-los ou para lidar com eles. Elerossë tornara-se em um maníaco e Cam agia de maneira extremamente atrapalhada ao ser abalado por novas sensações. A única que parecia, ao contrário dos demais, ter completo domínio sobre suas emoções era Ireth. Ela disfarçara com maestria suas reações. Seu único deslize fora aquele discurso, em que Nick, tinha certeza, ouviu-a tremer. Mas ele era o único capaz de notar esta diferença. Para os demais nada havia de anormal, ela continuava no controle.

Nick sabia que não era bem assim. Algo estava perturbando aquela mulher. O que poderia ser?

Capítulo 26
Passo Dyatlov

Segundo a tradição, a festa do Dia da Glória duraria a noite inteira e emendaria na manhã seguinte em um *brunch*. Foi com certo pesar que um pouco depois da meia noite Nick foi convidado a se retirar do grande salão por Cam, que os avisou que deveriam se preparar para partir. Deveriam tentar dormir por mais algumas horas antes de saírem bem cedo. Apesar da resistência, sabia que o descanso era necessário, no período em que ficaram na festa ele e Blair dançaram alguns sucessos de artistas que ambos adoravam e ainda arriscaram alguns passos na dança típica de Methária, a Tarí, que lembrava uma quadrilha, porém com traços das danças europeias do século XIX. Ele nem conseguia se lembrar da última vez em que se divertira tanto. Havia até esquecido do quão difíceis seriam os próximos acontecimentos.

Ainda era madrugada quando bateram à porta do quarto de Nick, ele já estava desperto. Encontrou Cam no corredor, Blair juntou-se a eles em seguida e os três desceram pelo elevador a um andar no subsolo. Lá foram recebidos por um homem cortês que os levou por um longo túnel ao um galpão fora do prédio principal do quartel. Lá a Eleanor os aguardava, pronta para mais um voo. Para o espanto de Nick, Ireth estava no galpão, não mais usava o vestido de gala, mas um dos típicos uniformes do Comando.

– Bom dia – disse ela, embora não houvesse um raio de sol sequer do lado de fora –, eu vim pessoalmente cuidar para que esteja tudo certo na saída de vocês. Durante todo o dia de ontem, nossos técnicos investigaram as informações obtidas por vocês no esconderijo de Elerossë.

– Vocês descobriram algo? – Cam indagou.

– Em relação às esferas, nosso pessoal não conseguiu obter respostas conclusivas sobre a natureza do que Elerossë pode ter criado. Seria preciso investigar e periciar um desses objetos para ter uma ideia do que se tratam, sem isso é impossível ter certeza se ele logrou êxito em desenvolver um mecanismo capaz de abrir portais equilibrados o bastante para viabilizar a viagem para o mundo perdido ou não – Nick e Blair se entreolharam de forma discreta. – Acreditamos que Elerossë deve prosseguir com seu plano de carregar suas esferas, entretanto não achamos que haja matéria exótica o suficiente para isso nos três portais que restam. Ainda assim, é mister que vocês concluam a missão o quanto antes. Se estivermos errados e ele conseguir teremos um problema talvez até maior que os Maldekianos. Não se esqueçam também que nosso tempo está se esgotando. Não temos mais margem para imprevistos como os de ontem, então concentrem-se. Todo o comando está contando com vocês, estaremos os monitorando todo o tempo. Boa sorte.

Ireth já saía quando Cam a fez voltar-se para eles: – E quanto à máquina do tempo?

A pergunta a fizera hesitar por um breve instante.

– Nós temos sérias dúvidas de que tal engenhoca funcione. Sabemos qual o principal motivo de Elerossë se dedicar a esse projeto, *você* sabe Camthalion. Ele quer de alguma maneira mudar o passado e evitar a morte de Tinúvion – Cam teve um leve sobressalto ao ouvir o nome da mãe. – Além das evidentes limitações científicas para essa criação temos a maior prova de que não funciona no fato de ele não a ter salvado. O mais provável é que o acontecimento com o camundongo se trate de algum truque dele para captar a atenção de vocês e encantá-los. Nada além disso – Cam ainda não parecia convencido por completo, ouvi-la falar abertamente sobre a mãe tinha mexido mesmo com ele. Ainda assim meneou a cabeça num gesto de aceitação. Ireth então finalizou: – Tenham uma boa viagem.

Ela deixou-os antes que pudessem dar alguma resposta, desta vez não houve tempo sequer para a habitual reverência de Cam, que acabou ficando desapontado. Nick sabia que Ireth estava mentindo. Primeiro porque sim, havia ele próprio constatado que a máquina do tempo de Elerossë funcionava com perfeição. Segundo que Elerossë precisaria ter feito um pós-doutorado com David Copperfield para ser capaz de um truque tão real quanto o do camundongo.

A questão é que Nick não acreditava, de jeito nenhum, que aquela era a real conclusão dela. Ireth estava mentindo para Cam. Ela queria que Cam acreditasse ser apenas uma fantasia estapafúrdia a ideia de Elerossë conseguir salvar Tinúvion, ou seja, sua real intenção era dirimir quaisquer traços de esperança que Cam pudesse ter de reaver sua família. Por mais ambiciosa que fosse o plano de Elerossë, Nick não conseguia ver outra característica na atitude de Ireth além de crueldade.

Cam embarcou na Eleanor resignado. Nick entrou ao lado de Blair, cochichou para ela:

– Nós precisamos contar a ele – os dois entraram no cômodo lateral para se trocar.

– Você leu minha mente, só não sei como ele vai reagir. Não tem jeito de contar sem mencionar o modo como descobrimos que a máquina funciona. Acha que ele pode tentar nos impedir?

– Não é impossível. Ele idolatra o Comando, chega a ir contra o próprio pai. Está certo que o cara é um pirado, mas mesmo assim...

– Talvez se souber que essa mulherzinha detestável está mentindo ele abra os olhos.

– Acho que temos que esperar o momento certo...

– *Apressem-se! Temos que ir!* – ouviram Cam chamar do lado de fora.

Nick e Blair interromperam a conversa e trocaram-se o mais rápido possível. Minutos depois estavam em seus lugares ao lado de Cam. Eles levantaram voo e deixaram o hangar do Cerúleo em altíssima velocidade.

– Então... – Cam falou quando a Eleonor já funcionava em piloto automático – acho que devemos conversar sobre algumas coisas sobre este lugar que estamos indo. Kholat Syakhl, na Rússia.

– A Montanha dos Mortos? – Blair completou.

– Precisamente. Em 1959, um grupo de montanhistas russos montou uma expedição para chegar ao topo da Montanha Otorten, também nos Montes Urais. Eles eram bastante experientes nesse tipo de excursão, eram liderados por Igor Dyatlov, que os guiou pela subida de um pequeno morro, e depois na descida até um vale onde estocaram mantimentos para a volta. Em seguida, o plano era simples, atravessar o passo e acampar durante a noite do outro lado, que já deveria ser a base de Otorten. Entretanto, uma grave piora do tempo fez com que eles acabassem se perdendo da rota planejada, ao invés do passo de Otorten eles chegaram a uma outra montanha Kholat Syakhl. Quando perceberam o equívoco decidiram montar acampamento ali mesmo, no declive de Kholat Syakhl, que em Mansi, idioma da tribo local, significa a Montanha dos Mortos.

Dyatlov havia estimado que a duração da expedição seria de dez dias, quando combinou de telegrafar a seu clube esportivo, porém os dias se passaram e seus colegas não receberam a mensagem. Consideraram que algum imprevisto, talvez o tempo, tivesse causado o atraso, esperaram mais uma semana. Nada. Só então as buscas se iniciaram. O acampamento do grupo só foi encontrado pela equipe de buscas seis dias depois, destruído, e sem nenhum sinal dos montanhistas; as barracas foram rasgadas de dentro para fora, eles fugiram de algo ou alguém no meio da noite congelante sem se agasalharem ou mesmo calçarem sapatos, estavam tão desesperados que não tomaram precauções básicas para lidar com as temperaturas extremas. Do lado de fora havia pegadas que levavam a um bosque a quinhentos metros dali. Lá as equipes de busca encontraram uma fogueira e os primeiros dois corpos, descalços, apenas com roupas de baixo. Ao redor do bosque, aparentemente em tentativa de retornar ao acampamento, havia mais três corpos. Os quatro esquiadores restantes demoraram mais de dois meses para serem encontrados, soterrados por quatro metros de neve.

– O que aconteceu a eles? – Blair estava tensa.

– O exame médico feito nos primeiros corpos encontrados não foi capaz de identificar ferimentos que causassem as mortes. Um deles possuía uma pequena fissura no crânio, considerada não fatal pelos peritos. A causa oficial foi hipotermia. Já os quatro últimos corpos, possuíam fraturas cranianas e torácicas fatais, mas nenhuma delas externas. Eles foram esmagados por uma pressão sem precedentes, por dentro. Além disso, seus corpos apresentavam alto nível de radiação, alguns mostraram sinais de envelhecimento precoce, cabelos brancos, sua pele estava alaranjada. Somente dois deles tinham uma ferida externa visível, suas línguas foram arrancadas. O resultado final da investigação alegou que todos foram mortos por uma força incontrolável desconhecida. E sim, foi exatamente o que aconteceu.

– Cam, por que está nos contando isso?

– Porque esta força incontrolável e desconhecida continua lá. Ela habita Kholat desde os primórdios da vida na Terra. E nós estamos prestes a confrontá-la. É um dos lugares mais malditos não só deste mundo, mas de vários outros também.

O tom que Cam usou foi fatal, sem quaisquer traços que pudessem amenizar as dificuldades que encontrariam.

– Mas o que é, afinal de contas, essa força incontrolável? Porque eu não acredito que seja desconhecida, pelo menos não para vocês! – Nick questionou.

– Você tem razão, de certa forma, Nick. Sim, nós sabemos o que iremos encontrar. Há locais na Terra onde forças incontroláveis atuam de modo a dizimar o que cruzar o seu caminho, são locais naturalmente malditos. Assim como a vida humana surgiu, coisas malignas também surgiram e habitam a terra. Às vezes em menor proporção, às vezes em maior proporção, às vezes em proporção máxima, como é o caso do passo onde os montanhistas morreram. Há algo maligno e incontrolável lá e sabemos do que é capaz. Se sabemos exatamente da onde veio? Seja lá o que for, ela veio do mundo perdido. Não há dúvidas quanto a isso. Sabemos que a força que se manifesta lá é resultado do cruzamento entre mundos diversos, um cruzamento que passou uma longa escala de tempo aberto. O que é? Isso ainda está além da nossa compreensão humana, mesmo a mais avançada.

– Que maravilha – disse Nick desanimado. – Me diga uma coisa, se a tecnologia de vocês é assim *tão* avançada porque vocês não criam, sei lá, um clone da minha mão, ou de mim inteiro, e mandam um *drone* espetar essa chave na fechadura, assim eu posso voltar para o meu quarto e assistir de novo às cinco temporadas de *Breaking Bad* enquanto espero as aulas começarem?

– Quando eu disse que a força dizima tudo o que encontra eu estava falando sério. Em 1991, um avião caiu quando sobrevoava a região, cinco pessoas morreram – explicou Cam com calma. – Mesmo que houvesse tempo para sua proposta ser colocada em prática ele muito provavelmente fracassaria.

– Isso fica cada vez melhor! – ironizou Nick.

– Mas, então, Cam, qual é o plano? – Blair indagou esperançosa.

Ele ergueu os ombros.

– Não temos um.

– O quê? – os outros dois falaram ao mesmo tempo.

– Sem plano.

– Você só pode estar brincando – Blair emendou.

– Está querendo dizer que vamos encontrar com uma força incontrolável e mortífera e você nem mesmo tem uma estratégia??

– Eu compreendo a apreensão de vocês, entretanto não há muito a se pensar neste caso. Tentaremos chegar o mais próximo possível com a Eleanor, mas ainda assim a localização provável do portal é incerta, não há dados suficientes e os riscos de tentar chegar perto demais pelo céu é muito alto, dentro da Eleanor nossos mecanismos de defesa são limitados. Iremos pelo solo. Nosso ponto de referência é o chamado Passo Dyatlov. Local onde Igor Dyatlov e seus colegas acamparam.

– Ótimo ponto de partida.

– Se algo tiver de acontecer, será lá.

– Ora, ora, algas predadoras, gás venenoso, mas isto? Você deixou mesmo o pior para o final! – Blair estava indignada.

– Na verdade, eu deixei sim – Cam confessou.

– Só que este ainda não é o final. Assumindo, que, por um milagre nós consigamos sair dessa, vivos de preferência, pela sua lógica vem coisa pior por aí, certo?

– Sim, bem pior.

– Ai, meu Deus, você é tão cínico, Cam! – ela sorriu incrédula. Sacudiu a cabeça e dirigiu-se a Nick: – Você sabe, esse é aquele momento em que as pessoas inteligentes pulam fora.

– Confesso que estou espantado de ouvir você falar assim, já que foi a primeira a se empolgar com a ideia de existirem portas para outros mundos!

– Isso *ainda* me empolga, o que não me empolga é a quase certeza de que vamos acabar mortos! – voltou-se para Cam. – E toda essa sua tranquilidade ao considerar este pequeno fato me deixa enervada!

– O único fato que considero é o sucesso – Cam foi finalizador. – Essa possibilidade que assusta você para mim é nula.

– Muito bem – ela não parecia satisfeita. – Então nos diga como vamos obter sucesso em passar por essa "força incontrolável", para começo de conversa. Depois, *se* sobrevivermos, podemos conversar sobre os outros dois lugares potencialmente mortíferos.

– Como eu já mencionei antes, foi detectada alta presença de radiação nos corpos dos alpinistas. O que nos leva a crer que a força é radioativa. Os trajes que estamos vestindo hoje possuem ação repelente de radioatividade, mais ainda, eles possuem um mecanismo de detecção visual o que nos possibilitará algo que aqueles homens não puderam ter na noite fatídica de sua morte: uma visão clara da ameaça. É por isso que conseguiremos nos defender, fechar o portal e sair daqui vivos.

Eles tinham acabado de descer em uma superfície que parecia macia, como estavam rodeados de branco por todos os lados, Nick deduziu que se tratava de uma camada espessa de neve.

– Você supõe que seja algo radioativo e que nossos "equipamentos" possam detectar. E se não for? – Blair cruzou os braços. – E se for, sei lá, algum exército de pés grandes malignos com poderes mágicos?

– Não seja ridícula, Blair, essas coisas não existem! – retrucou Nick em tom jocoso.

– Isso não é *totalmente* verdade – Cam falou com uma leve careta.

– Como é que é?!

– O ser que vocês chamam de pé grande, nós não iremos encontrar nenhum em Kholat. Ele habita a região das montanhas Adirondack, na realidade, não os Montes Urais.

– Adirondack?! – indagou Nick, incrédulo.

– Sim, o que também é um resultado da interação entre dois mundos, somos levados a crer que os gigantes da montanha vieram de lá. Porém, eles possuem um comportamento mais reativo, e não ofensivo, eles não são malignos, só quando necessário.

Blair e Nick estavam boquiabertos.

– O pé grande... – Blair começou, meio que para si mesma – existe... na nossa cidade?

– Sim – Cam concordou.

– Na verdade, isso é bem legal – Nick confessou. – Bem legal *mesmo*.

– Alienígenas, portais, espaçonaves, pés grandes... por que ainda me surpreendo? Não deveria me espantar se de repente fantasmas começassem a existir também!

– Eles existem – disse Cam de imediato.

– Claro, por que não? – ela ergueu os ombros já se pondo de pé. – Eu fico contente de saber disso, na realidade. Significa que teremos algo a fazer depois que morrermos aqui, viraremos almas penadas radioativas! Vai ser fantástico!

E saiu da cabine de comando na direção da porta de desembarque da Eleonor.

– Por que ela está sendo tão...

– Dramática? – Nick completou. Cam assentiu, com um pouco de relutância. – É o que chamamos de TPM. Acontece todo mês, as mulheres ficam neuróticas, quer dizer, *mais* neuróticas, brigam e se estressam por qualquer coisa e fazem da nossa vida um verdadeiro inferno. Mas, relaxa, logo você se acostuma.

– *Cala a boca, Nick*! – a voz de Blair vinha do corredor inferior.

– Tente ver o lado bom – Nick falou mais baixo. – Nervosa como está, ela vai liquidar tudo que encontrar pela frente, isso faz nossas chances de sobrevivência aumentarem potencialmente. Acredite em mim.

– *Eu ainda posso ouvi-lo, sabia? Deixa de papinho e vamos logo embora!*

"Mas como ela podia ouvir?? Que coisa!", pensou Nick. Acabaram por obedecê-la e desceram até onde Blair os aguardava, já com a cápsula protetora em volta da cabeça.

– Eu suponho que isso vai ser necessário, não é mesmo? Contra a tal força?

– Supõe corretamente – Cam afirmou.

Fez um aceno para que Nick fizesse o mesmo e ativasse a cobertura. Ele também fez o mesmo e, em seguida, abriu a porta da nave. Quando desceram, Nick constatou que não haviam pousado em cima de uma camada de neve, como imaginara, e o branco que enxergara ao redor também não era gelo.

No chão, havia um fofo estrato de folhagem com uma leve cobertura de neve, e no ar uma neblina espessa, muito branca. Era possível enxergar apenas alguns metros à frente do nariz. Olhou para cima e percebeu que também não era possível ver o céu. Um arrepio lhe percorreu a espinha quando perguntou a Cam:

– Foi aqui?

– O acampamento de Dyatlov? Sim. O bosque fica há mais ou menos quinhentos metros nesta direção – apontou adiante. Deu um passo à frente e recuou. – Eu não estava esperando por isso.

– Isso o quê? – a voz de Blair pareceu mais alta ao ecoar pelo ambiente silencioso.

– Este tempo. Não é usual – enxergou uma ruga na testa de Cam. Ele parecia preocupado. – Nós deveríamos ter total visibilidade nesta época do ano.

– O portal pode estar causando isso? Como na Turquia? – ponderou Nick.

– Improvável. Naquele caso, a caverna sob as ruínas emanava o gás venenoso que formava o nevoeiro. Aqui não há nada disso.

– Não que *você* saiba. Quem garante? – Blair disse em um tom provocativo. – Acende aquela sua lanterna portátil aí, e vamos logo!

"Garotas, por que tão impacientes?", Nick pensou.

Blair já tomava, ela mesma, à frente do grupo. Acionou um dos botões em seu braço direito que disparou uma espécie de laser prateado no meio do nevoeiro que ricocheteou em uma rocha que até então não tinham conseguido visualizar.

– Ativem o dispositivo antirradiação. Fica no seu ombro esquerdo, um botão cinza – os dois obedeceram. A ação fez com quer um raio invisível se dissipasse a partir deles, espalhando uma brisa, que Nick concluiu ser o que os protegeria da tal "força" ou pelo menos os permitiria identificá-la.

Cam a ultrapassou e caminhou diante dos dois, tinha o braço esquerdo erguido, de onde emanava um facho de luz, dando a eles uma visibilidade um pouco mais ampliada.

Os três caminharam em passos lentos por cerca de dez minutos, a neve foi se tornando mais densa e já tomava todo o chão quando avistaram os primeiros sinais de vegetação. Haviam alcançado o bosque. Um imponente pinheiro chamava a atenção, destacando-se das demais coníferas. Devido à névoa não conseguia sequer ver o topo da árvore, era enorme e seu porte indicava ser um pinheiro bem antigo. De acordo com a narrativa prévia de Cam, ali, ao pé daquela árvore pitoresca, os corpos dos primeiros montanhistas haviam sido encontrados. O que quer que os matara não permitiu que fossem adiante. Nick tinha plena consciência que cada passo que dava lhe fazia penetrar em um ambiente nada receptivo.

Já se encontravam rodeados por vegetação por todos os lados. Nick voltou-se em um giro buscando visualizar toda a região que o cercava. Quando ficou de frente para a direção da qual acreditava terem vindo, metros à frente, a brisa invisível que emanava dele esverdeou-se num formato de um espectro.

– Tem alguém ali! – ele disse de supetão.

A imagem de um corpo animalesco, que lembrava um urso, se desenhava claramente em uma cor verde. Aos poucos, outras incontáveis imagens foram se delineando. No instinto, eles empunharam suas armas, apreensivos.

– O que diabos é isso?? – Blair encolheu os olhos enquanto preparava o chicote para a aproximação dos vultos.

– Defendam-se! – gritou Cam com a iminência do choque com as criaturas desconhecidas.

Quase ao mesmo tempo, os três dispararam golpes contra o vazio, os espectros foram repelidos ao toque com cada uma das armas dos três, o que abriu um caminho à sua frente.

– Venham!!

Nick tomou a iniciativa de correr, trouxe os outros consigo, porém, quanto mais penetraram na mata, um outro grupo de espectros os surpreendeu, os três se chocaram com as criaturas e no impacto caíram de costas no chão. Voltaram a se defender, conseguindo afastar o espectro que já se debruçava sobre seus corpos por um momento. Recuperado, Nick tentou se levantar quando olhou para o solo: a superfície estava tomada pelo espectro verde, que se espalhava paulatinamente.

– Cuidado! O chão também está contaminado!!

Ele agarrou Blair pelo braço e a colocou de pé. Sua única ação foi buscar um local onde pudesse pisar em um solo firme não tomado pela força que invadiu o local. Correu em passos largos, sendo seguido em cada centímetro pela onda esverdeada que se espalhava. Por mais que estivessem protegidos pelas vestes era possível sentir uma tremulação toda vez que pisavam sobre a superfície contaminada, como se seus sapatos estivessem sendo corroídos por algum tipo de ácido, era notável que acabaria tendo o corpo atingido se permanecesse exposto àquela matéria. Achou-se seguro ao visualizar uma rocha que emergia da terra, num salto subiu até o topo dela. Foi seguido por Cam e Blair, que ofegantes pararam ao seu lado.

– Estamos cercados, está em todos os lugares!

– Não é possível – Cam discordou. – Tem que haver uma fonte.

– O portal! – Blair teve um *insight*. – Só pode ser o portal, ele é a fonte. Se acharmos de onde esta coisa está vindo achamos o portal e podemos ir embora.

– Faz sentido – Cam aquiesceu.

– O único problema é que isso parece estar vindo de *todos* os lados.

Blair pestanejou, seus lábios tremiam levemente, ela observou tudo à sua volta como se estivesse tentando captar algo invisível.

– Não – disse baixinho. – Não está vindo dos lados.

– O quê?

– É de baixo. Ela vem de baixo. Os montanhistas! As barracas estavam cortadas de dentro para fora, eles fugiram de algo que os atacou antes de tudo lá dentro, não do lado de fora. É óbvio, não estão vendo?? Essa coisa brota do chão, ela corroeu o piso da barraca, eles ficaram desesperados, rasgaram as laterais e correram!

Nick refletiu por um instante, não poderia haver explicação mais coerente que aquela. Era a luz que precisavam para fazer algo.

– Precisamos nos separar – disse Cam. – Se Blair estiver certa, o alcance do detector de radiação está limitado por estarmos os três juntos. Se nos separarmos, iremos triplicar o alcance e poderemos ver de onde vem a radiação. Usaremos essa rocha de ponto de referência. Pulamos daqui agora, afastamos os espectros para abrir caminho, eu vou para o norte, Nick vai para o Sul e Blair vai para o Oeste. Dez metros devem ser o bastante. Aquele que encontrar a origem indica o local.

Nick e Blair assentiram.

– Prontos? – eles menearam a cabeça e prepararam-se para golpear. – Vamos!!

Os três pularam da rocha de volta para o chão, o impacto com a onda de radiação causou uma trepidação ameaçadora o suficiente para fazer Nick disparar na direção combinada. Estava agora trezentos e sessenta graus rodeado pelo detector de radioatividade, constatou que nas suas costas havia uma pequena cobertura esverdeada que não passava de dois metros. O centro deveria estar entre ele, Cam e Blair.

– Não está ao Sul! – gritou, embora não estivessem muito distantes a neblina impedia que se vissem com clareza, apenas os espectros eram discerníveis a maior distância.

– É o pinheiro! – ouviu a voz de Blair. – Nick, volte, é o pinheiro!

Ele correu em disparada e os encontrou no local de partida. Blair nem o esperou parar, correu junto com ele até a beira do bosque.

– Está vindo dele, vê? – ela apontou para as raízes do velho pinheiro.

– Cam! Precisamos de algo para tirar a neve! – disse Nick, aproximando-se da grande árvore.

Deu, novamente, passos largos para tentar minimizar o contato com a radiação, a sensação era de que a trepidação da força estava cada vez mais intensa, assumiu que era devido à proximidade da fonte, porém, ao chegar a um metro do pinheiro, o chão embaixo de seus pés ruiu num estrondo. Nick inclinou o corpo num impulso de escape, mas não foi veloz o suficiente para evitar a queda no abismo que acabara de se formar no solo, suas mãos deslizaram pela neve, tentando se agarrar em qualquer estrutura firme, em vão, ele caiu por mais do que gostaria de acreditar. Num lance de pura sorte seus dedos se cravaram em um pedaço de radícula do pinheiro. Ele agarrou-se àquele pedaço de raiz com toda a vida.

Tentou apoiar a ponta dos pés em algum local seguro na parede, só então se deu conta de que não havia uma parede. Ao invés de solo a parte inferior do pinheiro era formada de uma gosma pegajosa que o sugava ao tentar encostar nela. Olhou para baixo, não conseguia enxergar o fim daquele buraco, era um verdadeiro abismo.

– Nick?! Nick? Você está bem? – Blair gritou do topo da cratera.

– Eu achei. Eu achei o portal! – foi o que conseguiu dizer.

Não saberia definir se estava bem, uma vez que estar pendurado em um pedaço de tronco mergulhado em um fluido pastoso, com um poço sem fundo sob os pés, não parecia ser uma história com cara de final feliz. Ele precisava dar o fora de lá. Respirou fundo e observou aquilo que deveria ser a parede, sabia que estava diante do portal, uma força quase magnética o puxava para lá. Além do mais, uma imagem que mostrava ruínas de algum lugar do mundo perdido tomava um terço da substância gosmenta. O portal era ali, no entanto não havia sinal do encaixe para o escaravelho. Que diabos!

– Cam! – gritou. – Eu vou achar a fechadura e você tem que dar um jeito de me tirar daqui. Eu não consigo subir sozinho.

– Quanto tempo você aguenta?

– Quanto...? – ofegou. As luvas favoreciam bastante sua sustentabilidade, porém o peso do próprio corpo já deixava seus braços dormentes. Considerou suas chances. Sim, estava insuportável, um segundo que fosse seria um sacrifício. Esforçou-se mentalmente. – Dois minutos. Três, no máximo. Rápido!!!

Olhou para cima ao fazer este último pedido, foi aí que visualizou, pairando quase sobre sua cabeça, entre as raízes, o formato exato do medalhão. Ele era feito de galhos contorcidos que se iluminavam na cor esverdeada da radiação.

– Encontrei! Vou trancá-lo!

Ouviu ao longe uma movimentação no topo, de Cam e Blair, mas não tinha tempo para analisar do que se tratava. Usou toda sua reserva de energia para soltar uma das mãos do galho a que se agarrara e retirar o escaravelho do compartimento em seu cinto. Já estava prestes a finalizar a questão quando se lembrou do aro de esferas.

– Droga... – resmungou baixinho.

Num esforço descomunal levou mais uma vez a mão ao cinto e trouxe consigo a pequena roda. De costas, inseriu-a por inteiro na substância gosmenta da parede. Contou até dez, o que pareceu uma eternidade e sem mais refletir retirou-a de lá e recolocou-a em seu bolso, sem nem mesmo conferir se havia logrado êxito em preencher uma das esferas de matéria exótica. Respirou fundo, não conseguia mais sentir o braço direito, que lhe servia de sustentáculo. Num urro, ergueu a mão de uma só vez e lacrou a fechadura com o medalhão. A superfície sob o pinheiro, antes viscosa, endureceu tornando-se quase rochosa. Nick respirou aliviado, voltou a segurar-se com os dois braços, aliviando a circulação no calejado braço direito.

– Está feito! Tirem-me daqui, já!!

Não houve resposta.

Nick ficou verdadeiramente preocupado. Não ouvir a voz de Cam era algo compreensível, mas não ter resposta de Blair? Isso era sério, seríssimo! O que estava acontecendo?

– Olá!? Blair?? Está me ouvindo? Tirem-me me daqui...

Ele não conseguiu terminar a frase, uma forte corrente ar vinda de fora invadiu o espaço, e o sacudiu de seu frágil suporte, o vento foi seguido pelo som de turbinas. Eram os motores da Eleanor, que agora planava sobre o abismo, em funcionamento. Nick respirou aliviado. Uma escada metálica desceu até onde ele estava, Cam vinha pendurado em um dos degraus. Ao chegar ao lado dele, estendeu a mão para Nick que num gesto vigoroso a agarrou. Cam o trouxe para a escada, onde Nick se segurou durante a subida de volta para a nave.

Na cabine de comando, encontrou Blair sentada na poltrona onde Cam costumava estar, ela tinha uma expressão ansiosa enquanto segurava um manete entre as mãos. Bastou Cam reassumir os controles para ela se levantar, caminhar até Nick e lhe dar um abraço.

– Estamos vivos! – falou sobre o ombro dele. – Você está bem?

Ele fechou os olhos, o corpo tão exausto que ela praticamente o estava segurando. Respirou fundo e a olhou.

– Vivo. Mas acho que vou perder um braço. Eu não o sinto faz uns dez minutos.

Blair riu.

– Deve ser por isso que ele está no meu peito.

Nick ergueu a sobrancelha. De fato. O braço direito dele repousava sobre o colo de Blair, bem na altura do seio. Que desgraça, ele nem para saber qual era a sensação! Nunca tinha tocado nos seios de uma garota. Nunquinha. Fez um gesto de contrariedade com a cabeça.

– Agora é oficial. Caso de amputação.

Num impulso supersônico, a Eleanor partiu tão logo eles se aconchegaram em suas poltronas. E pela primeira vez naquele voo sempre turbulento Nick adormeceu.

Capítulo 27
Saltos no tempo

Nick não saberia dizer quanto tempo durou o voo. Quando despertou não estava mais em sua poltrona, na cabine ao lado de Cam. Estava em uma confortável cama, na parte de baixo de um beliche. Havia um cobertor sobre ele, de uma maciez ímpar, tal qual o que havia experimentado no quarto em que se hospedara na ilha do comando. O quarto onde se encontrava era totalmente branco, embora pairasse uma penumbra que favorecia ainda mais o adormecimento. Apesar de desperto seu corpo implorava para que não se movesse e permanecesse em seu leito, desfrutando de cada centímetro daquele conforto. Ele suspirou e voltou a fechar os olhos.

– Nick, você está acordado? – a voz de Blair vinha da cama de cima.

– Não – foi a resposta dele. Não podia ver a cara de Blair, mas só de imaginar ele sorriu para si mesmo. – O que você quer? – resmungou.

– Eu só queria saber se você estava bem – disse ela em tom repreensivo. – Você apagou lá fora, pensei que pudesse, sei lá, estar em choque ou algo do tipo!

– Lá fora? Estamos na Eleanor ainda?

– Sim, estamos no dormitório – ela abaixou a cabeça e Nick pôde vê-la, tinha um sorrisão aberto no rosto. – Cam "estacionou" a nave no topo de uma montanha, estamos no Japão! Bem legal, não é?

– Pode crer – concordou. – Estou vendo que seu humor mudou consideravelmente. A menstruação já veio?

Blair fez uma expressão jocosa: – Você é *tão* nojento!

Nick gargalhou o que fez Blair lhe atirar uma pequena almofada lá de cima. Ele fingiu se defender protegendo a cabeça com os antebraços. Foram interrompidos pelo som da porta do quarto, que se abriu deslizando lateralmente, as luzes do cômodo se acenderam e Cam entrou.

– Olá – disse ele em tom casual. Era engraçado, Nick tinha a sensação de que Cam nunca lhes falara assim. Desde seu primeiro encontro, e toda vez que aparecia nas vezes seguintes, ele estava dando instruções e explicações em verbos imperativos, sem cerimônias.

– Oi – respondeu com certa estranheza.

– Se estiverem descansados o bastante, eu fiz comida...

– Fantástico! Estou faminto! – Nick se pôs de pé e saiu do quarto. – O que temos de bom?

Cam e Blair já estavam ao lado dele, onde havia uma simples, mas caprichada mesa montada.

– Pizza! – Cam exclamou abrindo os braços, parecia bastante satisfeito.

Nick observou as duas pizzas, com o queijo mozzarella derretido, azeitonas, e um cheiro contagiante. Indefectíveis.

– Como você conseguiu fazer essas pizzas chegarem aqui? Vocês têm algum sistema de entrega via disco voador, por acaso? – ele quis saber.

– É claro que não! – disse com um riso óbvio. – Eu tenho algumas no suprimento da nave. Apenas esquentei. Sei que para vocês não é algo muito sofisticado, mas é uma das maiores maravilhas gastronômicas de seu planeta, na minha opinião. Não existe nada parecido em Methária. Eu só quis... servir algo que vocês pudessem gostar. Foi um dia difícil.

Nick reparou que Cam quedou-se um pouco encabulado, estava na cara que ele tinha se esforçado para preparar a refeição. Para ele, era mesmo algo especial. E por que não seria? Horas antes, a simples ideia de estarem vivos já era algo fenomenal. Comer pizza aquela noite era mais que especial.

– Cam, nós amamos pizza – disse por fim.

– É verdade, nós amamos. Mesmo – Blair reforçou.

O rosto de Cam se iluminou num sorriso pueril. Os três sentaram à pequena mesa e Nick tinha que admitir, aquela fora a pizza congelada mais deliciosa que já provara.

– Então... onde nós estamos, exatamente? – perguntou quando restavam poucas fatias de pizza.

– Estamos em um pico na região de Yamanashi, no Japão, bem próximos ao Monte Fuji. Em torno do monte, temos vários locais apropriados para pouso e decolagem. É um ponto bem movimentado para o comando e aliados, para falar a verdade. É bastante utilizado quando necessitamos fazer alguma pausa entre longas viagens, ou quando se parte para o espaço. O entorno possui bastante áreas de montanha e floresta, o que o torna favorável à movimentação das naves.

Os três comeram algumas fatias de pizza, enquanto isso as grandes telas dispostas na lateral da Eleanor estavam ligadas em canais internacionais de notícia. Em uma delas, uma jovem repórter mencionou o nome exato do local onde estavam, o que chamou a atenção de Nick:

Se você começou a acompanhar esta transmissão a partir de agora, em Yamanashi, no Japão, foram registradas nas últimas quarenta e oito horas um total de vinte e sete pessoas desaparecidas. As famílias de onze homens e dezesseis mulheres comunicaram às autoridades locais sobre o sumiço inexplicável de seus entes queridos. Segundo dados da polícia, o veículo de quatro deles foi encontrado nas imediações do Parque da Floresta Aokigahara, na base do Monte Fuji. O local é mundialmente conhecido como um ponto de alta ocorrência de suicídios, mas segundo relatos nunca houve uma quantidade de relatos tão alta em um período tão pequeno de tempo. A polícia alegou estar investigando as causas dos desaparecimentos e se estão mesmo relacionados com as ocorrências suicidas na Floresta. Nos casos em que há indícios da chegada dos desaparecidos ao Parque, as autoridades da região alertam que é organizada uma vez ao ano uma expedição de resgate de corpos em Aokigahara e que, neste caso, as famílias devem aguardar os próximos meses para ter certeza sobre o destino de seus...

– Essa é a floresta onde iremos? – Nick perguntou a Cam, interrompendo a transmissão.

– Aokigahara. Sim.

– Estes desaparecimentos... estão relacionados com o portal, não estão?

– Eu receio que sim, Nick – ele afirmou com um certo pesar. – A abertura do portal, sem dúvida, permitiu que o mundo perdido interferisse com mais intensidade nos eventos na Terra. Isso já era algo esperado.

– Ok, se você diz. Como faremos para chegar lá?

– Bem... desceremos ao amanhecer, ao mais baixo ponto de recolhimento e então partiremos mata adentro – Cam pôs uma tela que lembrava bastante um *tablet*, sobre a mesa e ativou um botão, imagens de uma mata começaram a aparecer, uma após a outra. – A floresta é também conhecida como Mar de Árvores. E isso se deve à alta densidade de vegetação que há lá, como vocês podem ver aqui. Não há nenhum ponto lá dentro que seja acessível pelo ar.

– Parece um lugar normal – Blair comentou ainda observando as imagens.

– Mas não é – disse Cam com voz severa.

– E o que tem lá? Para tornar esse lugar anormal?

– Como vocês acabaram de ouvir na reportagem, popularmente, Aokigahara também é conhecida como a floresta do suicídio. Centenas de pessoas vão até lá, por ano, para dar cabo da própria vida.

– E daí? Um monte de gente vai a *Golden Gate* para se matar e nem por isso é um lugar maldito, até onde eu sei – refutou Blair.

– É bem diferente, acredite em mim.

– Por quê? O que tem de diferente lá, afinal?!

Cam não respondeu de imediato. Ele pareceu procurar as palavras com cuidado antes de continuar.

– Essas pessoas... elas não vão espontaneamente até Aokigahara, elas são... atraídas – respondeu Cam, ainda reticente.

– Pelo quê? – foi Nick que questionou, não estava gostando daquele suspense de Cam a respeito do lugar, ainda mais depois de ver na TV que só nos últimos dois dias quase trinta pessoas haviam sumido, com a forte chance de terem ido àquela floresta. Ele havia sido direto e específico sobre a montanha da morte, a força inexplicável que poderia lhes matar de forma fulminante, e de repente agora estava cheio de cerimônias para falar de um local onde as pessoas se suicidavam?

– Segundo a mitologia japonesa, Aokigahara é habitada, desde sempre, por espíritos demoníacos. Eles atraem pessoas emocionalmente fragilizadas que acabam se perdendo na floresta e ficando tão perturbadas que são levadas, pelo tormento que sofrem pelos espíritos, a cometer suicídio. Além dos espíritos demoníacos, a floresta está repleta de espíritos daqueles que desencarnaram em seu domínio. Todos que lá padecem ficam aprisionados na mata, revivendo repetidas vezes o pesadelo de sua morte e tentando capturar mais almas para o suplício. É isso que torna Aokigahara ainda mais ameaçadora do que a Montanha da Morte, as pessoas que entram lá não fogem do perigo, elas *são* o perigo.

– Você quer dizer que... quando entrarmos lá, podemos simplesmente, acabar com as nossas vidas? – Nick questionou.

– Precisamente.

– Espera um segundo, e essas roupas, elas não têm um negócio que nos protege da radiação? Não podem nos proteger também desses espíritos?

– Como eu falei, é diferente. A influência que esses seres exercem na mente humana está além de qualquer mecanismo físico de defesa. O único modo de escapar é através da própria mente.

– Mas como?!

– Há pessoas que entraram em Aokigahara e conseguiram sair vivos. Elas relatam terem sido atormentadas com imagens indescritíveis de sofrimento, imagens que infligiam a dor nelas próprias, além de encontrar com os espíritos que possuem uma aparência tão horripilante que só o fato de olhar para eles parecia insuportável. De acordo com essas pessoas, foi apenas através de pensamentos focados em lembranças tranquilizantes e pacíficas que conseguiram abstrair a tortura mental a que estavam submetidos e assim encontrar forças para escapar de lá – fez uma breve pausa. – O nosso caso é um pouco mais delicado. Não poderemos simplesmente fugir dos espíritos demoníacos quando os encontrarmos. Teremos não só que encontrar com eles, mas também que superar o suplício até que você tranque o portal. Só então poderemos tentar sair de lá.

– É só isso? Pensamentos positivos, e derrubamos não um, mas vários demônios? – Blair cruzou os braços parecendo incrédula.

– A energia do mal se aproveita da fragilidade emocional do ser humano. Ela se alimenta disso. Então, sim, uma mente serena e equilibrada, focada em boas vibrações é capaz de resistir. É preciso que vocês dois estejam conscientes que o único modo de sobreviver a essa floresta está dentro de vocês mesmos. Na sua mente. Não há armas, não há escudos.

Nick ficou pensativo com as últimas palavras de Cam. Vinha relembrando diariamente da imagem que passou diante dos seus olhos em que Blair perambulava pela mata e acabava se jogando em um precipício. Tinha que ser aquilo, só podia ser a floresta do suicídio. Ele esfregou os olhos com força, deveria contar a Blair o que vira? Deveria contar a Cam e sugerir que ela não entrasse na floresta? Não via como isso poderia ser uma opção segura, da última vez que optara por exclui-la para mantê-la segura o efeito havia sido exatamente o inverso, sua decisão não havia evitado e sim desencadeado a captura de Blair.

Na realidade, deixá-la faria com que perdesse por completo o controle da situação. Mesmo que a trancafiassem, só Deus sabe o que poderia acontecer para fazer com que seu destino se concretizasse. Não, era muito arriscado. O único modo de tentar evitar o pior seria estar com Blair durante todos os minutos que ficassem perto daquela floresta. Essa era a única saída para ter um mínimo de controle sobre os acontecimentos. Deixá-la não era, de modo algum, uma alternativa considerável.

– Está bem... – Blair abriu os braços. – Essa é a minha especialidade: pensar positivamente!

– Isso é ótimo – disse Cam, claramente não percebendo o tom irônico que Blair utilizara. – Esse é o nosso itinerário – ele mostrou um mapa na tela dinâmica que utilizou antes para exibir as fotos da floresta. – Desceremos até a base do monte, e entraremos pelo lado oeste da floresta. Ela tem ao todo trinta e cinco quilômetros quadrados de extensão, porém calculamos que nesse ponto em vermelho está havendo uma manifestação anormal de eletromagnetismo nos últimos dias. Acreditamos que é devido à abertura do portal.

– Eu não entendo – Blair encolheu os olhos observando o local marcado por vermelho na tela. – Se alteração eletromagnética é uma indicação do local do portal porque não usamos isso na Montanha da Morte? Não teria sido muito mais fácil?

– Não há evidência que o eletromagnetismo mostre a localização exata do túnel entre as dimensões. Via de regra, todos esses lugares possuem alguma oscilação eletromagnética, em Otorten não havia nada de diferente do momento em que houve a abertura do canal, a energia se manteve estável durante os últimos dias, porém, aqui em Aokigahara, houve um pico na noite passada. Pode ser pela presença do portal, é apenas uma possibilidade, mesmo assim é bom que tenhamos um ponto de partida.

As vozes de Cam e Blair estavam distantes para Nick, que continuava absorto em seus próprios pensamentos.

– Como vocês, que criaram essas coisas, não tem a localização exata deles? Isso não faz o menor sentido!

– Nós *não criamos* os portais. Esses canais entre os mundos sempre existiram, o que o Comando se dispôs e conseguiu fazer foi neutralizá-los através do escaravelho dos deuses e torná-los inacessíveis. Por seu próprio caráter sigiloso, a localização exata dos portais nunca foi disseminada para a comunidade geral. À exceção dos portais que foram venerados em templos por civilizações antigas, os demais locais sempre foram mantidos como segredo pelos guardiões.

– Até que uma guardiã resolveu sabotar todo o esquema e levou o segredo para o túmulo? – Cam assentiu após uma quase imperceptível hesitação. – Muito me admira que um povo tão inteligente não tenha pensado em um plano B – alfinetou Blair.

– Agora nós temos – Cam ergueu a sobrancelha. – Levando em conta que *você* compareceu pessoalmente a todos os portais acredito que não teremos problema para disseminar a informação para as próximas gerações.

– Há-há-há. Por favor, me socorra, não consigo parar de rir, acho que estou tendo uma parada cardíaca – disse Blair em tom entediado, desta vez Cam havia captado o sarcasmo e soltou um riso contido. Nick, para disfarçar a sua própria preocupação, sorriu.

Cam continuou passando instruções específicas sobre como deveriam agir uma vez dentro da floresta do suicídio, sua principal preocupação era em orientá-los sobre como preparar a própria mente para um nível mais alto de concentração, tão alto que talvez os deixasse imunes às energias malignas que encontrariam. Nick escutava tudo com apreensão, torcia para que Blair estivesse levando os esclarecimentos de Cam a sério, e claro, torcia para que ele estivesse mesmo certo. Foi tomado por um certo desespero de pensar que a teoria de Cam poderia não funcionar e assim ele próprio estaria incapacitado de fazer algo por Blair, ou por si mesmo.

Ocorreu-lhe que para Cam, alguém que tinha tanta dificuldade de expressar ou mesmo manter sentimentos, poderia ser mais fácil superar o que estavam prestes a enfrentar e assim ajudar outra pessoa. E isso levava a uma conclusão clara: Nick precisava contar a ele. Permaneceu calado em sua aflição até que Blair se recolheu ao dormitório para descansar e os deixou a sós, ele aproveitou aquele instante e se dirigiu de imediato a Cam:

– Tem algo que preciso contar a você. É importante. Muito importante. Blair não pode saber.

A agitação de Nick tornou-se flagrante até mesmo para Cam. Ao ouvi-lo, após a saída de Blair, ele, sem sequer responder, conduziu Nick até um compartimento isolado, onde os suprimentos eram guardados. Ao chegar lá, garantiu que poderiam conversar, pois não seriam interrompidos. Nick tentou ser o mais objetivo possível e contou a Cam sobre os dois episódios em que tivera visões assombrosas e realistas, e que acreditava serem, de alguma forma, visões de coisas que ainda estavam por acontecer.

Ao contrário do que esperava, Cam não esboçou a mesma expressão de espanto que Blair, ele pareceu pesaroso com os fatos que Nick contara.

– Eu achei que demoraria mais tempo – disse num lamento.

– Mais tempo para quê?

Cam soltou um suspiro e refletiu por um instante antes de responder num lamento:

– Para que você começasse a ter as visões.

– Para que eu *começasse*?! Você sabia que isso iria acontecer? – indagou num tom mais alto do que gostaria para quem estava tendo uma conversa escondida. Cam assentiu. – Mas... como?!

– O escaravelho – respondeu. – Ele é um objeto feito de um material originário de uma estrela distante. Esse material é capaz de anular distorções de espaço-tempo dos portais e por isso os mantém fechados ou abertos, mas é capaz também de *causar* certas distorções quando em contato contínuo com um local ou organismo até então estável. Você o está carregando consigo há dias inteiros, a matéria do escaravelho está interagindo com a matéria do seu corpo, fazendo com que você mesmo seja transportado a pontos diferentes no tempo e espaço. Se sua mente se transportar para algum ponto do tempo à frente do que estamos então, você consegue, sim, ver e, até mesmo, vivenciar o futuro.

Nick pestanejou perplexo. Com a resposta de Cam, suas suspeitas estavam mais que confirmadas. Não, não havia tido uma alucinação, havia visualizado com exatidão algo que ainda iria acontecer em algum ponto no futuro.

– É preciso esclarecer que o escaravelho não é uma máquina do tempo ou mesmo uma espécie de cápsula de teletransporte. Ele é capaz apenas de, momentaneamente, projetar sua consciência no espaço-tempo. Também não se trata de uma ação deliberada ou controlável, você não pode decidir quando acontecerá, a projeção ocorre de acordo com uma combinação de variáveis imprevisíveis. Você pode ter uma sensação de visão de algo irrelevante por completo ou pode ter uma imagem reveladora sobre o futuro – Cam fez uma pausa. – Entretanto, o que quer que veja, deve entender que não cabe a você alterar os fatos que ainda estão para acontecer. A interferência na linha dos fatos é algo extremamente perigoso, suas consequências podem ser catastróficas e ter impacto em nível global.

– Você quer dizer que eu não devo tentar mudar algo que possa ter visto em uma dessas projeções? – Nick tinha um tom soturno.

– Eu quero dizer que você deve estar ciente que os efeitos de qualquer interferência nos fatos que venha a ter conhecimento do futuro podem ser nefastos – Cam foi categórico. – Cabe a você ponderar o peso de suas ações.

Nick, honestamente, refletiu sobre a questão. Por mais que as palavras de Cam fizessem sentido ele não conseguia, em nenhuma hipótese, sentir-se dissuadido a não interferir nos fatos que tomara conhecimento.

– Blair vai cometer suicídio em Aokigahara – disse ele, de supetão, após sua breve reflexão. Queria só ver o quão Cam conseguiria ser metódico após essa.

– Você viu isso?

– Sim.

– Você tem certeza?

– Sim.

Houve um instante de silêncio. Até que Cam retrucou num suspiro:

– Nós não podemos permitir que isso aconteça.

– Pode apostar que não! – disse Nick com satisfação.

Estava certo de que Cam não permaneceria com sua posição conservadora quanto à interferência no futuro ao saber que sua visão horrenda envolvia Blair. Cam não permitiria que algo de ruim acontecesse a ela, e muito menos Nick, ainda que para isso corressem o risco de estarem alterando significativamente o desenrolar de acontecimentos ainda desconhecidos. Estavam no mesmo barco. Cam o trouxe para o canto do cômodo e prosseguiu em tom ainda mais cuidadoso:

– Está bem. Preciso que me conte tudo, nos mínimos detalhes, exatamente *tudo* que viu.

Nick tomou fôlego para narrar cada detalhe pavoroso da visão de Blair no precipício na floresta. Não precisava se esforçar muito, os mínimos detalhes que Cam pedira estavam vívidos em sua mente, como se tivessem acabado de acontecer, ou, no caso, como se estivessem prestes a acontecer, a qualquer minuto.

Capítulo 28
Purificação

Nick e Cam passaram cerca de uma hora conversando no compartimento de suprimentos da Eleanor. Os dois haviam concordado que deixar Blair fora da missão de Aokigahara poderia, no fim das contas, acabar provocando uma reação em cadeia que culminaria em um evento no qual eles, de fato, não teriam controle. Ao invés de salvá-la, esta atitude poderia acabar causando o pior. Decidiram, portanto, por irem os três até a floresta e por não a deixarem sozinha em nenhum momento.

Temendo a reação de Blair, optaram também por não contar a ela sobre a visão de Nick. Qualquer informação que pudesse deixá-la abalada emocionalmente a tornaria uma presa mais fácil para os demônios da floresta, o que dificultaria qualquer tentativa de evitar que Blair atentasse contra a própria vida. O ideal é que ela continuasse concentrada em seguir as instruções de Cam. Nick havia dado a descrição exata do local onde se lembrava de ter visto Blair pela última vez em sua visão, com isso seus atos e de Cam convergiriam para deter o que viesse a acontecer neste momento em específico.

Antes do amanhecer eles desceram da colina em que estavam por uma trilha estreita de mais ou menos meio quilômetro. O acesso que Cam havia escolhido para Aokigahara ficaria a quinze minutos de caminhada depois da descida. Pararam ao chegar a uma entrada, delimitada por um portão de madeira, na beira da estrada, havia uma placa metálica ao lado com caracteres escritos em japonês.

– "A sua vida é um presente dado por Deus, não a desperdice" – Blair leu baixinho. – É um aviso do governo. Está dizendo para as pessoas procurarem ajuda.

– Você fala japonês?!

– Sim, por quê?

– Você não teve infância?

– Na verdade, sim, e em bem mais idiomas do que você, aparentemente.

– Inacreditável – Nick resmungou virando os olhos.

Cam, em silêncio, foi até o portão e o abriu.

– Vamos – disse ele, sem o habitual tom firme, ao contrário, estava desanimado.

Blair foi a primeira a adentrar na mata, envolta à penumbra da madrugada, ela caminhou alguns metros, o que impulsionou os dois rapazes a apressarem-se até estarem, os três, lado a lado. A floresta era repleta de altas árvores, de caules não muito largos, porém por serem tantas não se conseguia ver o céu. Dava para reparar que quanto mais entrassem maior seria o breu. Ainda estavam numa zona de clareira da floresta, provável local onde os visitantes se reuniam e se preparavam para a caminhada. À frente, a trilha se estreitava tanto que nem conseguia distinguir que rumo ela tomava entre as árvores.

Seguiram caminhando devagar quando Nick reparou no lado direito de sua vista um vulto negro passar num movimento veloz entre as árvores. No instinto, deteve Blair com o braço esquerdo.

– Espere. Eu acabei de ver algo! – ele se voltou para o lado, procurando vestígios do que acabara de enxergar, Cam e Blair o imitaram. Um outro movimento rápido veio das costas deles, que, mais uma vez se voltaram.

– O que é isso?!

Ouviram o pisotear de galhos por todos os lados, antes que pudessem se questionar sobre o que estavam ouvindo foram cercados por cerca de uma dúzia de homens encapuzados como ninjas. Eles tinham armas apontadas para os três. Palavras em um idioma que Nick acreditou ser japonês foram proferidas em ritmo acelerado enquanto o grupo fechava ainda mais o cerco sobre eles. Blair, ao que tudo indicava, não conseguiu acompanhar e entender o falatório e acabou soltando em tom de súplica:

– Nós não entendemos vocês, por favor, nós não entendemos!

– Não se movam! – uma voz abafada que vinha da pessoa que estava frente a frente com Nick ordenou, como se adivinhasse que ele, em seu comportamento impulsivo habitual, preparava-se para reagir. – Quem são vocês e o que fazem em Aokigahara?

Os três se entreolharam, nenhum deles tomou a iniciativa de responder a princípio. A pessoa que se dirigiu a eles apontou a arma para Cam. – Você, fale!

– Eu sou Camthalion Ancalimë, membro do Comando Estelar e esses são meus amigos Nick e Blair. Estamos aqui em uma missão. Não queremos machucar ninguém. Deixem-nos passar – fez uma breve pausa até que acrescentou: – Por favor.

Houve um burburinho no idioma que Nick não compreendia. A voz abafada voltou a soar:

– Se você realmente é do Comando Estelar, e está nessa missão, prove. *Mostre* para nós o escaravelho. Mostre-o.

Cam e Nick trocaram um olhar silencioso, os homens de capuz se aproximaram ainda mais, um deles em específico quase encostou a arma em Cam que fez um gesto positivo com a cabeça, sinalizando a Nick para que fosse em frente. Ele ergueu as mãos devagar.

– Está comigo! Eu vou mostrar a vocês, eu só preciso pegá-lo no meu bolso...

Com movimentos lentos, ele retirou o medalhão do bolso e mostrou-o na palma de sua mão. O encapuzado que liderava o grupo analisou a relíquia com atenção antes de dar uma ordem em japonês e em seguida no idioma de Nick:

– Abaixem as armas! São eles – ordenou a voz abafada, todos a obedeceram. Em seguida, retirou o capuz com o qual cobria a cabeça, para a surpresa de Nick por trás dele estava uma jovem mulher, que deveria ter não mais que vinte e cinco anos. Tinha os cabelos presos em um coque alto, os olhos ariscos, que à penumbra pareciam bem negros, eram iluminados por sobrancelhas muito bem delineadas e lhe davam um ar de braveza, quase déspota. Sua expressão dominadora e o queixo que aparentava estar sempre erguido de leve faziam com que pudesse, facilmente, imaginar que quando mais nova ela era idêntica a Blair. Pela cor do cabelo, castanho, e a pele bronzeada, era óbvio que não se tratava de uma Metharian. Sem dúvida era deste planeta, e na opinião de Nick um belo exemplar dos terráqueos. – Eu sou Annabel Turner, membro da força tática de inteligência do Comando Estelar, esta é Lisa Aoki, minha parceira.

Nick pairou os olhos sobre a outra mulher, que era o encapuzado que momentos antes tinha ameaçado Cam com sua arma quase à queima-roupa. Ela tinha traços nipônicos, mas Nick chutaria que se tratava de uma mestiça, o cabelo preto e longo estava preso em um rabo de cavalo, o rosto era alvo e afilado, seus contornos eram delicados que lhe lembraram os desenhos de quadrinhos orientais.

– Peço desculpas pela recepção hostil, mas temos a informação que grupos dissidentes tentaram se aproximar de outros portais com o intuito de sabotar a missão de vocês. Por isso insistimos na checagem – foi Lisa quem falou.

– Nós compreendemos – disse Cam com sua costumeira cortesia.

– Estamos contentes de ver que passaram por Otorten ilesos – Annabel observou.

– E espantadas também, vocês são *tão* garotos. É inacreditável que tenham sobrevivido e chegado até aqui – Lisa complementou, ela parecia mesmo perplexa.

– Obrigado pela honestidade – disse Nick meio sem jeito.

– Ela só quis dizer que o feito de vocês foi extraordinário – disse Annabel, percebendo um possível mal-estar.

– Mas é claro, foi o que eu disse! – Lisa se corrigiu. – De qualquer modo, vocês precisar vir conosco agora.

– Eu receio que isso não seja possível, nosso tempo está se esgotando – Cam alegou.

– Nós sabemos disso, mas fomos designados pelo conselho do comando a levá-los para tomar algumas precauções antes de adentrar em Aokigahara – Annabel informou-os. – Não havia nada que pudéssemos fazer por vocês na Montanha da Morte, mas aqui há.

– Como assim? Vocês podem nos ajudar? – as duas mulheres assentiram. – Como?

– Montamos acampamento em um vilarejo a dois quilômetros daqui. Não fomos designados apenas para guardar a entrada da floresta, nós viemos também para buscar algum modo que pudesse ajudar a aliviar o tormento de quem vai a Aokigahara – ela parou para se certificar de que eles estavam acompanhando. – Os povos antigos possuíam rituais de purificação que procuravam elevar a alma a um nível que a tornasse imune ao efeito dos demônios. Nesta vila, há um ancião que conhece esses rituais, ele vem realizando em nosso grupo há alguns dias e os resultados foram consideráveis. Sei que o tempo é exíguo, mas vocês não têm ideia do quão maligna esta floresta consegue ser. É ainda mais mortífera que Otorten.

Os três hesitaram por alguns instantes.

– Ouçam, nós não podemos obrigá-los a irem conosco. Eu sei que ir a algum tipo de benzedeiro pode não soar muito usual, mas acreditem, toda a ajuda que puderem ter neste momento é preciosa – Lisa falou de modo despojado.

– Eu acho que deveríamos ir – Nick falou quase em um cochicho.

– Eu não estou muito certa quanto a isso! – Blair interviu também em tom baixo. – a ampulheta está quase no final...

– Cam... – Nick quase suplicou. – Nós *precisamos* de ajuda. Você sabe.

Cam pairou o olhar em Nick e logo após em Blair. Então se decidiu.

– Está bem. Vamos.

– Ótimo – Annabel sorriu pela primeira vez desde que se encontraram. – Há um carro nos esperando na estrada, venham.

Os três acompanharam Annabel e Lisa até a saída da floresta, onde havia agora um caminhão de porte médio, com a traseira adaptada para transporte de pessoas, como os de tropas. Eles embarcaram e seguiram pela estrada por alguns minutos até adentrarem em uma via de terra que subia uma montanha parecida com a que passaram a noite, com a diferença de que no topo havia um diminuto povoado, com meia dúzia de casas com aparência modesta. Os primeiros raios de sol iluminavam os telhados de palha, rodeados por arrozais e roseiras. O caminhão estacionou ao lado de uma grande tenda, que Nick acreditou ser o acampamento onde os homens estavam alojados.

Desceram da traseira do caminhão e seguiram os passos de Annabel até a maior das casas que ficava ao fundo, bem ao pé da colina. Eles subiram os três degraus que davam acesso à pequena varanda e logo após adentraram no local. A casa se constituía de um único cômodo, claramente era o templo de orações da pequena vila, pois na ponta, sentado no chão, em um palanque um pouco mais alto que o restante da sala, estava um homem de idade bem avançada. Seus cabelos e barba eram compridos e cinzentos. Ele usava uma espécie de túnica em cor escarlate e tinha os pés descalços. Tragava um cigarro de palha que espalhava uma fumaça de cheiro exótico no ambiente.

Em ambos os lados do ancião havia dois outros homens mais jovens, porém com as mesmas vestes e sentados na mesma posição. Os três aproximaram-se do altar onde eles estavam, ainda seguindo Annabel. O ancião pronunciou algumas palavras em japonês ao encará-los.

– Sentem-se diante dele – disse Annabel.

Cam, Blair e Nick obedeceram e sentaram no chão. Annabel sentou-se também, ao lado dos três. O homem continuou a falar, sua voz era arrastada e ele parecia estar fazendo um enorme esforço para proferi-las.

– Ele precisa que vocês fechem os olhos e limpem suas mentes de quaisquer pensamentos negativos – Annabel repetia as palavras do homem, embora a sensação fosse de ele estar falando muito mais do que o que ela traduzia. – Escolham um único pensamento, um pensamento bom, e foquem toda sua mente para ele.

Nick fez o que ela falou. Fechou os olhos e tentou alcançar uma memória boa, e separá-la de toda a agitação que percorria sua mente durante a maior parte do tempo ultimamente. Aquilo era mais difícil do que ele poderia prever, o eco de pensamentos nada positivos sempre dava um jeito de lhe passar diante dos olhos da mente. Ele respirou fundo e tratou se concentrar-se em algo bom. Lembrou-se da festa em Saint Louis, a música, as conversas, a dança, mas logo seu quadro otimista foi destruído pela presença de Lillian e todo o aborrecimento que aquilo lhe trouxera.

Esvaiu a mente mais uma vez, pensou em sua família. Não havia nada de alegre a que pudesse se prender nos últimos dias e meses, apenas problemas. Afastou também essas memórias, deixou que seus pensamentos o levassem novamente ao cerúleo, à grande e opulenta festa, as músicas, os espetáculos, os pratos deliciosos, o riso fervoroso de Blair quando tentou aprender os passos da dança típica de Methária, e a empolgação acanhada de Cam mostrando-lhes tudo o que podia sobre seu mundo. Agarrou-se àquele momento e apenas a ele. Sentiu-se calmo ao extremo. O ancião entoava o que concluiu ser algum tipo de cântico enquanto os rodeava espalhando com algum objeto um incenso com odor hipnótico. Teve a impressão de estar flutuando sobre aquela fumaça perfumada e úmida quando a mão do velho homem pairou de leve sobre sua cabeça. O gesto de alguma maneira fez com que a memória que ele revivia se tornasse ainda mais intensa.

Permaneceu naquela posição enquanto o ancião prosseguiu entoando as palavras que desconhecia, presumiu que ele repetia em Cam e Blair o gesto que fizera com ele.

– Podem abrir os olhos – Annabel falou após alguns instantes.

Nick estava tomado por serenidade como se despertasse de um agradável sonho. O ancião agora remoía galhos e ervas em um recipiente de cerâmica. Ele continuava bradando palavras enquanto espremia o conteúdo do pote até formar um pó. Despejou o em uma minúscula bolsa de veludo vermelho. Caminhou até Nick com dificuldade e depositou a bolsa na palma da mão dele. Ergueu o indicador e voltou a falar-lhe. Nick mirou Annabel como que pedindo que traduzisse. Ela disse:

– São as raízes sagradas da terra. Guarde e use nos momentos de desespero.

Ele fechou o pequeno pacote na mão antes de guardá-lo no bolso, bem ao lado do escaravelho. Ergueu o olhar para o ancião.

– Obrigado.

Annabel disse algumas palavras para o velho homem, que em resposta voltou a recitar cânticos.

– Podemos ir agora – disse ela para os três.

Antes de levantar-se deixou-se abençoar pelo ancião uma última vez. Eles a acompanharam para fora do templo. Nick se deu conta de que não tinha noção de quanto tempo durara o ritual, quando constatou, ao saírem, que o sol já brilhava e iluminava todo o vilarejo.

– Nosso caminhão irá levá-los de volta à entrada da floresta. Deixaremos alguns homens de guarda para o caso de precisarem de alguma coisa *se*... – ela engoliu as palavras até que continuou – *quando* saírem.

Annabel estendeu a mão para cumprimentar Nick quando chegaram ao local onde o carro estava estacionado. Ele aceitou o gesto.

– Eu não desejo sorte a vocês, pois sorte é para os fracos, o que claramente não são. Eu desejo a vocês sucesso em mais essa empreitada – disse ela, repetindo o firme aperto de mão em Cam e Blair. – Tomem cuidado. Tudo dará certo.

Eles subiram na parte traseira do caminhão, que em um rugir de motores arrancou levando-os de volta à estreita estradinha de terra. Nick observou o minúsculo vilarejo desaparecer em uma das curvas e o vento fresco das montanhas bater em seu rosto. Sentia-se bem. Sentia-se muito bem. Sentia-se disposto para enfrentar o que fosse preciso. E o mais importante, já se sentia vitorioso.

Capítulo 29
A Floresta do Suicídio

Alguns minutos após despedirem-se da obstinada Annabel, estavam Nick, Cam e Blair de volta à entrada de Aokigahara. Desta vez, Nick não hesitou em assumir a frente do grupo, estava tomado por uma súbita confiança. Tinha certeza absoluta de que nada naquela floresta poderia pará-lo, como se fosse imbatível, e quis transmitir este espírito aos colegas, especialmente a Blair. Ela não falara nada durante todo o percurso da vila até lá, mas Nick desejava de verdade que ela estivesse se sentindo tão inabalável quanto ele.

Procurou caminhar com firmeza, sem hesitação, pela trilha, mas tomando o cuidado de estar lado a lado com Cam e Blair. Poucos minutos foram o suficiente para que não mais conseguissem olhar para trás e ver o portão de entrada. Estavam no meio da manhã e ainda assim nem uma luz do sol chegava ao chão, tamanha era a densidade da mata, as grandes árvores se amontoavam, o que impedia também a presença de qualquer vento. Os galhos e as folhas permaneciam inertes, paralisados, o silêncio era aterrador, não se ouvia um cantar de pássaro sequer. Parecia não haver nada, absolutamente nada vivo naquela floresta.

– É... até aqui tudo bem – Blair observou após vários minutos de caminhada.

O comentário dela era bem pertinente. Apesar do ar sombrio, Aokigahara era um belíssimo lugar, era um lugar bonito demais para morrer. Até agora não haviam encontrado nada com as características que Cam descrevera. O silêncio era incomum, ainda mais para uma mata, mas além disso não percebera nenhuma energia demoníaca.

– Quanto mais nos falta pelos seus cálculos, Cam? – indagou Nick.

– Três quilômetros nesta direção e chegaremos ao local do pico eletromagnético.

– Então vamos apressar o passo. O quanto antes melhor, não?

O outros dois assentiram, e todos passaram a caminhar com menos receio. A trilha se tornou mais estreita, já não era possível que andassem lado a lado. Sendo assim, Nick tomou a dianteira, Blair ficou no meio e Cam os seguia. Já tinham que se desviar de galhos que caíam e invadiam o local de passagem quando Blair se desequilibrou e acabou saindo da trilha e dando um passo dentro da mata para o seu lado esquerdo. Tentou se segurar em um dos troncos da árvore mais próxima, porém ele não estava firme e ela caiu de costas no chão. Ainda tinha na mão o pedaço da árvore quando o olhou com atenção.

Os olhos de Blair cresceram assustadoramente e ela soltou um grito esganiçado de horror. Não fora em um galho que ela tentara se agarrar, mas numa ossada humana que estava pendurada, em uma forca montada em uma das árvores. Ela ainda segurava o osso da perna do cadáver quando num impulso de pavor o soltou e se arrastou para trás no chão buscando afastar-se o quanto fosse possível, rastejou até esbarrar de costas em uma outra estrutura, uma barraca de acampamento.

Pendurado, ao lado dela, na saída da barraca, estava o crânio de um outro corpo humano, em decomposição avançada, em uma posição que indicava que estava prestes a sair de lá de dentro. Blair voltou a gritar, atordoada. Cam correu em sua direção para ampará-

-la, a puxou pelos braços para pô-la de pé, Blair escondeu o próprio rosto no ombro dele, tentando desviar o olhar do que vira.

Nick se aproximou e observou o cenário macabro com que se depararam. Uma das pessoas tinha, claramente, se enforcado, já o outro, não poderia dizer de que maneira acabara com a própria vida. Porém, a posição em que se encontrava indicava que ele tentara ir a algum lugar antes de a morte lhe abater. Fora da barraca havia alguns objetos pessoais como cantis, uma bolsa, uma mochila, uma caneca. O próprio cadáver tinha um chapéu sobre a cabeça, usava uma camisa xadrez e jeans. Uma das mãos estava estendida e tocava o chão.

– Há c-corpos, há corpos por todos os lados – ela gaguejou. – Alguém tem que tirá-los daqui! Nós precisamos levá-los.

– Alguém vai tirá-los – Cam respondeu ainda a consolando.

– Quem?! – ela estava inconformada, passado o susto e menos trêmula já recuperara o equilíbrio e se afastava por vontade própria da barraca abandonada.

– O governo monta todos os anos um grupo que entra na floresta, até onde consegue-se ir e recolhe os corpos dos suicidas devolvendo-os para suas famílias. Estes, possivelmente, estão aqui há meses, esperando serem resgatados.

Blair caminhou buscando voltar a trilha, ainda evitando olhar o corpo pendurado pelo pescoço. Ainda assim seu olhar parou em um ponto acima do ombro de Nick.

– Ele deixou um bilhete – ela apontou com o indicador. – Está ali, na árvore.

Nick se voltou e conferiu que estava preso no tronco, por um prego, um papel desgastado com algumas palavras escritas em japonês. Blair se aproximou, não passando do ponto onde o próprio Nick estava, e leu:

– "Eu vim até aqui porque não houve nada, exceto coisas ruins em minha vida até agora" – tomou fôlego. – "Por favor, não procurem por mim. 12:45." Não há assinatura.

Os olhos dela estavam marejados.

– Nós temos que ir, Blair – ele a puxou pelo braço, percebeu que Blair ainda estava cambaleante.

– Claro – ela concordou com a cabeça, meio desconcertada. – Vamos.

Os três retornaram à trilha, embora Nick tentasse retomar o ritmo anterior de caminhada, Blair permanecia abalada, seu olhar percorria de modo apreensivo cada detalhe da mata, como se procurasse quaisquer sinais adversos no caminho.

– Cam, quanto falta? – Nick perguntou. Sabia que não havia se passado muito desde a última vez em que questionara Cam, entretanto uma sensação de urgência o acometera desde que percebera que Blair estava fragilizada. Aquilo era péssimo, eles precisavam chegar logo onde tinham que chegar.

– Ainda falta um pouco – a expressão dele não foi das mais animadoras ao dar a resposta. Nick suspirou. Não estavam chegando, nem perto, era o que aquela resposta significava. Ele próprio estava começando a se angustiar com a situação.

Embora preocupado, Nick prosseguiu, a trilha havia se tornado agora ligeiramente íngreme. Chamar aquilo de "trilha" era ser exagerado pra burro. Não passava de alguns pedregulhos envoltos por caules contorcidos que brotaram da terra. A certa altura, eles se depararam com uma barreira de folhagem entre as árvores, um emaranhado de galhos, como uma moita. A tal trilha que seguiam era tão erma que naquele ponto não mais existia, tendo sido tomada por completo pela vegetação.

– Tem certeza de que este é o caminho? – foi Blair quem questionou.

– Sim, até onde eu sei. Acredito que não devem usar esta trilha com frequência, por isso está obstruída – respondeu Cam.

– São só folhas, não vamos ter problema para passar – disse Nick erguendo os ombros. – Eu vou e vocês me seguem.

Cam e Blair assentiram. Nick afastou os arbustos com as mãos, o suficiente para conseguir passar a própria cabeça para o outro lado. Feito isto ele forçou o restante do corpo por entre a moita e atravessou, os trajes firmes evitaram que sentissem quaisquer incômodos maiores pelo contato com os galhos. Uma figura grotesca chamou sua atenção ao observar em volta. Pendurado, de ponta a cabeça, em uma árvore estava um boneco de pano, nas cores preta e branca, preso pelos pés por uma haste negra de metal.

– Bizarro – disse ele para si mesmo.

Aguardou que Cam e Blair passassem para o lado onde ele estava. Aquilo não aconteceu.

– Blair? Cadê vocês? Eu já atravessei!

Sem resposta.

– Blair? – houve um silêncio. – Cam?? – mais silêncio.

Sem hesitar e não encontrando outra escolha ele abriu novamente os arbustos e voltou para o lado de lá, falando: – Por que vocês não estão vindo?!

Ao transpor a barreira Nick ficou perplexo, não havia sinal de Cam ou Blair. Ele olhou em volta e não encontrou mesmo quaisquer vestígios dos amigos, eles tinham sumido, evaporado. Havia, porém, algo perturbador: ali diante dos seus olhos estava o boneco preto e branco, preso de cabeça para baixo, que acabara de encontrar segundos antes. De alguma maneira, ele voltara para o mesmo lugar.

– Mas que diabos é isso??

*

Cam aguardou que Nick e Blair entrassem nos arbustos e, em seguida, fez o mesmo. Para seu total espanto, ao fazê-lo achou-se sozinho do lado de lá, nenhum dos dois o aguardava. Ele tentou raciocinar com mais rapidez do que o usual, não havia tempo hábil para que eles tivessem se afastado por distância o bastante para que não pudesse vê-los, e ali onde se encontrava a visibilidade era bem maior do que no lado anterior.

O espaço entre as árvores não era grande o suficiente para que a luz penetrasse ou para que o vento corresse, mas permitia que se caminhasse com mais facilidade. Ainda assim, ainda que os dois tivessem corrido de forma veloz, Cam perceberia algum rastro. Retirou o dispositivo localizador do bolso e verificou a que distância estariam do possível centro do portal. Mais alguns minutos de caminhada intensa e em linha reta e chegaria lá. Não, não havia se enganado quanto ao caminho. Era aquele mesmo. Estava exatamente onde deveria estar. Aquilo fora calculado com muito cuidado, ora bolas!

Ativou uma outra função na tela, que seria capaz de mostrar a localização aproximada dos colegas, graças a um dispositivo que emitia um sinal em suas roupas. A informação que obteve de retorno era inacreditável, no sentido mais preciso da palavra, tão inacreditável que ele optou por reiniciar o aparelho e refazer o procedimento. A resposta foi igual.

– Não pode ser...

Os dois pontos vermelhos no mapa, que indicavam a localização de Nick e Blair os mostravam bem ali, naquele lugar, ao lado dele.

CAPÍTULO 30
ONDE COMEÇA O MAR

Blair aguardou Nick concluir sua passagem para segui-lo. Passar pelos arbustos fora mais fácil do que havia imaginado. O problema é que ao chegar lá Nick não a estava esperando como havia dito que faria. O terreno era mais íngreme e pedregoso do que aquele em que estavam e as árvores tão próximas umas das outras que não conseguia enxergar muito adiante ou entre elas.

– Nick? – chamou-o – Nick?! – insistiu. – Não é hora para gracinhas, Nick! Apareça!

Aguardou por um instante e só então se deu conta de que Cam já deveria ter atravessado. Olhou para trás, a moita estava imóvel.

– Cam? – falou em tom mais baixo. Também não obteve resposta alguma.

Estava sozinha. Completamente sozinha. Uma onda de horror lhe percorreu o corpo, sentiu o queixo tremer, coisa que acontecia toda vez que estava tendo alguma crise de ansiedade extrema. Às vezes ela conseguia contê-la, às vezes ela entrava em pânico. Acontecia desde a infância, lembrava de bem menina ter sido tomada por um desespero sem tamanho quando Cherry, sua pequena *Yorkshire Terrier*, caiu doente, ela não conseguia aceitar a possível perda do animalzinho, a simples ideia de que isso pudesse acontecer já acelerava seu coração, fazia doer o peito e lhe dava náuseas e dores de cabeça.

Entretanto, depois do sumiço dos pais, essas crises se tornaram cada vez mais frequentes. Seu avô a levou ao médico, não motivado pelo pânico que a acometia de quando em vez e sim pela preocupação com a adolescente que de uma hora para outra teria que lidar com a perda dos dois pais, ao mesmo tempo, e em circunstancias, no mínimo, traumáticas. Desde então, ela fazia sessões regulares de terapia, acupuntura, yoga – o avô não aprovava o uso de medicamentos, portanto seu tratamento foi baseado em técnicas mais alternativas –, e ela obtivera resultados significativos, não era mais tão dolorido pensar na morte de seus entes queridos e conseguia muitas vezes conter os acessos de agonia que surgiam em situações cotidianas e banais. Ainda assim, vez ou outra, o sentimento de angústia tomava conta de seu ser de um modo que lhe impedia de pensar e agir, como normalmente faria. Aquele era um desses típicos momentos.

Ela estava lá petrificada, não sabia o que fazer, o que pensar, apenas sabia que se sentia em pânico. Sua respiração estava rápida, e nem assim conseguia sentir que havia ar suficiente nos pulmões, era como se sempre faltasse um pouco, o que a fazia tentar puxar mais e mais ar e mais e mais rápido. Era inútil, o peito continuava dolorido e aquela dor culminava em uma ânsia quase incontrolável de choro. Estava desamparada, não havia Nick ou Cam ou qualquer ser vivo naquele lugar. Eles poderiam já estar mortos. *Mortos*. Poderiam não mais existir. Que outra explicação haveria para o sumiço de ambos? Sacudiu a cabeça, levou as mãos à cabeça.

– Pare, pare com isso! – deu tapinhas leves nas têmporas. – Vai ficar tudo bem, tudo bem, tudo bem...

Ela praticou a respiração relaxante que aprendera nas aulas de Yoga. Costumava funcionar quando percebia que estava prestes a perder a paciência com Eddie, ou quando alguma situação poderia lhe fazer explodir em uma reação desproporcional. "Inspire, um, dois, três, expire, um, dois, três, inspire, um, dois, três, expire...", ela falava mentalmente. Repetiu o exercício por tempo suficiente para voltar a sentir ar nos pulmões.

– Está bem, é isto. Vamos em frente, Blair. Este era o plano, ir em frente mais alguns minutos, e pronto, chegaríamos lá, certo? – ela sacudiu os braços, tentou tirar a tensão de si. – Certo. Em frente, vamos em frente.

E ainda na contagem da respiração de Yoga seguiu em linha reta, no terreno íngreme que a levava para algum ponto acima. Seu raciocínio tinha total coerência, se parasse para pensar, era isso que Nick e Cam fariam, estivessem onde estivessem e ela tinha que se convencer de que eles estavam de fato em algum lugar ali, vivos. Aquele não era um lugar qualquer, tinha consciência de que coisas anormais poderiam e iriam acontecer. Agora não era a hora de surtar, era a hora de pensar com objetividade. Aonde estavam indo? Ao portal. E onde ficava o portal?

– À frente. Fica à frente.

E continuou subindo. O queixo ainda tremia, um sintoma clássico de que não estava tudo bem, embora em sua cabeça ela continuasse repetindo o contrário para si mesma. Ela se apoiava em alguns dos caules buscando apoio para vencer a ladeira. Quando achou que estava focada o suficiente em sua caminhada um riso infantil ecoou de algum ponto vindo de suas costas, ela se virou de imediato. O riso voltou a ecoar, mais uma vez pareceu passar atrás dela.

– Olá? – a voz dela oscilou no vazio. – Tem alguém aí?

A resposta veio em uma onda de risos cada vez mais altos que vinham numa onda veloz ao seu encontro, não achando outra alternativa ela disparou em uma corrida ladeira acima, correu o mais rápido que pôde, esbarrando em árvores e galhos, tropeçando nos pedregulhos o chão. Ela correu com todas as forças que foi capaz de reunir, ainda que não tivesse a mínima ideia do que diabos a estava perseguindo e a fazendo correr.

Seu fôlego esgotava-se quando, por fim, alcançou uma região plana da floresta. Os risos eram cada vez mais estridentes e próximos ao seu ouvido o que só a impulsionava a não parar, acontecesse o que fosse, não podia parar. Não tinha noção exata de quanto havia percorrido, embora o chão estivesse mais arenoso. Teve a impressão que correra por muito na subida pois suas pernas cambaleavam sem força a cada impulso que tentava dar para seguir.

Ofegava, a boca seca, o coração aceleradíssimo, suas energias estavam se esvaindo e ela tanto sabia disso que deixou escapar uma lágrima sofrida e um choro engasgado entre a respiração irregular. A fraqueza era tão evidente que, sem nenhum obstáculo aparente, seus pés se entrelaçaram nas passadas e a fizeram tombar no chão. Soltou um gemido, mais de desgosto do que de dor, os risos agora estavam por todos os lados, ela se virou de costas no chão e rastejou para trás, tentando escapar do que não conseguia enxergar. Podia percebê-los tão próximos que teve a sensação de que entravam por seus olhos e ouvidos, agora não eram apenas gargalhadas, mas também zumbidos insuportáveis de insetos. Instintivamente dava golpes no vazio com as mãos, tentando afastar de si o invisível.

Ficou tão atordoada que continuou a desferir os golpes mesmo quando as risadas se dissiparam aos poucos e o silêncio voltou a reinar sobre a selva. Só sua respiração sôfrega era ouvida naquele instante, seu rosto estava úmido: gotas, em parte suor, em parte lágrimas, escorriam pelas têmporas e bochechas.

Com certo esforço se repôs de pé, uma cãibra tomou conta de sua panturrilha esquerda, Blair abaixou o tronco e levou a mão até o local tentando aliviar a dor. Voltou a caminhar em passos curtos, mancando com os espasmos musculares. À exceção da dança, que fizera até os quinze anos de idade, nunca fora nenhuma esportista, aquela corrida de supetão a havia debilitado consideravelmente.

Ela limpou o rosto nas costas das mãos observando em volta. Não sabia mais para que lado deveria ir, perdera por completo o referencial. Tinha corrido em linha reta? Como iria saber? Estava tomada por tanto pânico que apenas quis fugir do que a perseguia, não tomou a menor precaução em correr na direção certa, apenas correu.

– Mas que droga, Blair! – resmungou para si mesma e soltou um choro, desta vez mais explícito, aos soluços. – Nick!!! – gritou com o máximo de fôlego que conseguiu reunir. – Cam!!! Socorro!!

A voz dela gerou um eco fantasmagórico na floresta, não houve nenhuma resposta, nenhum aceno sequer. Ela não poderia estar mais perdida em Aokigahara do que agora.

E se estiverem mortos?

A voz parecia vir de dentro dela mesma como um pensamento, mas de algum modo soava diferente da voz que ela conhecia como sendo sua.

E se tiverem abandonado você?

Ela sacudiu a cabeça, neste instante constatou que suas têmporas latejavam.

– Eles não fariam isso.

Quem garante que não fariam? Eles querem sobreviver. Você os estava atrasando.

– Eles não me deixariam para trás, nunca! – retorquiu para o nada. Pareciam que pequenas agulhas brotavam por trás de seus olhos, tamanha era a dor.

Então por que você está aqui agora, ***sozinha****?*

– Pare! – tapou os ouvidos com as mãos, mas a voz era tão forte que emanava de dentro do seu crânio causando uma fisgada intensa de dor, ela grunhiu.

Eles deixaram você, como os antigos faziam com aqueles que não conseguiam alimentar. Você era um fardo. Um fardo pesado demais para carregarem. Eles enganaram você. Eles deixaram você aqui. Para morrer.

– CALE A BOCA! – Blair vociferou tão alto que ela própria se assustou.

As vozes cessaram, mas a dor se espalhou por toda sua cabeça, o simples fato de manter os olhos abertos doía e quando conseguia os abrir por inteiro tudo à sua volta parecia distorcido. Esfregou-os com as mãos e tentou focar a visão em algo, tudo permanecia deformado, um zumbido agudo começou a brotar em seus ouvidos, sua intensidade foi crescendo aos poucos até tomar conta de tudo ao seu redor, ao fundo as risadas voltaram a ecoar, mas ao invés de se aproximar elas se esvaíam. Blair foi tomada novamente pela angústia e mesmo sem discernir o ambiente ao seu redor voltou a andar, arrastando a perna ainda não recuperada, no ritmo mais rápido que foi capaz.

Estendeu os braços para tentar tatear as árvores e evitar esbarrar em algumas delas, estava totalmente desorientada. A cabeça doía, o ouvido zumbia, a perna quase paralisada, a visão comprometida. De quando em vez uma das risadas lhe passava ao lado, deixando um rastro de ar, Blair soluçava baixinho tomada por terror. Vagou nessas circunstâncias pelo que pareceu ser uma eternidade.

Caminhava pé ante pé quando o zumbido foi sugado de seus ouvidos dando lugar ao vácuo característico de Aokigahara, ela esbugalhou os olhos para enxergar em volta quando viu uma figura feminina, caminhando em sua direção por entre os caules das árvores. Ela usava um vestido branco por inteiro, quase iluminado, com mangas longas e uma saia que caía até o chão. Blair preparou-se para fugir, mas então viu o rosto da mulher, seus cabelos castanhos longos e ondulados, os olhos azuis escuros e penetrantes. Ela conhecia aquele rosto.

– Mamãe? – ela perguntou incrédula, a voz quase não saiu de tão baixa. – Mamãe??

A mulher se aproximou parando apenas à um metro de Blair.

– Olá, querida – respondeu em uma voz angelical. Blair se atirou na direção da mulher que a acolheu em um confortável abraço.

– Graças a Deus! Oh, mamãe, é tão bom ver você! Eu estava perdida nesse lugar horroroso, não sabia mais o que fazer! Você veio para me ajudar? Você veio, não é, mamãe?

– É claro, meu bem – acariciou os cabelos de Blair. – Eu vim buscá-la.

– Você sabe como me tirar daqui? Você sabe mesmo? – ela falava em tom ansioso, quase como uma criança. Aliás, era assim que se enxergava já que a mãe lhe parecia bem mais jovem do que da última vez que se viram.

– Blair, só há um jeito de sair daqui – respondeu a mulher de modo metódico. – Você precisa vir comigo.

Blair refletiu por um instante.

– Para onde?

– Oh, querida... para fora da floresta.

– Mas... eu preciso encontrar Cam e Nick, nós temos que achar o portal e trancá-lo, eu não posso deixá-los aqui!

– Não se preocupe, seus amigos nos encontrarão lá. Na verdade, eles já devem estar nos esperando. Você só precisa vir comigo – retrucou a mulher e apontou para a lateral delas – aonde as árvores terminam e o mar começa.

– Por que? Por que eu tenho que ir até lá? Mãe... – ela se afastou um pouco. – Por que você está aqui? Por que está nessa floresta?

A mulher ostentou um sorriso quase imperceptível.

– Eu acho que você sabe.

Blair pestanejou várias vezes, prendeu a respiração. Não podia ser.

– N-não.

– Sim, meu bem.

– Não! – negou mais alto. A mulher fez um gesto positivo com a cabeça. – Você *não está* morta! Não está!

– Sim, Blair, eu estou. Mas não é só isso. Há uma razão para que esteja falando com você agora, não há?

O coração de Blair voltou a acelerar, ele também batia forte, mais forte até do que quando correra por todos aqueles minutos.

– Não... – ela soluçou em um choro. – Isso não aconteceu! Eu não morri! Eu *não estou* morta! Não estou!

– Sim, você está, querida. Você morreu no momento em que atravessou os arbustos – Blair sacudia a cabeça freneticamente. – Não há mais nada a fazer, além de vir conosco.

– Ouça a sua mãe, garota.

Blair interrompeu um soluço e vislumbrou, parado há alguns metros atrás, com as mãos nos bolsos da sua típica calça de linho cáqui, seu pai. Usava uma camisa de mangas compridas também branca. Ele até usava seus óculos de leitura.

– Não... – chorou. – Eu não quero morrer, pai!

– Nós estamos aqui com você, querida – a mulher a confortou. – Ficaremos até o último segundo.

– Isto mesmo – disse o homem com sua habitual voz contundente, aquela a que Blair sempre obedecia sem questionar.

– E quanto a Nick e Cam?

– Eles nos encontrarão lá, muito em breve – garantiu o homem.

Blair fechou os olhos, relembrou os últimos momentos que passara na floresta. Desde o instante em que se separara de Cam e Nick nos arbustos tudo deixou de ter explicação lógica e ela viveu instantes inexplicáveis e aterradores. O que poderia ter sido aquilo senão a morte? O que mais poderia fazê-los, os dois, desaparecerem e a ela mergulhar em um pesadelo sem fim? A morte fazia total sentido. Respirou fundo.

– O que eu tenho que fazer?

A mulher acariciou os cabelos de Blair novamente e indicou o caminho, estendendo uma das mãos. Ela observou o horizonte, as árvores preenchiam o lugar até um certo ponto, há uns cinquenta metros à frente, onde então desapareciam.

– Vá e encontre o mar – sorriu-lhe.

– Nós estaremos com você até o fim. Não há por que ter medo – o homem reforçou.

Blair abaixou a vista, resignada.

Com um último olhar para sua mãe e seu pai, ela caminhou, agora com os passos firmes ao encontro do mar. Aquele era o fim.

Capítulo 31
Raízes Sagradas

Nick sabia que algo tinha dado muito errado. De alguma forma, ele havia entrado em um *looping*, qualquer que fosse sua tentativa de escapar apenas o trazia de volta ao ponto inicial: a árvore com o boneco de cabeça para baixo. Não tentara apenas retornar pelos arbustos, ele também correra por longos minutos, quando achava que poderia estar prestes a encontrar um ponto novo lá estava ele cara a cara com o boneco, como se andasse em círculos.

As investidas frustradas o deixaram irado.

– O QUÊ VOCÊS QUEREM?! – abriu os braços e gritou no meio da mata.

Já havia um bom tempo que se perdera de Cam e Blair, tempo o bastante para que muitas coisas acontecessem. Muitas coisas ruins, para ser mais franco. Agora tinha absoluta certeza que Blair estava em perigo grave e iminente. Saber disso e não conseguir fazer nada a respeito o deixava louco. Aquele não era o plano! O plano era ficar ao lado dela durante todo o tempo que durasse a passagem deles por Aokigahara.

Perderem-se não era uma opção. Precisava fazer algo. Em sua incansável insistência, ele resolveu caminhar mais uma vez, sempre adiante. Em algum momento, iria desvendar aquela charada e sair do labirinto em que se metera. Tinha que haver uma saída. Caminhava em ritmo rápido quando alguém se pôs em sua frente.

– Aí está você, garoto de Saint Louis! Eu estava procurando por você!

Nick havia estancado na metade de um passo.

– Alex?

Alex lhe sorria com uma expressão vivaz. Usava uma camiseta regata branca, jeans e tênis.

– Por que a surpresa?! Você não achou que eu não faria nada enquanto você viria para um lugar sinistro e perigoso que nem esse, achou?

Nick estava cético. Não sabia quem era aquela garota, mas de uma coisa tinha certeza: não podia ser Alex.

– Quem é você? – ele falou muito sério.

A garota voltou a sorrir sacudindo a cabeça.

– Como assim? – abriu os braços. – Este lugar já mexeu tanto assim com a sua cabeça que perdeu a noção do que é ou não, Nick? Sou eu, Alex.

– O que você quer de mim?

– Eu quero *ajudar* você. Foi por isso que eu vim, eu sei um jeito de sair daqui, de vez – disse ela ainda sorrindo. – Basta você vir comigo e tudo estará resolvido... poderemos ir tomar aquele sorvete, lembra?

Nick aproximou-se dela e a segurou com brutalidade pelo braço.

– A verdadeira Alex não quer me ver nem pintado de ouro, ela jamais viria a um lugar amaldiçoado, ainda mais para me ajudar. Eu vim muito bem preparado, você não vai conseguir bagunçar a minha cabeça, demônio! Agora, você vai sim me mostrar como sair desse labirinto que criou ou, eu juro por Deus, que eu vou, pessoalmente, destruir você. – disse entre os dentes.

O sorriso da garota lentamente se desfez. Ela soltou-se do braço de Nick e caminhou de costas para trás, seu rosto não tinha mais a expressão vivaz de antes, os olhos azuis de Alex tornaram-se negros por completo e sua face alva foi preenchida por linhas que lembravam veias também negras.

– E como vai fazer isso? – a voz tornou-se grave e sombria e nada lembrava a alegre voz de Alex.

Nick deu alguns passos fundos para frente. Aquele demoniozinho não era de nada.

– A pergunta é como *você* vai fazer algo contra mim. Esta é a floresta do suicídio, certo? Se você fosse assim tão poderoso não dependeria que os outros acabassem com a própria vida para conseguir algo. Você mesmo o faria. Por que não faz? Por que não pode.

– Ou porque eu não preciso. O desespero de vocês mortais aqui é tão insuportável que não é preciso fazer nada, além de assisti-los, humanos tolos, definharem.

Nick conseguiu soltar uma risada.

– Eu pareço desesperado?

– Você deveria. Sua garota está, literalmente, à beira do precipício.

Nick controlou-se para não esboçar reação alguma, sabia que qualquer manifestação de fragilidade alimentaria ainda mais o demônio e o tornaria indestrutível. Lembrou-se dos cânticos do ancião, do poder que aquele ritual havia lhe concedido, da sensação que lhe acometeu de que era imbatível ao entrar na floresta, de súbito sentiu-se mais uma vez imbatível. Manteve seu sorriso.

– Vou perguntar novamente – ele falou as palavras seguintes bem devagar: – Eu-pareço-desesperado?

O rosto do demônio se contorceu em uma expressão horripilante: seus olhos quase saíram de órbita, a testa franziu-se e as sobrancelhas se ergueram.

– Você *nunca* sairá daqui vivo – falou em uma voz ainda mais grossa.

Um zumbido ensurdecedor ecoou a partir da boca aberta do demônio. Nick tampou os ouvidos e tentou se proteger, mas a onda era tão forte que ele precisou cair de joelhos para suportar. O som era tão incômodo que fizera sua cabeça doer, começando pelas têmporas que pulsavam. Ele reuniu energia e tentou se pôr de pé. O demônio já não estava no local onde o vira, ao invés havia um grupo de jovens, reconheceu-os como sendo de alguns colegas de Saint Louis, colegas com quem sequer havia trocado palavras. Eles cochichavam e apontavam para Nick com expressões jocosas no rosto.

– Olhem só para ele... – uma das garotas do grupo comentava.

– Ele acha mesmo que pode ser um de nós! – as duas garotas riram.

– Não passa de um idiota! – era um garoto que falava.

Num movimento rápido os três estavam ao redor dele e diziam quase em seu ouvido, uma frase atrás da outra, sem que ele tivesse sequer a chance de responder:

– Seu pai é um ladrão!

– Você é filho de um ladrão asqueroso!

– Você nada mais é que um ladrãozinho também!

– Sua mãe é uma vagabunda imbecil que preferiu abandonar você para ficar ao lado de um ladrão!

– Abandonou o próprio filho...

– Jogou-o em um internato no fim do mundo para não ter que cuidar de você...

– ... nem a própria mãe se importa com você!

– Eles nem mesmo sentiriam sua falta se morresse...

– Nenhum deles!

– Ninguém viria sequer procurar por você...

– Você apodreceria aqui, para sempre!

– Apodreceria como um fracassado!

– Fra-cas-sa-do! Fracassado! Fracassado! – diziam os três ao mesmo tempo em meio à gargalhadas.

Nick se sentia ligeiramente zonzo, mas consegui se pôr de pé.

– Sério??? – abriu os braços. – Esse é o melhor que pode fazer?!

Voltou a enxergar o demônio adiante caminhando entre algumas árvores de um lado para outro. Ele avançou até Nick em um segundo.

– Não há saída para perdedores nesta floresta, a sua alma já pertence a mim.

– Vai precisar de muito mais que alguns adolescentes cosmopolitas me xingando se quiser que eu me mate, demônio!

Nick recordou-se da narrativa de Cam sobre Aokigahara. Em um dos detalhes ele contara que pessoas comuns haviam conseguido sair da floresta. Haviam sim experimentado momentos de horror enquanto lá, porém foram capazes de sair e contar a história. Foi então que ele se deu conta, toda aquela atmosfera, aquele ambiente, era propositalmente montado para gerar uma paranoia descontrolada capaz de levar o ser humano a medidas extremas. Só que era *montado*. Não havia colegas de Saint Louis lhe proferindo ofensas ali, nada daquilo era real. E isso incluía os jovens, os arbustos, o som ensurdecedor e... o demônio.

Ele se voltou para o grupo de adolescentes.

– Vocês não existem. Vocês não existem!! – gritou com toda a força, como se desse uma ordem.

De repente, a imagem dos três jovens foi sugada por um redemoinho invisível. Eles desapareceram. Nick encarou a criatura, que tinha uma expressão de desagrado ao reparar o que acabara de acontecer.

– Agora somos você e eu – Nick deu um passo à frente. – Isso pode ser da forma fácil ou da forma difícil, o que você prefere, Besta?

O demônio gargalhou, porém não havia uma gota sequer de confiança naquilo.

– Você vai minguar preso aqui por toda a eternidade, garoto estúpido! Quando não suportar o sofrimento e acabar com a própria vida sua alma me pertencerá.

Foi a vez de Nick rir, só que dessa vez com gosto.

– Você é hilário! – ele ficou sério. – Minha mente está intacta, eu não vou ficar preso, porque não há lugar nenhum para me prender aqui. Este é o mundo dos vivos. Você está invadindo propriedade privada, meu amigo. Eu sei, você sabe... este lugar não pertence a você, pertence a *mim*. E você... – ele retirou seu bastão de combate das vestes e o empunhou. – Você *não existe*!

Num golpe único e certeiro Nick atingiu o corpo do demônio na altura do pescoço, como se lhe decapitasse. Com o contato a figura grotesca se desintegrou em vapor e fumaça e se esvaiu para os confins da floresta. Nick soltou um riso satisfeito e deu um soco no ar com o punho fechado.

– Isso!

Ele guardou o bastão de volta e ainda tomado por êxtase percebeu que, embora o demônio tivesse partido, nada mudara ao seu redor. De algum modo ainda estava preso no cenário fictício. Examinou cada detalhe em volta, tudo estava como dantes. Tentou pensar rápido. O que faltava? O que precisava fazer para sair de vez dali? Nada! Não havia mais nada! Derrotara a criatura, expulsara as alucinações, seus pensamentos estavam tranquilos, mas mesmo assim se sentia desesperado por continuar, após tudo, preso. Num ímpeto ele teve um lampejo.

– Raízes sagradas – disse para si mesmo. – Raízes sagradas da terra!

A voz de Annabel soou clara em sua mente: “Guarde e use nos momentos de desespero”.

Era isso, era isso ou nada.

Ele localizou o pequeno pacote de veludo, abriu-o, depositou todo o conteúdo na palma de sua mão. Nem Annabel e nem o ancião haviam dito a Nick o que fazer. O pó tinha um leve brilho cintilante, como o das estrelas. Ele fechou os olhos o mais forte que pôde, fechou a mão, direcionou todo o seu pensamento para o pó que tinha entre os dedos.

– Eu preciso voltar. Voltar para a realidade. Agora!

E num movimento potente ergueu o punho e atirou o pó para cima de modo a espalhá-lo sobre ele e sobre a terra. Os grãos brilhantes se espalharam em todo o entorno e dissiparam uma luz tão resplandecente que ele teve que proteger os olhos.

Como num passe de mágica ele caiu de volta à realidade. De volta à verdadeira floresta.

E não estava sozinho.

Cam também estava lá.

Capítulo 32
À beira do precipício

Cam não entrou em muitos detalhes a respeito de como conseguira escapar do que lhe ocorreu após atravessar os arbustos. No instante em que consultou seu localizador e constatou que tanto Blair quanto Nick apareciam ao seu lado, mas fisicamente não estavam lá, ele se deu conta de que a única explicação plausível é que o que acreditava ser o seu presente não passava de uma distorção, uma alucinação provocada, de forma deliberada, pelos demônios da floresta.

Apesar dessa constatação ele não poderia saber, com exatidão, o modo de escapar de lá e voltar para o real, e o mais grave, como faria o mesmo com seus amigos. Eles não tinham a informação que Cam tinha, de que, na realidade ainda estavam lado a lado, embora vivenciassem experiências distintas. Sua ideia inicial foi a mais previsível, seguir em frente como havia combinado até encontrar o centro do portal. Deu-se conta, porém, de que isso nada adiantaria se não estivesse com Nick, pior ainda se não encontrasse Blair. Era ela a que mais corria perigo com aquela armadilha que a floresta os pregara.

Ponderou com cautela suas opções e concluiu que o caso de Blair era mais urgente. Tinha em mãos a localização dela, iria, portanto, segui-la. Entretanto, ao tentar seguir em frente, percebeu que os espíritos demoníacos não pretendiam o deixar ir assim tão facilmente. Ele foi bombardeado por um, por assim dizer, batalhão de criaturas que qualquer ser humano mediano definiria como show de horrores.

Mas Cam não era um ser humano mediano. Ele era um Methariano de desenvolvimento cognitivo extraordinário, o que o colocava acima de qualquer mente terráquea considerada genial. Seu cérebro possuía um estágio de evolução apenas um pouco superior em sua fisiologia ao dos terráqueos, era verdade, mas na prática isso o fazia estar a uma boa distância das demais pessoas que entravam em Aokigahara, no que diz respeito ao controle emocional. As imagens de Nick e Blair em farrapos, com sangue jorrando de suas gargantas, primeira tentativa dos demônios de causar algum abalo, não fizeram nem cócegas.

Para ele era uma alucinação, além de óbvia, bastante forçada. Para ser franco, beirava o ridículo do teatral. A artificialidade não parava por aí, ele ainda teve que passar por uma sessão de xingamentos por parte de todos os que tinham sido seus mentores durante a formação no Comando Estelar, a mais atroz era Ireth que não poupava adjetivos negativos para descrever sua passagem pelo comando e humilhá-lo.

Cam tinha obtido sua formação com louvor, e era plenamente consciente de que seu desempenho fora excepcional, então aquelas figuras deformadas lhe desferindo ofensas mais pareciam fantoches ou atores em uma peça muito, muito inverossímil.

O golpe de misericórdia foi o aparecimento de uma versão jovial e embelezada de seus pais. Elerossë e Tinuvion não tinham a aparência degradada, ao contrário, eles lembravam anjos vindos do paraíso. Talvez fosse obra da imaginação de Cam ou mesmo uma alucinação mas poderia jurar que até uma auréola pairava sobre Elerossë. Os dois tinham vindo para salvá-lo, disseram, ajudá-lo a encontrar a saída, afinal ele fora sempre um rapaz *tão* perdido. Ele se perguntou, de verdade, em que universo aquela cena representaria algo crível.

A única reação que foi capaz de esboçar, e que de fato transparecera, foi o tédio. Honestamente, esperava mais de um lugar tão amaldiçoado. Era aquilo mesmo? Chegou ao extremo de ver sua mãe implorar, ajoelhada aos prantos para que ele fosse com ela, "para um lugar melhor". Lamentável. Sua incredulidade foi tamanha que Cam não precisou se preocupar em encontrar um modo de interromper a alucinação. O desprezo com que tratara a situação por si só fê-la desfalecer. Como uma pequena planta que ao não ser alimentada murcha e morre, o devaneio se foi.

Ele observou impassível ao que enxergava ser o corpo da mãe derreter em uma substância negra gosmenta e ser engolida pelos poros do solo. Um rápido flash tremulou a floresta, naquele momento Cam soube que sua postura impassível o havia salvado e o trazido de volta. Verificou num ímpeto o objeto localizador e checou que os dois pontos vermelhos haviam se afastado dele. O mais próximo era Nick, que deveria estar alguns metros à leste. Ele correu até lá, esbugalhou os olhos quando identificou que ele estava mesmo lá, meio cambaleante, amparou-o segurando-o pelo braço.

– Blair! – foi a primeira coisa que Nick falou. – Precisamos achar Blair, agora!

– Eu sei onde ela está! – ele levantou a tela para Nick e acenou com a cabeça. – Temos que correr. Vamos!

Cam ativou uma função similar à de um GPS comum que calculou que estariam a seiscentos metros de distância de Blair. Os dois correram em um ritmo frenético, que teve que ser amenizado quando enfrentaram uma subida acentuada. A tarefa de correr sobre os pedregulhos e ainda ter que se desviar das árvores era exaustiva, porém, mesmo estando com pouquíssimo fôlego, Nick procurou uma última centelha de energia e direcionou-a para suas pernas, correu ainda mais rápido. Cam estava sempre ao seu lado ou em seu encalço. Depois de um quase interminável aclive, por fim pareciam estar em terra plana. Não havia mais tantos cascalhos e o chão estava meio encoberto por grama, as árvores estavam em menor quantidade, o que facilitava a passagem dele.

Foi então que Nick percebeu sobre seu ombro esquerdo que apenas a um metro não havia mais árvores, mas um desfiladeiro que levava para um mar azul escuro embaixo. Voltou a observar a floresta e ali pôde reconhecer aquele lugar. Era ali. Aquele era o lugar de sua visão. Algo, no entanto, estava diferente. Na imagem que vira diante dos olhos as árvores não passavam tão rápido quanto agora, enquanto disparava por entre a vegetação. Não, na cena que vira ele estava parado, à uma longa distância do mar. Os fatos já haviam mudado.

– Ali! – Cam gritou ofegante. – Lá está ela!

Nick arregalou os olhos. Blair caminhava, irredutível, por entre as árvores, buscando a beira do desfiladeiro. Deveria estar agora há trinta metros deles e diminuindo, mas já estava muito próxima da borda.

– Blair!! – ele gastou um pouco do que lhe restava de fôlego na esperança de que pudesse pará-la. Blair parecia estar em transe e continuou a caminhar como se nem sequer o tivesse ouvido.

Nick se sentiu desafiado em seus mais primitivos instintos, foi tomado por uma força que não tinha ideia que poderia existir em si próprio. Puxou o ar com potência máxima e soltando um grunhido correu no limite da rapidez de seu corpo, nada poderia detê-lo de chegar até ela. Seu último ímpeto de vigor disparou no instante em que Blair alcançou a margem do penhasco, virou-se de costas, abriu os braços com os olhos fechados e preparou-se para deixar-se cair no desfiladeiro. Nick tinha a sensação de que tudo acontecia em câmera lenta. Naquele último segundo, os olhos dela se abriram e encontraram os de Nick, ela pareceu sobressaltar-se de surpresa ao vê-lo. Poderia assegurar que um sorriso desolado se desenhou em seus lábios quando ela começou a cair, em seus lábios um "Sinto muito" se desenhava.

– Blair!!!! NÃO!!!

Nick apostou suas últimas fichas naquele grito que o impulsionou num salto pelo pouco que lhe faltava para chegar até onde Blair caía. Num movimento completamente instintivo, ele próprio se projetou para além dos limites da margem e passou o braço esquerdo pelas costas de Blair. Os dois cairiam, ambos, não fosse pelo braço direito de Nick que estava, sem que ele mesmo percebesse, seguro à firme mão de Cam, que se agarrara a uma das árvores e tomara a precaução de lhe servir de base.

Nick puxou Blair de volta, a tinha resguardada pela cintura. No retorno, ela estava trôpega, mal conseguia se pôr em pé, e ele, exausto, tampouco conseguiu impedir que o corpo de ambos fosse ao chão de cansaço. Permitiu que ela repousasse e se apoiou sobre os joelhos, segurava os ombros dela:

– O que diabos você pensava que estava fazendo?! – censurou ele, sua voz saiu esganiçada. Ele respirava, ou melhor, ofegava muito rápido e o coração batia ligeiro demais para seus padrões, parecia que ia ter um ataque cardíaco tão deplorável era seu estado.

– Eles me disseram que vocês tinham morrido... – ela começou ainda transtornada. – Disseram que eu tinha morrido também. Disseram que eu tinha que ir para o mar!

– Quem disse uma idiotice dessas?? – Nick quis saber.

– Não importa – Cam interrompeu. – O que você pensa que viu aqui, Blair, não foi real. Foi apenas uma armadilha para tentar lhe coagir a acabar com a própria vida. Você estava alucinando. Estamos vivos. Todos nós.

Ela suspirou, agora, finalmente, parecendo entender o que, de fato, era verdade.

– Eu sinto muito, eu sinto muito, quase estraguei tudo! Por favor, me desculpem, eu não sabia, eu não tinha ideia, foi tudo tão real...

– Não precisa se desculpar – Nick apertou o ombro dela. – Só prometa que nunca mais vai fazer uma coisa dessas de novo. Meu coração não aguenta correr tanto assim e continuar a bater.

Blair conseguiu soltar um sorriso, ainda que desanimado: – Ok, eu prometo.

– Você está um trapo – Nick comentou. Os cabelos dela estavam bagunçados, várias mechas soltas do rabo de cavalo, o nariz e os olhos estavam avermelhados pelas lágrimas, havia algumas manchas de sujeira na roupa e no pescoço. Realmente, um trapo. – Como se sente? – ele quis saber.

– Eu me sinto viva, obrigada! – Blair respondeu, incrédula com a observação dele. – Como sempre sua opinião a meu respeito é de muita valia!

– É, ela está bem – olhou para Cam. – Vamos. Vamos resolver o que temos que resolver e sair logo desse lugarzinho detestável!

Ele se pôs de pé e estendeu a mão para ajudá-la. Cam fez o mesmo e Blair levantou-se puxada pelos dois.

– Cam, por tudo que é mais sagrado, diga que seu *mapinha* está funcionando e que não precisamos atravessar essa floresta ou algo do tipo para chegar ao portal – pediu Nick. Falando sério, não sabia o quanto mais aguentaria naquela mata.

– Na verdade, eu acho que tenho boas notícias...

– É mesmo? Já não era sem tempo!

– O portal está bem na nossa frente – Cam se voltou para o precipício de onde tinham acabado de tirar Blair. Os outros dois não compreenderam. – Na verdade, está bem *abaixo* de nós.

Ele se aproximou da beirada do precipício e foi seguido por Nick e Blair. Ao olharem para baixo perceberam que logo à direita, cerca de dois metros abaixo, uma rocha se projetava e uma entrada, para o que deveria ser uma caverna, ficava visível. Gotas de água caíam no acesso ao interior, fazendo com que parecesse uma fonte.

– Pensei que eram boas notícias! – Blair falou.

Nick ergueu a sobrancelha em um suspiro nada empolgado.

– Espere só até ver quem vai ter que ir até lá.

– Bem, você acabou de me fazer prometer que não desceria em precipícios nunca mais! – soltou um risinho debochado.

– Você me deve! – ele falou já ficando de cócoras e em seguida sentando-se à margem.

A descida não seria difícil, a encosta possuía várias rochas firmes, além do mais a pedra de baixo o apararia caso caísse, então sem mais pensar iniciou a descida. Cam deitou-se no chão e deu-lhe a mão para servir como apoio e em questão de minutos Nick estava na entrada da caverna.

A água – e de fato era água – escoava devido à própria formação da caverna, que era revestida em gelo. Lá dentro, a uns cinco metros ao fundo, havia uma escada que dava, em seu topo, para um túnel circular. Todo o espaço do túnel já mostrava o outro lado, uma paisagem de pastos com mato amarelo alto, o céu era azul intenso, possuía três luas o enfeitando. Não havia nenhum centímetro na abertura que não estivesse preenchido pela paisagem. Aquilo indicava que o portal estava aberto por inteiro, o tempo deles estava se esgotando, se é que já não se esgotara.

Nick se apressou em ir até o portal, inseriu o aro de esferas até que uma delas se preenchesse de material dourado e logo em seguida uniu o escaravelho ao local destinado a ele, no centro do portal. Um leve tremor acometeu a caverna e o túnel a sua frente se petrificou em gelo, os campos se dissiparam diante dos seus olhos.

Ele voltou até a entrada e escalou o paredão pelos mesmos pontos que havia usado para descer, já próximo ao topo Cam o auxiliou a se erguer. Recuperando o fôlego, perguntou:

– Como está a ampulheta?

Cam retirou o pequeno objeto de um dos seus bolsos e o verificou diante dos outros dois. Uma quantidade pequena, mas positiva, ainda estava presente na parte superior da ampulheta.

– Os cálculos de vocês estão errados – disse Nick a Cam.

– Por quê?

– O portal está aberto por inteiro, eu vi o outro lado, todo ele. A ampulheta está errada.

Nick disse por fim antes de caminhar de volta para a floresta:

– Nosso tempo já acabou. Avise aos seus superiores para se prepararem. Os Maldekianos chegarão a qualquer momento.

Nós chegamos tarde demais.

Capítulo 33
A Montanha Negra

– Vocês têm certeza do que estão falando?

Annabel Turner havia recolhido sua tropa e partido para a Base Avançada do Comando Estelar Oriental, situada no Parque Nacional de Taroko, Taiwan, no momento em que se despedira dos garotos em Aokigahara. Horas depois, quando recebeu um chamado, classificado no nível cinco de urgência, ela colocou-se em prontidão na sala de comando, auxiliada por toda a equipe estratégica, e aguardou a chegada da nave Eleanor.

Reuniu-se com os três e ouviu com atenção a narrativa de Nick, foi quando fez aquela pergunta. O garoto tinha o olhar cansado, mas ainda assim foi firme em sua resposta:

– Absoluta.

Annabel acenou positivamente com a cabeça, voltou-se para um dos seus homens, que não tinha aparência de ser Methariano, era bem pequeno e tinha os olhos puxados, a pele bronzeada, digitava em gestos frenéticos, como se fosse em um teclado, sobre uma base de vidro transparente.

– Makoto, o que nós temos? – ela indagou.

– Na verdade... – ele continuou a digitação e leu com minúcia as inúmeras linhas de números e frases que apareciam em sua tela invisível, como um holograma. – Nada, nada por enquanto.

– Bem, garotos, é o seguinte. Nossos sensores espalhados pelas imediações de todos os portais não foram capazes de detectar nenhuma anomalia além das que já havíamos registrado desde a abertura deles, então...

– E quanto à anomalia eletromagnética em Aokigahara? – Nick a interrompeu.

– O que tem ela?

– Cam disse que houve um pico noite passada, isso não quer dizer algo?

– Nós patrulhamos a floresta há dias, se algo tivesse saído de lá nós teríamos reconhecido – retrucou Annabel, deu a eles um instante para que parecessem convencidos. – Diante disso, a orientação da direção do comando é prosseguir com a missão. Porém, considerando a hipótese da iminente chegada de Maldekianos, uma de nossas equipes táticas irá acompanhá-los até Cooktown e ficará a postos para prestar reforços, caso necessário. Quero ressaltar que temos total confiança de que lograrão êxito nesta última etapa, mas se precisarem de ajuda ao sair, nós estaremos lá.

– Nós agradecemos – disse Cam, fazendo uma leve reverência.

– É nossa função – ela sorriu. – Eu sei que vocês estão exaustos, mas, infelizmente, devido às circunstâncias, teremos que adiantar o cronograma. Vocês terão um tempo para higiene e alimentação, é claro, e em seguida devemos partir. Creio que uma hora será suficiente.

Os três assentiram. Annabel os conduziu até a um conjunto de aposentos em que puderam usar o banheiro e trocar de roupas e em seguida os três se encontraram no ambiente de convivência da base, onde havia um *buffet* em uma das laterais, com saladas, pratos quentes e algumas frutas e sucos. Eles se serviram e tomaram lugar em uma das mesas redondas do local.

– Está se sentindo melhor? – Nick perguntou a Blair.

– Nova em folha! – respondeu dando uma garfada em seu prato.

A aparência dela havia melhorado bastante, Nick tinha que admitir, havia se recomposto, quanto ao emocional tinha que confiar no que ela lhe dizia. O que viveram na floresta fora um pesadelo dos mais reais possíveis, mas talvez o fato de não terem nem mesmo tempo para pensar a respeito antes de ir ao próximo portal ajudaria a deixar aqueles acontecimentos para trás. Ao menos era no que ele escolhera acreditar.

– Cam, você acha que é... pertinente ir a este lugar em plena luz do dia? – Blair questionou.

– A Montanha Negra fica a vinte e cinco quilômetros ao sul de Cooktown, na Austrália, sua região não é urbana, no entorno vivem apenas algumas tribos aborígenes que, por sua vez, evitam qualquer aproximação da Montanha.

– Eu devo perguntar porquê?

– Na verdade, sim, Nick. A montanha, como vocês verão quando chegarmos lá, é diferente de uma formação geográfica montanhosa natural, ela é formada por um amontoado de rochas escuras que atingem quatrocentos e trinta metros de altitude. Essa massa de rochas forma uma quase indecifrável sequência de túneis e cavernas em seu interior, verdadeiros labirintos – tomou um gole de água. – Lendas antigas dão conta que dentro da montanha habita uma raça superdesenvolvida de répteis, liderados pelo maior e mais medonho deles: a serpente do arco-íris. Ainda segundo as lendas, esse império subterrâneo protege o coração da montanha de quem ousa se aventurar lá dentro. Os relatos de estudiosos, ou mesmo curiosos que entraram na montanha e nunca mais foram vistos, são incontáveis.

– Desculpe, o que exatamente você quer dizer com raça superdesenvolvida de répteis e serpente do arco-íris? – Blair perguntou erguendo a sobrancelha para ele, como fazia sempre que queria dizer: "você está brincando, certo?". Pelo menos era isso que Nick imaginava estar ouvindo quando ela tinha essa expressão no rosto.

– Bem, eu quis dizer que o local é guardado por uma raça superdesenvolvida de répteis – Cam repetiu, como se fosse óbvio. Ele ainda não percebia algumas sutilezas de humanos, tais quais Blair, que ainda o olhava ainda aguardando a real resposta, ou uma "resposta decente" como imaginou que ela falaria. – Lagartos, cobras, camaleões...

– Superdesenvolvidos?

– Superdesenvolvidos.

– Ok... – ela não parecia nada satisfeita. – E quanto a tal serpente colorida?

– A serpente do arco-íris.

– Essa mesma.

– A serpente do arco-íris é o símbolo da criação. Várias culturas antigas a mencionam e muito se especula a respeito de seu verdadeiro lar. Entretanto, nos registros do Comando Estelar, que possuem centenas de anos, fica claro que a serpente está em Kalkajaka. É muito provável que ela esteja hoje guardando o portal.

– Então, teremos que passar por essa cobra para chegar ao portal, é isso? – foi Nick, na condição de principal interessado, que indagou.

– Sim, está correto. E pelos demais répteis também.

– Superdesenvolvidos – Blair disse para Nick que percebeu um tom jocoso na afirmação.

– Acho que já captei essa parte...

– É mesmo? Porque *eu* não captei – retorquiu ela. – O que quer dizer afinal répteis superdesenvolvidos, caramba? Eles são fisicamente mais desenvolvidos? Eles são capazes de pensamentos inteligentes? Eles podem nos atacar?

– Sim, sim e sim – Cam respondeu com paciência. – Tudo isso.

Blair ainda tinha a boca ligeiramente aberta, tomou fôlego para dizer algo, mas desistiu.

– E como nós... – foi Nick que começou – vamos passar por essa serpente?

– Bem... para conseguirmos será preciso um pouco de trabalho em equipe... – Cam se ajeitou na cadeira. Blair se aproximou apoiando o queixo na palma de uma das mãos. – Não sei o quanto vocês conhecem a respeito dos sentidos das serpentes, mas, caso não saibam, elas possuem uma visão bastante limitada. Na realidade, muitas sequer possuem olhos funcionais e as que possuem não conseguem captar muito mais além de distorções. Ou seja, mesmo que esse seja um sentido melhor desenvolvido na serpente do arco-íris no ambiente enclausurado da Montanha, visualmente, não seremos detectados.

– Isto é um bom começo.

– Em termos, se a visão da serpente é precária não se pode falar o mesmo sobre o seu olfato. Esse é o principal mecanismo de orientação dela, é através das partículas suspensas no ar emitidas pelos corpos das presas, nós no caso, que é capturada pela língua bifurcada da serpente que ela consegue identificar nossa localização e nos atacar. Nossa primeira missão é, então, impedir que nossos corpos emitam odor distinto daquele identificado no interior na montanha e chamem atenção da serpente. Essa parte é resolvida por nossas vestes e pelo isolador craniano. As serpentes possuem também excelentes sensores naturais capazes de detectar as mínimas alterações de temperatura, o que também não deve ser problema já que as roupas possuem isolamento térmico.

– Com essa roupa ela não irá sentir nosso cheiro nem nosso calor e naturalmente já não consegue nos enxergar – Blair comentou. – Você está fazendo isso parecer fácil, Cam!

– Infelizmente, não é. Há algo que a serpente consegue detectar e que não há modo de disfarçarmos. A vibração. Elas possuem um ouvido muito sensível para identificar vibrações no solo. Uma serpente comum não conseguiria precisar a direção que origina a vibração sonora. Porém, estamos falando aqui de uma serpente superdesenvolvida, então temos que considerar a forte possibilidade de que ao ouvir nossa aproximação a serpente do arco-íris consiga identificar de que lado estamos vindo. Ela ainda não saberá a nossa localização exata, mas provavelmente terá uma boa noção dela. É aí que entra o trabalho em equipe.

– Como? – Nick perguntou, curioso.

– Se a serpente identificar inúmeras fontes de vibração ficará atordoada e não conseguirá atacar nenhuma delas especificamente, ou atacará com tanta previsibilidade que teremos tempo hábil para nos defendermos.

– Você quer dizer que temos que a distrair?

– Sim, de certo modo – concordou. – Minha ideia é a seguinte: quando localizarmos a entrada do portal eu e Blair iremos provocar vibrações ao redor da serpente. Se tudo correr como imagino, a mistura de vibrações vai fazer com que você, Nick, possa chegar até a entrada e trancá-la sem que a serpente o ataque.

– É verdade, mas... ela pode atacar vocês, não é?

– Nós vamos ficar bem, daremos um jeito, não se preocupe. Concentre-se em trancar o portal e assim podemos sair de lá, certo? – Blair falou com um olhar cheio de ternura. Nick tinha que admitir que achava admirável a capacidade que ela tinha de passar do pessimismo ao otimismo, e vice-versa, em questão de segundos. Era mesmo um espécime fascinante do universo feminino.

– Eu não tenho a menor dúvida de que dará tudo certo – Cam ergueu os ombros.

– Cara, você é tão confiante, eu quero ser você quando crescer! – Brincou Nick e arrancou um sorriso tímido de Cam.

– Terminem sua refeição, está quase na hora de irmos – falou retomando seu ar sério.

Nick consultou seu relógio e constatou que, de fato, tinham cerca de quinze minutos para o fim do tempo definido por Annabel para a pausa. Ele apressou-se em terminar de tomar seu suco, adoraria poder tirar uma bela soneca depois daquele almoço, que para ele tinha sido reforçado. Não se acanhou no *buffet* e serviu-se de tudo o que tinha direito. Agora só lhe restava reunir forças para ir em frente sem descanso. Teve uma sensação de alívio quando se deu conta de que toda aquela correria acabaria naquele dia. No dia seguinte estaria de volta à escola, de volta à sua vida comum e sua maior preocupação dali em diante seria aturar os intragáveis colegas de Saint Louis – Lillian estava inclusa nesse, nada seleto, grupo –, e ter notas agradáveis aos olhos de seus já tão preocupados pais.

Imaginou o que seus pais fariam se ao menos cogitassem o que ele havia feito nos últimos dias, por onde andou, os perigos que correu. Era provável que já tivessem causado uma terceira guerra mundial de tanta inquietude. Chegava a ser engraçado o fato de ele estar indo enfrentar uma serpente gigante e sua mãe e seu pai não terem a mínima ideia disso. Nick poderia dizer que pela primeira vez na vida se sentia mais importante que quaisquer dos acontecimentos bombásticos da vida política do pai.

Afinal de contas, o que Nick estava fazendo pairava em um nível interplanetário de relevância, quiçá em um nível universal. E ele gostava de saber disso, gostava até mesmo de fazer parte disso. Quando esses pensamentos lhe lembravam dos detalhes do que estava fazendo, da relevância de tudo aquilo, ele deixava de se importar com o cansaço, tanto que este nem mesmo parecia existir mais. Não era uma noite mal dormida que iria lhe impedir de fazer o que era preciso, cumpriria sua responsabilidade, e só depois poderia voltar para o que costumava ser sua vida. Assim esperava.

Annabel e seus homens já os aguardavam quando chegaram ao hangar principal da base, onde haviam aterrissado com a Eleanor. O grupo dela ajustou os detalhes da viagem com Cam e todos embarcaram. Já estavam em pleno voo e Cam configurava coordenadas específicas no painel de controle lateral quando Blair se voltou para Nick:

– Nick, lá na floresta... – ela suspirou. – Eu vi meus pais, eles falaram comigo. Cam disse que os demônios usavam espíritos de pessoas que já morreram para atrair os demais. Você acha que isso quer dizer que eles estão...

– Não – Nick nem a esperou concluir. – Os demônios mandaram Alex me atrair para alguma armadilha, e você há de concordar que até onde sabemos ela está vivinha da silva. Cam me contou que Elerossë apareceu para ele, e também sabemos que está vivo. Seus pais terem aparecido não significa isso, Blair. Eles apenas usaram o que acharam ser o mais eficaz para atrair você.

– Você acha mesmo?

– Eu tenho certeza.

Blair respirou fundo, deixou as costas relaxarem na poltrona, como se tirasse um grande peso delas.

– Ainda não acredito que quase estraguei tudo – disse com o olhar perdido em algum ponto à frente.

Nick apertou um botão e aproximou seu assento do dela.

– Ei, não foi sua culpa, já passou, esqueça isso...

– Você salvou minha vida. *Vocês*. Eu não vou esquecer isso, nunca. Pode apostar. Vocês poderiam ter desistido de mim, mas escolheram tentar. Não é qualquer coisa, é uma grande coisa... obrigada – falou Blair e agora tinha os olhos marejados.

– É claro que não iríamos desistir de você – disse Nick franzindo o cenho.

Aquilo para ele era tão óbvio! Nem conseguia acreditar que Blair considerava a hipótese de eles, ou ele, no caso, a deixarem para trás. Era algo fora de cogitação! Ainda mais sabendo o que ele sabia, sabendo antes do que iria acontecer. Poderia revelar agora a Blair o que havia visto, poderia contar tudo e então ela entenderia que desde o momento em que deixaram o acampamento para entrar em Aokigahara, Nick sabia o que iria acontecer e estava disposto a fazer o que fosse necessário para impedir. Poderia contar a ela, mas por alguma razão optou por não fazê-lo.

– Eu não sei... você mal me conhece. Quer dizer, *vocês*.

Nick sacudiu a cabeça.

– Eu conheço você, ok? Eu conheço. *Nós*. Não há a menor possibilidade de deixarmos você para trás. Somos uma equipe – esclareceu Nick. Blair voltou a sorrir e piscou os olhos para ele num gesto que imaginou ser de gratidão.

Voaram durante todo o percurso, em plena luz do dia, em modo de camuflagem, para o resto do mundo estavam invisíveis. As duas aeronaves aterrissaram lado a lado em um vale de grama fina e alta, cercado por árvores esparsas de um verde tão vivo que saltava aos olhos. Este verde fazia com a que a montanha ao fundo se destacasse ainda mais. Kalkajaka era uma montanha literalmente negra, não havia mata sobre ela, era possível contar nos dedos os arbustos que se formavam lá, isso pelo fato de ser formada por uma aglomeração de rochas escuras. A pouca vegetação brotava do solo que existia no espaço entre uma rocha e outra, porém a montanha em si era formada apenas por pedregulhos enormes.

O grupo de Annabel os escoltou até a base da montanha, onde permaneceu a postos. Cam agradeceu a eles mais uma vez e os três iniciaram a escalada. O ritmo foi lento, não era fácil caminhar sobre as formações irregulares de pedras, porém não precisaram subir muito, ao se depararem com uma cratera entre as rochas Cam parou:

– Há uma trilha para dentro da montanha aqui. É por ela que iremos entrar – avisou-os. – A partir de agora as orientações que passei a vocês estão valendo. Pessoas que passam desse ponto não voltam para contar a história, aqui começa o domínio dos répteis.

– Espere um pouco, você só nos orientou quanto à tal cobra gigante, não sobre esses répteis! – Blair protestou.

– É que nesse caso a orientação é simples: destruam todos que atravessarem seu caminho. Eles tentarão nos impedir de chegar à serpente do arco-íris e farão de tudo nesse sentido, quando eu digo tudo estou incluindo inclusive que eles irão nos atacar. Tomem cuidado, a qualquer sinal de ameaça usem suas armas. Ativem a cápsula craniana e as luzes de orientação no pulso de vocês – eles fizeram o que Cam indicou. O protetor esférico foi ativado diante dos rostos de ambos, em seus pulsos lanternas se acenderam. – Eu irei na frente.

Ele desceu até o interior da cratera, entre duas grandes rochas havia um espaço que levava a um túnel. Os dois acompanharam

Cam por entre essa passagem e adentraram na passagem subterrânea. O espaço não chegava a ser confinado, mas estava longe de proporcionar conforto. A lateral tinha menos de dois metros e Cam conseguia apenas uns trinta centímetros livres entre sua cabeça e o teto, que nada mais era do que o amontoado de pedras negras que viam do lado de fora.

À medida que entravam, uma diversidade de bifurcações surgiam a partir da trilha principal, eles se mantiveram nesse caminho por longos minutos. A escuridão era completa, nem um fio de luz penetrava ali. Nick era o último da fila, por vezes caminhava de costas certificando-se de que a retaguarda estava segura.

Na bifurcação seguinte, Cam os guiou para fora da trilha em que tinham estado até então. Agora o túnel tinha uma considerável descida e curvas sinuosas. Nick sobressaltou-se ao passar seu facho de luz pelo montante de rochas laterais e enxergar dois pontos brilhantes.

– O que foi? – indagou Blair.

Ele voltou a iluminar o local. Teria sido sua imaginação?

– Nada, eu achei ter visto algo. Mas acho que foi só...

Ele não teve tempo de concluir a frase, de súbito algo se projetou a partir da escuridão e enroscou-se em sua perna esquerda com força o suficiente para levá-lo ao chão. Nick soltou um grunhido e se debateu tentando escapar, mas a coisa lhe apertava toda a perna com força e o arrastava pelo chão.

– Nick!!! – ouviu o grito de Blair enquanto escorregava pelo túnel.

Conseguiu se aprumar o bastante para apontar o jato de luz para a perna que estava presa, esbugalhou os olhos quando enxergou o brilho escamoso da cobra que havia se enroscado nele, ela lhe apertava cada vez mais, não precisaria de muito além daquilo para lhe quebrar os ossos da perna. A cabeça pontuda da serpente se preparava para um bote quando Nick, com urgência disparou sua arma de pulso várias vezes, uma delas acertou o animal, que em reação aliviou a pressão sobre ele.

Apesar de se livrar da serpente, percebeu que ela não estava sozinha. O chão estava coberto de animais rastejantes, vindo em sua direção e preparando-se para atacar. Nick não dedicou mais tempo a analisar os animais, ele se levantou aos tropeços e correu de volta até quase esbarrar em Cam e Blair que vinham em sua busca.

– Corram!! – alertou ao se encontrarem.

Os três dispararam pelo túnel estreito e escorregadio, as serpentes e lagartos tomavam o chão e boa parte da parede atrás deles velozmente. Nick voltou a atirar mirando suas costas e tentando dispersar os predadores e conseguir ganhar algum espaço, mas os animais pareciam brotar de todos os cantos. Cobras menores começaram a saltar dos espaços entre as pedras laterais, uma delas mirou com precisão o pescoço de Blair. Cam, atento, a dizimou em um dos golpes de seu bumerangue, porém outras continuavam a surgir, até mesmo do teto.

– Odeio cobras!!! – ela rosnou com asco.

– Nick! Use o botão vermelho! O botão vermelho, raio térmico, vai queimá-los, vamos, use agora! – disse Cam esforçando-se para acertar os lagartos que saltavam das paredes.

– Isso não vai chamar a atenção da serpente?!

– Provavelmente! – ele admitiu. – Mas não temos alternativa, estamos cercados!

Nick preparou-se para seguir a instrução dada por Cam, mas antes que pudesse fazê-lo os três chegaram a um terreno extremamente íngreme, o pé dele encontrou o vazio na passada e quando se deu conta os três escorregavam pelo chão viscoso numa descida vertiginosa. Não saberia dizer com certeza por quantos metros deslizaram, mas a descida durou vários segundos, até que despencaram em um lago, a água era escura e profunda. Ao cair, Nick não conseguiu tocar o chão com os pés.

– Vocês estão bem? – Cam que havia mergulhado a dois metros à frente perguntou. Nick e Blair confirmaram com a cabeça.

Cam movia os braços para se manter emerso, se até ele não conseguia tocar o chão era um sinal de que a água era ainda mais funda do que parecia. – Vamos até a margem.

O lago em que caíram, diferente dos túneis por onde haviam passado até agora, estava dentro de uma alta e ampla caverna, a água escorria pelo paredão traseiro, de onde tinham vindo, formando uma cascata, que alimentava a lagoa. Os três nadavam buscando romper os metros que os separavam da margem quando Nick notou uma movimentação anormal na água, um tipo de corrente, passando em sua frente e em seguida rodeando os demais.

Sentiu com clareza que algo se movia ali embaixo e formava aquela onda, que era grande o bastante para formar um círculo em torno dos três. Blair, agora nadava no meio deles e também reparou a movimentação incomum. Ela tomou fôlego para falar quando seu corpo submergiu alguns centímetros para baixo, moveu os braços e retornou para a posição anterior, porém, em um puxão abrupto e violento seu corpo submergiu por inteiro nas águas escuras.

– Blair! – Nick gritou nadando até o local onde Blair afundou.

– Alguma coisa a puxou!

Nick, sem pensar duas vezes, tomou um impulso e mergulhou. Ali embaixo tudo era também turvo, deu um giro de trezentos e sessenta graus e encontrou Blair à sua direita em um ponto abaixo. Ela se debatia e lutava contra um animal grotesco que já a envolvia pelas pernas, cintura, tronco e agora se enroscava em seu pescoço: uma gigantesca anaconda. Nick disparou em um nado agitado até alcançá-la, Cam chegou em seu encalço. Blair já não se debatia com tanta energia, a anaconda havia forçado a pressão contra todo o seu corpo, praticamente a imobilizando, e agora se preparava para abocanhá-la. Antes que pudesse fazer isso Cam passou a desferir golpes com o próprio punho na cobra, Nick o imitou, porém os golpes não obtinham o resultado desejado.

Ele então passou a focar na cabeça da serpente, dando socos certeiros embora não muito potentes, Cam a essa altura empunhava seu bumerangue e acertava a cobra também na região da cabeça, após inúmeras tentativas, quando Nick já percebia o ar se esvair em sua cápsula craniana, Cam conseguiu perfurar a cabeça do animal de forma vital. De imediato a pressão sobre Blair se aliviou e eles conseguiram com certo custo desvencilhá-la e emergir à superfície.

A primeira ação de Nick foi se certificar de que Blair estava bem, embora ela parecesse respirar e se mover normalmente, entretanto não teve tempo de comentar:

– Oh, meu Deus, olhem! – ela apontou para um ponto nas costas de Nick. Ele se voltou e verificou a formação de pelo menos meia dúzia das correntes que ele vira logo antes do ataque a Blair. – Há mais! Vamos, rápido, rápido!

Os três nadaram em ritmo frenético, tentando a todo custo chegar à margem. Nick, que era o último, sentia os corpos compridos roçarem seus pés sob a água, forçou ainda mais as batidas dos braços e conseguiu chegar ao lado de Blair, ao notarem os pés tocarem o chão os dois apressaram-se em sair da água e correr para longe da margem. Eles escalaram as pedras que formavam a parede da caverna e chegaram a um nível superior.

Ali, um inexplicável vento percorria o ambiente, que era plano, porém com vários montes de pedras espalhados, formando barreiras e tornando o lugar, que deveria ter uns cinquenta metros, em uma espécie de labirinto. O ar era advindo de túneis que ocupavam boa parte das laterais da caverna naquele ponto. Os três caminhavam por entre as pedras quando Cam os deteve com o braço direito.

– Esperem – ele olhou em volta com atenção, especialmente para o solo, onde uma boa quantidade de terra estava deslocada do meio do corredor para as laterais. – Não-se-movam.

A voz de Cam saiu muito baixa, levou menos de um minuto para que Nick entendesse o porquê da cautela. Pelo espaço entre dois montantes de pedra que estava à frente deles e deixava um espaço de um portão, ele viu deslizar o corpo negro e escamoso de uma serpente. Mas não era qualquer serpente, não era nada parecida com a que havia atacado Nick, nem mesmo com a anaconda que prendera Blair na água.

Essa era simplesmente gigante, de tamanho colossal. A largura era o suficiente para engolir os três com sobra, e o tamanho, bem, a quantidade de tempo que a serpente levou para passar por inteiro diante deles indicava que deveria ter, pelo menos, vinte metros. À medida que deslizava puderam ver um brilho singular e distinto nas escamas, que oscilava do negro para tons azulados, alaranjados, avermelhados e esverdeados.

O estômago de Nick gelou, ou seria seu coração? Não saberia dizer. De jeito nenhum que ele estava esperando algo daquela magnitude, de repente lhe ocorreu que não tinham a menor chance contra aquele bicho. Aquele monstro conseguiria esmagá-los num piscar de olhos! Levou tão ao pé da letra o comando de Cam para não se mover que não só seus músculos não se moviam, como até a respiração ele havia prendido. O único movimento que tinha realmente vontade de fazer era a meia volta para dar o fora dali. Ocorreu-lhe, inclusive, que nem havia necessidade de fechar aquele portal, quem quer que caísse na bobagem de atravessar ali estava frito, estava convencido de que não poderia haver guardião mais convincente para o portal do que a própria serpente do arco-íris. A presença deles ali era redundante.

A serpente virou à esquerda após passar por eles, que ainda imóveis, assistiram-na dar uma volta em torno de um ponto específico, que ficava ao centro da área da caverna a que chegaram. Para lá convergia todo o vento que emanava dos túneis. A cobra estava, visivelmente, focada naquele local. Só podia haver um motivo para isso, Nick ainda não podia se mover, mas sabia, lá no fundo, que se pudesse se deslocar um pouco para a direita enxergaria o portal aberto bem no meio do lugar onde a serpente estava agora parada.

– Se ficarmos parados ela não conseguirá nos ver, provavelmente saiu da toca quando ouviu nossa movimentação na água – Cam explicou.

– Nós deveríamos estar falando? – Nick quis saber, em um sussurro.

– Tudo bem, desde que fiquemos parados, a audição dela é focada no movimento, na vibração. Não no som – garantiu. – Nick, o portal está lá. Eu e Blair iremos atrair ela para longe, mas não teremos muito tempo, você precisa ir até lá e fechar o portal, mas não pode causar uma vibração maior do que a nossa ou irá chamar a atenção dela para você.

– Eu vou tentar – ele não estava nem um pouco certo de como, mas iria.

– Blair, essas rochas formam as paredes do labirinto, aqui embaixo nós não temos chance de passar pela serpente, ela vai facilmente encurralar um de nós, então, nós vamos por cima. Você busca a ponta esquerda e eu a direita – ele apontou para os cantos do lugar. – As laterais possuem um degrau acima, está vendo? É estreito, mas tem espaço o bastante para que possamos voltar até aqui e recomeçar, se for necessário dar mais tempo ao Nick. Durante o percurso precisamos causar impacto, uma vibração capaz de capturar toda a atenção da serpente. Você entendeu? – ela acenou positivamente com a cabeça. – Nick, eu irei primeiro, o que irá trazer a serpente para este lado, você tenta chegar lá pelo lado oposto. Quando ela estiver perto de me atacar eu vou parar e Blair irá continuar. Aí você saberá que ela estará indo para o seu lado. Tem mais uma coisa, não podemos sair por onde viemos. Como vocês repararam tem um lago cheio de serpentes que não conseguiremos enfrentar. Meu mapa mostra um túnel na lateral esquerda da caverna, é por lá que sairemos. Eu os indicarei quando e como. Nós podemos nos comunicar o tempo todo, lembrem-se, o problema é o movimento. Estão prontos?

– Vamos acabar logo com isso – Nick deu de ombros, não tinha outro jeito mesmo.

– Está bem, no meu comando eu e você subimos Blair, você fica parada até segunda ordem – disse Cam metódico ao extremo. – Nick, você vai, com cuidado. Preparem-se. Agora!

Cam deu dois passos e com agilidade escalou a parede de pedras. Ao se certificar que Blair estava em seu lugar ele saltou de onde estava para a muralha da frente na direção lateral direita. O impacto fez com que vários grãos arenosos depositados no local que ele pisou caíssem de lá. Este simples movimento fez com que o monstro que jazia quieto ao fundo despertasse. Ao contrário do que o próprio Nick estava esperando, a serpente não iniciou seu movimento num deslize similar ao que vira quando chegaram ao centro da montanha, o monstro arrastou-se numa velocidade descomunal na direção de onde Cam estava. Ele próprio teve um sobressalto.

– Nick!! Retiro o que disse, corra, você vai ter que correr! Vá, vá, vá agora! – Disse Cam quando a cobra gigante já havia irrompido quase metade do caminho até ele.

Nick não parou para pensar, até porque qualquer pensamento que lhe ocorresse naquele momento envolvia todos os seus ossos serem esmagados dentro das mandíbulas daquela cobra. Ele irrompeu o corredor do lado esquerdo numa corrida à ponta dos pés. O emaranhado de colunas o impedia de avançar o tanto quanto queria, em uma passagem de relance, enxergou atrás do corpo da serpente uma formação cilíndrica entre três pedras maiores, dentro dela podia-se visualizar com clareza uma paisagem semidesértica. Lá estava. Lá estava o local onde ele deveria chegar.

Prosseguiu visando àquele ponto em específico, observava sempre, de relance, como Cam estava se saindo. A boca da serpente já se atirava, sedenta, nas colunas em que ele saltava tentando, com dificuldade, se equilibrar, mais algumas e ele estaria encurralado. Um som estridente soou próximo ao local onde os três haviam saído. De súbito, a serpente cessou sua caçada e voltou a cabeça naquela direção. Mesmo sem o comando de Cam, Blair havia retirado seu chicote e agora açoitava a coluna rochosa freneticamente. Foi o bastante para o monstro disparar, quase num voo vertiginoso, ao encontro dela.

Cam reprovou tanto a ação dela que armou um dos seus bumerangues e o atirou na direção da serpente, que foi atingida de forma certeira, cessando o movimento e retornando para ele. Blair, por sua vez, saltou mais duas colunas para o lado esquerdo e açoitou de novo o chicote entre uma delas, voltando a se mover em seguida.

– Blair, o que está fazendo?!

– O que você disse! Distraindo a cobra! – ela gritou em resposta com seu habitual ar de superioridade.

Cam ainda parecia contrariado, tanto que desferiu uma série de lances de bumerangue que atingiram a serpente em várias partes do corpo, agora a colocando em parafuso. Nick aproveitou a queda de braços dos dois para prosseguir e tentar chegar ao centro do local. Ao virar uma das colunas teve um sobressalto, a serpente naquele instante passava por aquele corredor, atordoada pelos golpes de Cam ela vinha de encontro a Nick. Ele pensou rápido e não pareceu lhe restar opção, ele também escalou as pedras e subiu em uma das colunas.

O sensor de movimento da cobra foi ativado de imediato e ela ergueu-se para atacá-lo, Nick ficou sem ação, não tinha muito o que fazer para escapar, sua única alternativa seria voltar, o que, cá para nós, não era a melhor das opções. Assistindo àquilo, Cam e Blair, praticamente ao mesmo tempo, moveram-se ao fundo, ela além disso chicoteava o que tinha pela frente. Diante da inércia de Nick, a serpente viu-se obrigada a mudar seu curso. Ela partiu para a presa que detectou estar mais próxima, no caso era Blair. Só que desta vez o ângulo de ataque da serpente estava muito mais direto e ela desferiu um golpe na coluna exata onde Blair estava. No susto, a garota tentou escapar para uma outra coluna, mas acabou se desequilibrando e caindo de volta no labirinto. O impacto foi forte o bastante para que a serpente se arrastasse com velocidade diretamente para o ponto onde ela caíra.

Blair sentou-se no chão, assustada, rastejou até que as costas bateram na parede lateral. Estava encurralada. A língua da cobra deslizou para fora e quase roçou o ombro esquerdo dela. Nick teve um impulso de correr até lá, estava agora a poucos metros do portal, mas jamais poderia se preocupar com aquilo se Blair estava em apuros.

– Blair, não se mexa! – Cam avisou-a. Ela permanecia parada, e também assim estava a serpente, como se aguardasse o mínimo movimento para fazer sua refeição. – Eu vou atraí-la para dar o tempo necessário para você subir.

Cam disparou um de seus bumerangues para o fundo da caverna, a cobra devagar retraiu.

– Eu não consigo! – Blair falou quando se viu livre da pressão do animal. – Eu acho que torci o pé na queda, não consigo subir.

– Você consegue andar?

– Sim, eu acho...

– Nick, apresse-se! Feche o portal, eu vou programar algumas granadas, deixar neste canto para chamar atenção da serpente, nos encontramos no túnel dos fundos. Consegue fazer isso?

Nick já estava a passos da entrada do portal.

– Está feito!

Cam agiu conforme havia dito, e ativou algumas de suas granadas de baixo impacto no local onde estava. Em seguida, partiu em saltos para encontrar Blair. Nick aproveitou a chance e com o escaravelho e o aro de esferas em mãos aproximou-se do portal. As primeiras bombas explodiram. A serpente disparou na direção do impacto. Foi o tempo necessário para que a última esfera disponível se enchesse de cor roxa. Sua primeira missão estava concluída por inteiro, ele tinha agora consigo um objeto capaz de lhe abrir um túnel para o mundo perdido quando bem entendesse. Isso lhe deixava com apenas mais um passo para ser cumprido, apressou-se e encaixou o escaravelho na coluna de pedra principal. Um forte vento foi puxado por aquele cilindro, de súbito o deserto sumiu e o interior da caverna ocupou seu lugar.

– Vou ativar as últimas bombas! – Cam havia amparado Blair para que ficasse em pé, eles estavam agora muito próximos de um dos túneis. – Você vai ter uns trinta segundos para chegar aqui.

– Estou indo!

Mais uma explosão levou a serpente atordoada para a ponta direita da caverna. Nick disparou em uma corrida nada suave. Sabia que a vibração da explosão captaria a atenção total da serpente, o que o deixava livre para chegar até os amigos sem precisar se preocupar em ser discreto. No tempo definido por Cam ele chegara até eles.

– Como saímos agora?

– Você verá – disse ele erguendo a sobrancelha. – Ajude Blair a sair do túnel.

Nick obedeceu, a serpente voltava a se movimentar saindo do local onde Cam havia provocado a explosão. Em um gesto hábil, ele espalhou novas granadas naquela entrada do túnel e em seguida correu ao encontro dos outros dois.

– Vamos, temos que nos afastar o máximo que pudermos!

Blair se segurava nos ombros deles dois e tentava correr mancando com um dos pés, atrás deles a serpente já se movia naquela direção exata a do túnel em que acabavam de entrar. Nick foi tomado por uma ânsia de perigo iminente, se a cobra entrasse naquele túnel simplesmente não teriam escapatória, não havia mais para onde ir, o que quer que Cam fizera tinha que dar certo, ou estavam fritos. Quando a serpente beirou a saída para persegui-los, Cam acionou um botão em seu peitoral, aquele gesto gerou uma explosão maior que todas as anteriores que atingiu em cheio a cabeça da serpente que tentava passar e ainda de quebra deslocou as pedras acima, de modo a lacrar aquela passagem.

– Uau! – Nick exclamou com fascínio ao ver a grande serpente sucumbir.

Eles haviam interrompido o passo por um instante, observando a poeira que se espalhava.

– Eu definitivamente odeio, odeio cobras.

O resmungo de Blair causou um riso instantâneo em Nick, mais uma vez ela estava um verdadeiro caco, agora, ainda por cima, mal andava. Não pensou que fosse o momento para fazer uma piada com aquilo, embora estivesse, tinha que admitir, bem tentado a isso.

– Conseguimos – Cam respirou aliviado.

– Conseguimos... conseguimos! – Nick exclamou dando-se conta de que sim, aquela missão absurdamente maluca tinha acabado, e o final fora o melhor possível. Estavam todos vivos, quase intactos, exceto por um tornozelo. Ele mesmo tomou a iniciativa de abraçar os outros dois, dava pulos e gargalhava, incrédulo de felicidade, aquela imagem do fim o deixara eufórico.

– Conseguimos! – Blair sorria com os olhos marejados.

Cam ainda resistia a toda aquela manifestação calorosa, até que cedeu e deixou-se abraçar pelos outros dois. Até falar:

– Vamos logo embora daqui!

A caminhada de volta foi consideravelmente mais lenta, visto que a torsão de Blair impedia que caminhasse usando a mesma intensidade nos dois pés. O ombro de Cam lhe servira de muleta. O tempo que levaram para percorrer todas as curvas em meio à escuridão para sair da Montanha Negra pareceu uma eternidade, mas enfim, após quase uma hora, enxergaram os primeiros raios de luz entre as rochas. Sua saída fora pelo lado oposto ao que entraram, seria preciso dar a volta na montanha para reencontrar o grupo de Annabel e embarcar na Eleanor. A empolgação deles em chegar ao destino e sair de vez dali era tanta que demorou um bom tempo de caminhada para reparar que havia algo ali, no topo da montanha negra.

– O que é aquilo? – Blair apontou para o cume do monte.

Nick e Cam deixaram-se guiar pelo indicador dela e miraram o alto.

Ali, meio camuflados na cor escura das rochas, era possível discernir uma quantidade considerável de homens, lado a lado, também vestindo preto, assim de longe, dava para estimar que eram dezenas. Por um instante, Nick imaginou que seria a tropa de Annabel que os guardava, mas o grupo iniciou uma descida, caminhando na direção deles e ele enxergou que eram todos muito brancos e com cabelos tão negros quanto suas vestes, tão negros quanto a montanha, em nada lembravam a tropa do comando estelar que os acompanhara até ali. Além de tudo, eles empunhavam armas, que lhe pareciam rudimentares, como lanças e tridentes, suas faces todas eram rígidas.

Havia um entre eles, entretanto, em uma posição de razoável destaque no grupo, os outros pareciam segui-lo, era, sem dúvida, o seu líder. Este não tinha o estereótipo físico dos demais. Tinha um corpo atlético, era alto e os cabelos castanhos claros lhe caíam um pouco acima dos ombros. Sua fisionomia era extremamente familiar a Nick, ele se assemelhava demais a alguém que ele conhecera, com a diferença que parecia anos mais velho. A associação que sua mente fez não era plausível, mas a reação de Blair acabou por mostrar que o mais absurdo era, na verdade, a mais dura e inacreditável realidade:

– *Eddie*?!

Capítulo 34
O Retorno

A mão de Blair agora apertava o braço de Nick, que, perplexo, ainda observava o rapaz que descia a montanha diante do grupo. Aquele era, indiscutivelmente, a figura copiada e colada de Eddie, porém alguns traços estavam diferentes da última vez que o vira, há pouco mais de uma semana em Adirondack. O Eddie que conhecera na escola não passava de um almofadinha que usava moletom do time de futebol da escola e gel à beça no cabelo. Não passava de um boboca inofensivo, na humilde opinião de Nick.

Já esse Eddie tinha o cabelo despenteado e até um pouco de barba no rosto, sem contar a postura, que era firme e decidida, visivelmente amadurecida, ou seja, por mais parecido que fosse as discrepâncias eram gritantes. Ainda assim, Blair o havia identificado sem titubear. Mas como? Como Eddie poderia ter voltado? De acordo com Cam, a viagem dele para o mundo perdido seria longa, as distâncias percorridas eram estratosféricas. Como ele teria tido tempo de chegar até lá e ainda de voltar acompanhado por aquele grupo, de aparência no mínimo suspeita?

Nick ainda refletia a respeito da aparência desse Eddie quando o grupo parou há alguns metros acima na montanha. Reparou que havia um outro homem, de meia idade, prostrado ao lado direito de Eddie, que levantou o braço indicando aos demais que cessassem a descida.

Este também pareceu ser um dos líderes do grupo, tinha os cabelos negros também lhe caindo até os ombros e olhos azuis vívidos.

– Oi, Blair.

Até a voz de Eddie soou diferente naquele cumprimento, o som viera em tom soturno.

– Oh, Meu Deus! É você mesmo? – ela tomou impulso para ir adiante, porém Cam a deteve segurando-a pelo braço discretamente. Nick notou uma certa apreensão tomar conta de Cam.

– É claro que sou eu. Eu voltei, finalmente. Não está feliz em me ver, querida?

Blair hesitou na resposta, passou os olhos em movimentos rápidos pelos demais homens que agora praticamente os cercavam.

– Quem são essas pessoas, Eddie? Por que estão com você?

Eddie abriu os braços, indicando os demais e falou de modo contundente:

– *Este* é o povo de Maldek! Ou melhor, parte dele. E eles estão comigo porque eu os trouxe de volta. Com a ajuda essencial do nosso querido colega de escola aqui – apontou com a cabeça para Nick.

A eloquência de Eddie deixou Nick boquiaberto. Não podia ser a mesma pessoa, algo estava muito, muito errado, ninguém era capaz de mudar tanto assim em alguns dias.

– Ele abriu os sete canais Maldekianos naquela noite na floresta e tornou possível o nosso retorno.

Nick sacudiu a cabeça num gesto frenético.

– Não, isto é impossível! Você não teria tempo de chegar no mundo perdido, os portais possuem uma distorção que não permitiria que você chegasse lá e ainda por cima trouxesse essas pessoas com você.

– Você tem toda razão, por um lado, meu caro. Os portais, de fato, possuem uma distorção de tempo e espaço, o tempo lá dentro passa num ritmo diferente do que é percebido aqui. *Mas*, está errado quando supõe que eu não tive tempo para chegar lá e trazê-los de volta. Eu tive todo o tempo necessário para isso. Eu tive todo o tempo do mundo para planejar este momento. E agora ele se realizou, do jeito que eu imaginei.

– O quê? – Blair e Nick falaram ao mesmo tempo.

– A viagem dentro do portal demorou dias, como vocês supuseram. Entretanto, o buraco negro de Adirondack ficou tão desestabilizado quando você o abriu com seu escaravelho que eu fui levado para *três anos atrás* no mundo perdido.

Aquilo era algo inconcebível, até mesmo para Cam, que tinha uma expressão de estranheza até então inédita.

– Você tem estado lá por anos?! – Blair estava incrédula e Nick poderia falar o mesmo de si mesmo.

Por essa ele não estava esperando. Naquela noite fatídica, quando Eddie atravessara o portal, ele não fora apenas sugado para o lado de lá, ele fora levado para um outro ponto em espaço e tempo totalmente distinto do que se encontravam na terra. Aquele era, portanto, um outro Eddie, um Eddie três anos mais velho, um Eddie que passara todo aquele tempo em um outro mundo, um mundo do qual tinham pouquíssimo conhecimento.

– Sim – a voz veio do homem ao lado de Eddie. – Quando chegou ele não passava de um garoto assustado, não fazia ideia de onde estava, contudo descreveu-nos uma cena que nossos ancestrais vêm nos contado há centenas de anos: um túnel fantástico o havia trazido de um local chamado Terra. O mesmo túnel que, segundo os antigos, havia nos trazido àquele inóspito e traiçoeiro mundo. Ouvimos sobre a Terra todas as noites como sendo o paraíso prometido, que de nós foi surrupiado, de onde fomos expulsos, expurgados e nosso povo condenado a uma eternidade em uma atmosfera perversa. Até que um dia um garoto aparece e diz ter vindo deste lugar fabuloso, a Terra! Ah, nós ouvimos o que ele tinha para falar com toda atenção. Nós ouvimos cada palavra.

– Eu os avisei com antecedência o bastante da abertura dos portais. Não tínhamos como saber ao certo de quanto tempo no futuro eu havia vindo, mas isso não foi problema para um povo que passou geração após geração esperando! Sabíamos que chegaria a hora em que os canais estariam abertos, nos preparamos, calculamos e conseguimos chegar em Aokigahara a tempo.

– Você os ajudou a saírem?! – Blair tinha a voz esganiçada. – Nós passamos as últimas semanas tentando evitar isso, *eu* quase morri, nós três quase morremos, inúmeras vezes, para manter esses malditos portais trancados, enquanto isso você os estava ajudando?! Como você pôde? Eles são maus!

– Maus?! – Eddie deu um passo à frente, ele estava cético. – Eles me acolheram! Sozinho eu não teria durado um dia sequer, você não tem ideia de como é aquele lugar! Eles me ofereceram proteção, alimento, abrigo, sim, Blair, o mínimo que eu poderia fazer era ajudá-los a sair daquele lugar horrendo!

– Você cometeu um erro terrível, rapaz – foi Cam quem falou.

– Ah, é mesmo? Seu comandante lhe disse isso, certo? E você acreditou em tudo sem nem mesmo questionar. O Comando Estelar é uma instituição nefasta, essa é a verdade. Mas agora este domínio milenar está com os dias contados – ele apontou para o homem de cabelos negros ao seu lado. – Huor Ar-Feniel, eu e o restante da tropa seremos recebidos por um emissário defensor de nossa causa na terra.

"Elerossë", Nick pensou de imediato. Aquele discurso fanático e anti-comando de Eddie parecia ter sido escrito por Elerossë.

– Nós vamos recuperar o espaço que nos foi tomado. Este planeta, ou qualquer outro, não pertence ao Comando Estelar – disse Huor entre os dentes.

– Eddie, você perdeu a cabeça de vez? – Blair disse a ele de modo arredio, ela estava inconformada. – Você não pode estar falando sério sobre se associar a essas pessoas!

– *Essas pessoas* foram as primeiras a me darem o devido valor. Eles me ouviram de verdade, levaram em consideração tudo o que eu tinha a dizer e...

– Ah... – Blair abriu um sorriso irônico. – Agora faz todo sentido. Não é mesmo de se espantar que você não tenha resistido, afinal de contas foi isso que você sempre quis, não é mesmo? Atenção integral! Ser adorado, venerado, como um herói! Sim, porque é isso que você acha que é para esse povo, não é mesmo? Você foi até lá e os "salvou", você é alguma espécie de Deus para eles ou algo do tipo! Não é assim que lhe chamam? O eleito? O enviado? Espere, espere, deixe-me adivinhar... O escolhido? Aquele que veio do futuro para salvá-los do cativeiro milenar em que estavam? Por favor, você é patético!

Uma expressão tenebrosa invadira o rosto de Eddie após o turbilhão de palavras de Blair.

– Como você ousa? Eu vim aqui para dar uma chance a você.

– Uma chance?! Chance de quê?

– Uma chance de escolher o lado certo, de vir comigo, de se salvar quando a Terra sucumbir e iniciarmos a expansão universal.

Blair gargalhou.

– Eu não vou a lugar algum com você, Edmund! Nem em um milhão de anos!

Eddie avançou a mão para tocar Blair. Cam se adiantou e trouxe-a pelo braço.

– Não se aproxime dela.

Mesmo sob o aviso de Cam, Eddie tomou a atitude inconsequente de prosseguir com sua intenção de chegar até ela. Cam e Nick reagiram, ao mesmo tempo, e partiram para o confronto. Nick desferiu um golpe contra ele com confiança, afinal não era a primeira vez que o enfrentava, e da última vez havia sido muito bem-sucedido, Eddie sucumbira feito uma menininha. Desta vez, porém, o peitoral dele parecia ser feito de concreto e nem mesmo tremeu com o ataque. Cam também não obteve sucesso, Eddie conseguiu, em um golpe rápido atirar ambos para longe, a força dele estava descomunal.

– O quê? Você vai me bater também agora? – Blair ainda mantinha sua postura altiva, não se abalara nem um pouco com o fato de estar frente a frente com uma espécie de Eddie super biônico.

– Você virá comigo por bem ou por mal, Blair – ele alertou.

– Eu já disse que não! Ache uma outra rainha para o seu império de maníacos!

– Está bem, que seja por mal, então! – ele a agarrou pelos antebraços e começou a arrastá-la.

A essa altura Cam e Nick já haviam se levantado. Cam empunhou seu bastão de combate, Nick o imitou e ambos dispararam na direção de Eddie, que para se defender soltou Blair. Ele enfrentou os dois mais uma vez ao mesmo tempo. Os outros homens, inclusive Huor, entraram no combate. Até mesmo Blair empunhou seu chicote e desferiu golpes contra vários deles que tentavam capturá-la. Cam disparava vários bumerangues, para todos os lados, visando afastar os demais e Nick soltava jatos de descarga elétrica o quanto podia para se defender. Com um deles conseguiu acertar Eddie, que enfim pareceu se abater.

Ainda que dispusessem de armas não resistiriam por muito tempo, os Maldekianos estavam em número muito superior, era uma questão de tempo, pouco, no caso, até que os vencessem. Nick prosseguiu na resistência quando, num imprevisto, um grupo de dezenas de homens irrompeu na montanha, Annabel e Lisa os conduziam e já cuidavam em combater o máximo de agressores que conseguiam.

Naquele instante em que se distraiu com a chegada delas, Nick sentiu um baque certeiro na altura de sua espinha, o golpe foi tão forte que seus joelhos dobraram e ele caiu sobre as rochas negras, sua a cabeça foi de encontro exato a uma delas e no instante em que se tocaram ele perdeu os sentidos.

Com a chegada do bem treinado grupo de Annabel, ficou clara a derrota iminente de Huor e Eddie, que ao se dar conta disso chamou a tropa em retirada, não sem primeiro apontar o indicador para Blair e gritar antes de sumir por trás da montanha:

– Isto ainda não acabou!

Capítulo 35
Sequelas

Nick foi levado, ainda desacordado, até a nave da equipe tática, eles voaram em sua velocidade máxima até a base avançada de Taiwan. Lá ele foi removido em uma maca até as dependências médicas do local. Blair acompanhou-o apreensiva até onde lhe foi permitido, ela ainda mancava devido a torsão no pé. Um dos prestativos médicos do local insistiu para que cuidasse de seu machucado. "Ele está sendo examinado, está em boas mãos, vamos dar uma olhada neste pé, sim?"

Ela concordou. Cam também estava sendo examinado enquanto os dois eram interrogados por Ireth, que caminhava de um lado para o outro ao escutar o relato detalhado de todos os últimos acontecimentos, inclusive do retorno dos Maldekianos.

– Camthalion, você acredita que este foi o único grupo a concluir a passagem?

– Eu não tenho como saber ao certo, mas, sim, acredito que eles sejam os únicos, embora eu ainda tenha dúvidas sobre como eles conseguiram passar.

– Nossos especialistas acreditam que havia um lapso nos cálculos de cerca de vinte e quatro horas. Com essa informação, presumimos que os Maldekianos tenham mesmo conseguido fazer a travessia na noite passada em Aokigahara.

– Então, o pico de eletromagnetismo...

– Se deve à entrada deles, é o que cogitamos. Há um forte indício também de que eles contaram com algum tipo de auxílio local para lograr êxito, por isso eu vou fazer uma requisição para que a equipe tática que estava de plantão no local preste os devidos esclarecimentos sobre os motivos pelos quais foram incapazes de detectar a movimentação anormal na floresta, ou pior, se foram coniventes com aquela ação.

Blair franziu o cenho ao ouvi-la falar. A equipe de Annabel guardava Aokigahara há dias e havia combatido, ao lado deles três, os Maldekianos em desvantagem numérica. Eles os tinham salvado. Ela não conseguia acreditar que ainda seriam investigados, ou algo do tipo.

– A senhora acha que eles nos traíram??

– Todas as possibilidades devem ser consideradas, estamos em um estado de alerta extremo. Camthalion, não é prudente manter membros no Comando que possuam quaisquer indícios de atitudes suspeitas em sua conduta, você entendeu?

– Com licença, senhora, aquela equipe nos ajudou a expulsar os Maldekianos de lá, eles nos salvaram. Por qual motivo eles os combateriam se fossem seus cúmplices na floresta? Isso não faz o menor sentido! – Blair interviu, e Cam ficou chocado com o modo confiante com que ela se dirigira a Ireth.

– Minha querida – Ireth deu um breve suspiro e colocou-se ao lado da maca onde Blair estava sentada –, algumas coisas simplesmente *não precisam* fazer sentido. Eu farei o que estiver ao meu alcance para que a equipe da Srta. Turner dê uma explicação minuciosa sobre os acontecimentos da noite passada. Então tudo será elucidado.

As palavras de Ireth vieram com uma pitada de grosseria que Blair foi capaz de perceber, ela a olhou de volta nada satisfeita e falou em tom baixo:

– Sim, *senhora* – imitou a Cam.

As duas ainda se olhavam numa troca silenciosa de ofensas quando um dos responsáveis pela ala médica adentrou ao local. A expressão de Blair tornou-se apreensiva:

– Como ele está?! – ela tomou um impulso para ficar de pé.

O homem permaneceu em silêncio por alguns segundos que foram suficientes para que Blair crescesse os olhos de ansiedade e se levantasse já mancando na direção dele.

– Ele sofreu um forte golpe na lombar e bateu com a cabeça – começou ele, Blair estava quase na frente do homem, ergueu a sobrancelha interrogativa –, mas está, aos poucos, recobrando a consciência o que nos leva a crer que, aparentemente, não houve danos cerebrais graves.

Ela soltou o ar nos pulmões.

– Então ele vai ficar bem?!

– Ele ficará em observação durante o resto do dia e a noite de hoje, e então teremos certeza.

– Nós podemos vê-lo?

– Acredito que não haverá problemas para que isso aconteça tão logo o Sr. Hayes acorde, certo, Amrod? – foi Ireth que interviu, o que soou mais como uma ordem e deixou Blair visivelmente enervada.

– Sim, isso seria o mais... prudente – o homenzinho confirmou, ainda que com certa hesitação.

– Ótimo! – Ireth soltou um sorriso mecânico. Blair ainda a olhava com cara de poucos amigos. – Você também precisa descansar, querida! Cuidado com este pé, está bem?

O falso tom maternal dela só irritou mais ainda Blair, que, resolvendo evitar o conflito, acenou positivamente com a cabeça e sorriu de volta a ela. Que mulherzinha detestável, pensou Blair! Parecendo satisfeita com a suposta concordância de Blair, Ireth se retirou ao lado do Senhor Amrod.

Blair a acompanhou com o olhar até onde conseguiu ver a ponta de seu longo cabelo loiro desaparecer ao virar o corredor. Não estava com um bom pressentimento em relação àquilo, não mesmo.

Capítulo 36
Fogo amigo

Ireth esperou até sair do campo de visão de Cam e Blair na enfermaria para voltar a interpelar Amrod em tom firme:

– Então, como realmente está o garoto?

– Ainda adormecido. Nós o sedamos para realizar uma tomografia, e de acordo com os resultados, até onde pudemos ver, vai se recuperar – retrucou o homem de modo cauteloso. – No momento, ele precisa de repouso absoluto, um bom descanso e ele deve se recuperar por completo.

– Bom, eu fico muito feliz de saber disso – esboçou um sorriso e em seguida tocou o ombro do velho homem. – Vamos tomar precauções para que ele não seja perturbado e assim se recupere mais rápido. Há uma multidão à espera do retorno desse garoto, afinal ele é o novo guardião, seria uma catástrofe se algo acontecesse a ele, acho que entende isso, não é, Amrod? Sendo assim, sem visitas por enquanto, está bem?

Amrod assentiu. Ireth despediu-se com um aceno com a cabeça após se dar por satisfeita e seguiu pelo corredor perpendicular, na direção oposta. Quando percebeu que havia se livrado do velho homem entrou em uma das salas naquele corredor, atravessou-a, desceu algumas escadas, abriu uma porta e chegou a um outro corredor. Ela caminhou até o final dele e virou à direita, não havia ninguém em seu caminho, apressou o passo até chegar em uma porta dupla, sem dificuldade ela entrou.

Era uma sala médica convencional, ao centro havia uma maca, de cerca de um metro, sobre ela Nick repousava, uma forte lâmpada cirúrgica o iluminava enquanto repousava. Ireth trancou a porta atrás de si e caminhou até o leito. À beira da maca, observou-o, os lábios se franziram numa expressão de puro desprezo.

– Então... depois de tudo, você sobreviveu, garoto *intragável* – ela deu a volta na maca, devagar. – Confesso que imaginei que na melhor das hipóteses você passaria de Dyatlov, mas de Aokigahara, esta sim foi uma surpresa e tanto. Ainda havia uma esperança em Kalkajaka, afinal de contas, quem conseguiria superar aquela serpente monstruosa?? Ninguém jamais conseguiu essa façanha. Mas você, olhe só para você... *você* conseguiu. Como?! Anh? Como você conseguiu? Você não passa de um adolescente comum. Você não é um jovem de capacidade excepcional, Camthalion é, mas você? Você, um adolescente terráqueo. Comum!

Ela se inclinou e falou quase sussurrando ao ouvido dele

– Por que um ser desprezível que nem você deve ser o guardião da maior relíquia do nosso povo? Diga-me. Por que você? Por que você deve ser idolatrado por todos? Não... isto simplesmente não pode acontecer, eu não irei permitir que um ser tão insignificante seja o referencial de bravura do Comando Estelar. Este povo precisa de um verdadeiro líder, alguém que esteja acima dos demais, mais forte, mais inteligente, mais corajoso, agora mais do que nunca. Nossos inimigos voltaram. Você? O que pode fazer por este povo, anh?! Você não é *nada*! Não é de você que estas pessoas precisam. Elas precisam... de mim.

Ireth sorriu para si mesma.

– Olhe só para você, nem mesmo é capaz de se defender – ela assumiu uma expressão condescendente, a mesma que usara tantas vezes diante dos demais. – Não se preocupe, criança, você vai apenas descansar agora. Vai ser rápido, eu prometo.

Ireth retirou um robusto anel de seu dedo indicador direito, inclinou-se no leito e levou as duas mãos à garganta de Nick, trincou os próprios dentes quando começou a apertá-la.

O gesto fez com que Nick abrisse os olhos num susto, estava engasgado, sem ar e totalmente desorientado. A luz no teto estava tão forte que não conseguia enxergar nada além de um vulto sobre seu corpo e um par de mãos muito alvas em torno do seu pescoço. Ele começou a se debater. Já vira aquela cena, e o pior, já suspeitava o final.

Capítulo 37
Por um triz

Blair permaneceu inquieta na enfermaria, mesmo contra a indicação do Senhor Amrod e sob os protestos de Cam ela resolvera ficar de pé, mais que isso, caminhava de um lado para outro sobre o tornozelo dolorido, alguma coisa a impedia de ficar parada, apenas não conseguia. Estava inconformada de não lhe deixarem ver Nick, isso não acontecia nem com pessoas em estado grave, que ficavam em unidades de tratamento intensivo, por que com ele tinha que ser assim? Também lhe incomodava demais as respostas evasivas quanto a seu estado.

Se, de fato, havia tantas incertezas, por que não o levar logo a um hospital, ora bolas?! Cam, por sua vez, parecia tranquilo. Ela respirou fundo e sentou-se em uma poltrona ao lado dele, tentou relaxar. Fechou os olhos e involuntariamente as cenas dos "últimos capítulos" passaram em alta velocidade em sua cabeça. Ainda estava tentando absorver o retorno absurdo de Eddie acompanhado dos Maldekianos, era tudo muito extraordinário para aceitar assim tão rápido. Ela precisaria de mais tempo para isso. Foi nessa retrospectiva que uma recordação de dias antes irrompeu sua mente como um raio. Ela abriu os olhos num susto, uma pontada também se manifestou em seu peito. Poderia estar surtando por nada, ou poderia ter acabado de perceber algo terrível.

– Cam...

– Sim?

– O que acontece agora? – ela perguntou apreensiva. Percebeu que precisaria ser mais específica, pois Cam a olhou confuso. – Com Nick. Ele fechou os portais. E agora?

– Agora ele é o guardião.

– Do escaravelho?

– Sim, e dos portais.

– E o que isso significa? O que significa para vocês? Isso é... sei lá... isso é importante?

– Muito, na verdade. Os guardiões sempre estiveram ao lado da mais alta hierarquia do Comando Estelar. Eles têm acessos privilegiados, direito a opinar em assuntos de abrangência planetária e interplanetária, participam das deliberações, julgamentos da suprema corte. Além, é claro, de contarem com a admiração de todo o Comando. Para ser sincero, eu acredito que Nick agora é uma celebridade, todo mundo neste planeta e em todos os outros já deve estar sabendo e comentando sobre tudo o que ele fez. Ele é uma lenda, Blair.

– Uau – ela pestanejou várias vezes. – Isso é algo bem grande, não é?

– Sem dúvida – Cam sorriu. – É demais, muitas pessoas dariam tudo para estar no lugar dele.

Blair desencostou-se da poltrona e se voltou para ele.

– Até mesmo se essa pessoa já for importante para o comando? Ela gostaria de estar no lugar de Nick?

– É claro.

– Mas isso não é possível, certo? Quer dizer, ninguém pode simplesmente ficar no lugar dele.

– Não... – Blair por um segundo aliviou-se. – Ele será o guardião durante toda a vida.

Ela voltou a se sobressaltar: – O que você disse?

– Que ele será guardião durante toda a vida. O escaravelho só é transmitido de uma pessoa para outra, enquanto os portais estão fechados, no momento da morte.

Blair levantou-se quase em um pulo, seu tornozelo latejou com intensidade cortante. O coração disparou, naquele instante teve certeza absoluta de que Nick, onde quer que estivesse, corria sério perigo. Lembrava-se com clareza do que Nick a contara, alguém iria atentar contra a sua vida e se isso iria mesmo acontecer seria agora. Ela não tinha dúvidas.

– Nós temos que achá-lo, temos que achar Nick agora, Cam! Ele está em perigo! – falou atropelando as palavras.

– O quê? Por que está dizendo isso?

– Alguém vai tentar matar Nick. Alguém pode estar tentando matá-lo neste exato momento! – Cam a olhava com dúvida. – Eu falo sério! Você sabe onde ele pode estar? Você sabe, Cam??

O rapaz hesitou: – S-sim, eu acho que sim.

– Leve-me até lá!

– Não sem antes você me explicar o que está acontecendo! – ele já estava de pé, frente a ela.

Blair apertou o braço dele com impaciência.

– Ele teve uma visão, ele me contou que teve uma visão, ele estava em uma sala e alguém o estrangulava, e eu acho que isso pode estar acontecendo agora!

Cam esbugalhou os olhos. Nick não o havia contado daquela visão, apenas da outra que envolvia Blair. Porém, se havia contado a ela, Cam também estava convencido de sua veracidade.

– Você vai ter que se esforçar porque precisamos correr, você está certa, ele está em perigo.

Os dois saíram da enfermaria em disparada, seu calcanhar a torturava, mas Blair correu apoiando a maior parte do peso do corpo no pé direito, com a outra mão Cam a ajudava para acelerarem o passo. Eles percorreram todo o corredor principal, viraram à direita e depois à esquerda. Chegaram a uma sala, porém, estava vazia.

– Ele deve estar na sala de isolamento. É lá embaixo. Vamos!

Cam precisou forçar a abertura de uma outra sala naquele corredor, ao fundo dela no que parecia ser um armário havia uma escada de descida que levava a uma outra sala idêntica à de cima. Saíram de lá e chegaram a um outro corredor, parecia ainda mais comprido que o que já haviam percorrido, o que fez Blair ser consumida por aflição. Nick poderia, naquele instante, estar agonizando, lutando por sua vida enquanto eles percorriam corredores infinitos. E se não o achassem? E se não o encontrassem a tempo? E se já fosse tarde demais? Ela nunca se perdoaria! Passou por cima da dor para caminhar ainda mais rápido, faria isso até que atingisse seu limite, até que caísse sem forças. Foram até o final e mais uma vez até a direita. Ao chegarem à porta, Cam verificou ao tentar abri-la que estava trancada por dentro. Blair se desesperou.

– Temos que dar a volta! Tentar pela entrada de serviço!

– Não há tempo! Ele deve estar aí dentro e alguém mais também deve estar! – ela falou com urgência. – Arrombe! Vá! Arrombe, já!

Cam passou por um instante de conflito interior. Arrombar uma porta de uma base do Comando certamente não estava entre as melhores práticas dos seus membros. Optando por quebrar a regra evidente ele ativou o disparador de raios em seu pulso, soltando vários jatos avermelhados. No quinto deles a porta se abriu, Blair irrompeu na sala num impulso. Ao invés de caminhar ela correu, mesmo com a dor lhe torturando quando viu ao fundo a figura de Ireth com as duas mãos em volta do pescoço de Nick, esganando-o.

– Ireth!! O que está fazendo?! Solte-o!!

Ela estava tão absorta em retirar-lhe até o último suspiro que a entrada dos dois não a fez parar. Foi preciso que Cam corresse até lá e com um golpe violento com seu bastão a acertasse na cabeça derrubando-a no chão.

Blair jogou-se sobre a maca, ofegava de aflição, colocou as duas mãos em volta do rosto de Nick, ele estava desacordado e tão pálido quanto um cadáver.

– Nick! Nick! Acorde! – gritou sem obter resposta. Sentia o rosto dele desfalecido entre suas mãos, passou a sacudi-lo freneticamente. – Nick!! Nick!! Acorde!

Não saberia dizer quantas vezes repetira o nome dele, não havia nenhum movimento que indicasse que ele acordaria. Ela continuava o sacudindo num gesto desesperado, as lágrimas já lhe banhavam todo o rosto. Cam a esta altura tentava sentir o pulso de Nick, a reação quase psicótica de Blair dificultava ainda mais que ele obtivesse algum sinal vital. Ela continuava chamando-o pelo nome, inutilmente. Já cansada deitou o próprio rosto sobre o ombro dele.

– Por favor... por favor, não esteja morto... por favor... – soluçava. – Você não pode fazer isso comigo agora, por favor... não agora... por favor... por favor...

Ela tinha toda a força do corpo sobre o tronco dele, e ainda soltava soluços vertiginosos quando um impulso de tosse veio do corpo de Nick. Ela se ergueu segurando o rosto dele com firmeza entre as mãos, cresceu os olhos e abriu a boca espantada ao encontrá-lo com os olhos semiabertos.

– Você está vivo! Você está vivo!! – Blair o abraçou com força exagerada. – Eu, eu pensei que fosse tarde demais, pensei que tinha perdido você para sempre... graças a Deus, você está vivo!

– Eu não estarei mais em pouco tempo, se você continuar me apertando assim. – a voz dele quase não saiu.

– Me desculpe, eu sinto muito! – Blair o largou e soltou uma gargalhada de alegria ainda com os olhos jorrando feito cachoeiras.

Aquilo poderia soar absolutamente fora de hora, inoportuno, impertinente, inapropriado e até mesmo errado, mas a imagem de Blair, rendida, acariciando o rosto dele e aos prantos de tanta felicidade por encontrá-lo vivo lhe deu uma *pontinha* de satisfação. Nick com dificuldade conseguiu tocar as mãos dela e fazer um gesto com os lábios que diziam: "Obrigado".

Aos poucos, sua respiração foi voltando ao ritmo normal. Estava vivo. Naquele momento, com Blair e Cam ao seu lado, estava *muito* vivo. Mais do que nunca.

Capítulo 38
Bolso vazio

A prisão de Ireth ficou por conta da equipe de Annabel, que foi categórica e firme em refutar quaisquer alegações da Comandante da quinta ordem de que a acusação de tentativa de homicídio era absurda, mesmo tendo sido testemunhada por Cam e Blair e, aliás, pelo próprio Nick. Os três, por sinal, tiveram que ouvir Ireth, totalmente fora de si, acusá-los de conspirar contra ela inventando toda aquela história para destituí-la de seu cargo. A mulher tinha surtado de vez, uma cena lastimável, no mínimo. Ela seria julgada pelo Supremo Tribunal do Comando de acordo com as regras, sem nenhuma regalia, foi o que afirmara Cam.

A recuperação de Nick foi rápida, no dia seguinte já se sentia bem o bastante para sair de seu isolamento. Só então ele se deu conta de que havia uma multidão de pessoas de Taiwan aguardando sua saída. O momento em que foi escoltado para a Eleanor para embarcar de volta a Saint Louis foi mágico. Um mar de gente se formou no hangar para saudá-lo: todo o povo pronunciava palavras de ordem quando ele passava e fazia um símbolo com as mãos que ele entendia ser de apoio.

Seu peito se encheu de um sentimento de plenitude ao ver aquilo, quando decolou observou pela janela até o último segundo que pôde os braços erguidos acenando em sua direção. Nunca se esqueceria daquela cena

Depois de todos aqueles dias de idas e vindas, já estava achando o voo tão suave que adormeceu durante quase toda a viagem.

Aterrissaram no local de costume, no bosque próximo à Saint Louis, os dois desceram e Cam os acompanhou.

– Estão entregues – Cam falou já lá embaixo.

Nick conseguiu pensar em várias palavras e frases prontas que poderia dizer a Cam, mas nenhuma delas pareceu digna o suficiente de expressar tudo o que sentia, em especial o quanto estava grato e o quanto seria eternamente grato por tudo o que Cam fizera por ele e Blair. Palavras com certeza não seriam capazes de mostrar a Cam o turbilhão que lhe acometia, então ao invés de falar ele se aproximou e abriu os braços. Cam retribuiu o gesto e os dois se abraçaram.

– Obrigado – foi tudo que Nick falou.

Blair, como de costume, foi mais fervorosa e desferiu em Cam, sem chance para defesa, um dos seus abraços sufocantes. Ao se soltarem, o rapaz estava com as faces muito vermelhas. Ela tinha uma tímida lágrima lhe escorrendo pela face, sorriu-lhe e observou-o embarcar, hesitante, na Eleanor.

Nick e Blair assistiram à decolagem e à nave desaparecer numa subida vertiginosa no céu. Os dois suspiraram. Nick colocou as mãos nos bolsos e falou para ela.

– É, eu acho que o pesadelo acabou.

Blair o olhou de lado, seus olhos não estavam mais marejados, mas aquele sorriso charmoso ainda estava lá quando ela falou:

– Eu não teria tanta certeza disso...

– Por quê?

– Espere só até ver o que é o ensino médio.

Nick retribuiu-lhe o sorriso, é verdade, agora tinham pela frente o *temível* ensino médio. Aquele que era o momento mais aterrorizante na vida de noventa por cento dos adolescentes, mas para ele agora seria fichinha. Os dois se voltaram e passaram a caminhar de volta à escola, Nick com a sensação que havia tirado um rinoceronte das costas. Num gesto já habitual, levou a mão ao bolso e tocou o escaravelho com a ponta dos dedos. Estava relaxado sentindo os detalhes da relíquia, tateando seu material liso e frio, distraindo-se naquela peça exuberante quando foi tomado por uma sensação de mais puro terror.

Não, não podia acreditar, aquilo não era possível.

Seu bolso esquerdo, onde mantinha sempre guardado o arco com as esferas de matéria exótica, aquele que poderia lhes dar uma chance única de viajar para o mundo perdido quando e onde quisessem, aquele que era a esperança de Blair de um dia rever seus pais, bem no seu bolso esquerdo...

Estava vazio.

Continua...

EDITORAMOINHOS.COM.BR

Este livro foi composto enquanto Charles Bradley cantava *The world*,
em tipologias Garamond e Trajan, em março de 2016,
para a Editora Moinhos.